白朗

贾平凹

这一日天上的太阳毒得如一只滚动的刺猬，光芒炙烤尖锐，满空的云朵就流出了血似的赤红，地上尘土浮腾，惨白得又像是大火后的灰烬，行走在秦岭官道上的一队乱的人马，差不多只要在一个兵卒的后腿弯撞一下，这个兵卒就倒下去，整个的队伍也便要倒下去，永远也不想爬起来了。原本是前排的乐队在高一声低一声热闹吹打，马也精神，队伍整齐，现在吹鼓手的眼睛已经白多黑少，呼吸着的空气火一样辣蜇着鼻孔，那吹奏唢呐的两腮和暴了青筋的粗脖就在一声软一声里陷了下去，最后，乐响变成一种呻吟，一种喘息，几乎在同一刻里熄灭了，惟有一个年幼的小卒还勉强"嘟"地吹动一下，成为沉寂中的一声余音。这是一队衣着不整老幼参差的乌合之众，以往的变化无常的流浪生活和近连续的奔跑，又进行了一场残酷的搏杀，他们的

白朗

贾平凹 著

河北出版传媒集团
河北教育出版社

年轮典存丛书

编者荐言

中国当代文学已走过七十多年，每一次文学浪潮的奔腾翻涌，都有彪炳文学史的作家留下优秀作品。

回首20世纪七八十年代，改革开放开启了中国当代文学持续至今的繁盛，由于几百家文学刊物的存在，中短篇小说曾是浩荡文学洪流中的浪尖。然而，以1993年“陕军东征”为分水岭，长篇小说创作成为中国文坛中独立潮头的存在，衡量一个作家的创作成就及一个时期的文学成果，往往要看长篇小说的收获。中短篇小说的创作和读者关注度减弱，似乎文学作品非鸿篇巨制不足以铭记大时代车轮驶过的隆隆巨响。

进入21世纪，特别是党的十八大以来的新时代，我们乘着光纤体验世界的光速变迁，网络文学全面崛起，读图时代、视频时代甚至元宇宙时代的更迭，令人应接不暇，文学创作无论是体裁还是题材都呈现出一种扇面散播效应，中短篇小说创作也再度呈扇面式生长，精彩纷呈。

为此，我们特编辑了这套“年轮典存丛书”，以点带面地梳理生于不同年代的当代优秀作家的中短篇小说精品，呈现不同代际作家年轮般的生长样态。

我们不无感佩地看到，生于1940年前后的文学前辈，青年时已是文坛旗手，在当下依然保持着丰沛的创作力，他们笔耕不辍，使当代文学大树的根扎得更深。

“50后”一代作家已走过一个甲子，笔力越发苍劲。他们不断返回一代人的成长现场，返回村镇故乡、市井街巷；上承“40后”的宏大命运主题，下接烟火漫卷的无边地气；既广受外国文学的影响，又保有中国古典文学的高蹈气质。

在“60后”这一中坚力量的年轮线上，我们能看到在城乡裂变、传统向现代过渡的进程中，一代人的身份确认、自我实现，以及精神成长的喜悦和焦虑。

“70后”作家因人生经验与改革开放四十年紧密相连而被称为“幸运的一代”和“夹缝中壮大的一代”，也是倍受前辈作家的成就影响而焦虑的一代。如今已与前辈并立潮头，表现不俗。

而作为“网生一代”的“80后”和“90后”，他们的写作得到更多赞誉的同时，也承受了更多挑剔和质疑。但经过岁月淘洗，我们欣喜地看到，曾经的文学小将已在文坛扎扎实实立稳脚跟，相继以立身之作进入而立和不惑之年。

六代作家七十年，接力写下人世间。宏阔进程中的21世纪中国当代文学，正在形成新的文学山峰的山脊线。短经典历久弥新，存文脉山高水长。

目　录
CONTENTS

美 穴 地

柳子言给姚家踏坟地是苟百都的一顿烂酒后的多嘴惹下的。苟百都使威风，呼啦着漂白褂子，一进门鞋就踢脱了仰在躺椅上说:“柳哥，你来钱主儿了，北宽坪的掌柜请你哩！”柳子言说：“他咋知道我？八十里的路我不去。”苟百都一边拔根胸毛吹着一边嘿嘿地笑了：“掌柜不晓得你，苟百都却知道你呢。我带了一头驴子一条绳，你先生是坐驴子还是背绳呀？”驴子在门前土场上烟遮雾罩地打滚，苟百都一扬手，腰间的一盘麻绳嗖地上了梁，再扯下来，陈年尘灰黑雪似的落了柳子言一头。

柳子言就这么跟着苟百都走了。

穿过房廊，金链锁梅的格窗内，四个长袍马褂在八仙桌上坐喝。他们斜睨着柳子言，便把一口浓痰从窗格中飞弹出来了。柳子言耸耸肩上的褡裢，将鞋壳里垫脚的沙石倒掉，笑笑地，看鸡啄下浓痰微醉起来，趔趔趄趄绞着碎步。四月的太阳普照。苟百都已经进里屋去禀告了许多时间还不出来。空中飘落下一根羽毛，是鹰的羽毛，要飘到面前了却倏忽翻了墙去。廊头的一只狗随之大吠了。柳子言打也不是，不打也不是。里屋门里便有一声叫道：“让我瞧瞧，来的又是哪一路先生？！”声音细脆尖锐。柳子言想，老树一样的财东还有这嫩骨朵儿的女儿？遂一朵粉云飘至台阶，天陡然也粉亮了。眉目未待看清，锥锥之声又起：“光脸犊子！你真能踏了风水？”酒桌上的长袍短褂立时噤了拳令，重又乜视了柳子言，说句“该是庙会上唱情歌的阿哥吧！”哄然爆笑。柳子言脸涨红了。柳子言的脸不是为谑笑而红，倒是被这女人镇住，女人的目光罩住他如突然从天而降在面前的太阳，乍长乍短的光芒蜇得他难以睁眼，一时自惭形秽站不稳了。掌柜在内室喊:“让先生进来！”狗还在咬，柳子言走不过去。苟百都再唬也唬不住，女人说：“虎儿！”腿一叉已将恶物夹在腿缝，柳子言同时感觉到了后脖子有一点儿凉凉的东西，摸下来是一片嚼湿了的瓜子皮儿，女人很狐地丢过来了一个笑眼。

掌柜在烟灯下问候柳子言，说：“百都夸你大本事，姚某就把你请到了。姚家上下都是善人，踏出吉地有重谢，踏不出吉地也有小谢。”话说得妥帖温暖，柳子言就谦虚着晚辈没本事，但会尽力而为。“有多大的虮子出多大的虱吧。”掌柜也笑了，要苟百都陪先生到后厅单独吃酒去，柳子言身不胜酒，摆手谢免，掌柜就欠起身把烟灯推过来，柳子言也是不抽。风吹动了门帘，琉璃脆儿的帘钩叮叮当当作响，帘下出现了一只穿着窄窄弓弓白鞋的小脚。柳子言知道掌柜的女人站在了那里，他准备着女人要来了，但那鞋尖蠕动了几下却始终没有走进。苟百都后来就领着柳子言从后门出来往坡根去。

柳子言转遍了后坡寻找龙居，几次觉得后脖子似乎还在发痒，痴一会儿呆，随之拿手拧脸，骂一句“荒唐”，小跑着上坎下涧把自己弄得气喘吁吁起来。苟百都一边提鞋跟一边骂：“你是鬼抬轿了?！你不抽烟，你也该讨个泡儿给我呀！你算啥男人，驴子都在后腿跟别个烟具，你倒不会抽烟?！”柳子言坐在了一个土峁下，说：“太阳还没落，你去接掌柜来，翻穴就在这儿了！”西边山一片红霞，掌柜来了。柳子言放着罗盘定方位，遥指山峁远处河之对岸有一平梁为案，案左一峰如帽，案右一山若笔，案前相对两个石质圆峁一可作鼓一可作镲，此是喜庆出官之象。再观穴居靠后的坡峁，一起一伏大倾小跌活动摆褶屈曲悠扬势如浪涌，好个真龙形势！且四围八方龙奴从之，后者有送有托有乐，前者有朝有应有对，环抱过前有缠，奔走相揖有迎，方圆数百里地还未见过此穴这等威风！淫浸到地理学问中的柳子言此一刻得意忘形，口若悬河，脚尖画出穴位四角让下木楔。北角第一楔却打不下去，刨开土看，土下竟有一楔，又下南角楔，南角土下又是木楔。四角如是。掌柜哈哈大笑了：“柳先生真是好身手，不瞒你说，我已请四位高手七天踏出此穴，请你来就是再投合投合的，这里果然是吉穴了！”柳子言却一下子坐在地上，后怕得一身冷汗都湿漉漉了。

夜里，苟百都在厢房里给柳子言铺床展被，柳子言骂：“苟百都，贼，你好赖认识我的，怎不透风是要我来投穴，你成心要捣我一碗饭吗？！”苟百都说：“柳哥你可别没良心，这不是更显摆了你的本事吗？——好，算我瞒了你，我请你客！”便一掌推开后窗，推出了一个黑乎乎世界来，顿时有猫在叫春，有一盏灯幽幽地由小渐大了，幽幽着“回来哟，回来哟……”柳子言便听着苟百都对着那里问话：“喂，谁个？”“我，他苟叔呀！”

“西门家的！这般黑了你是来踏掌柜的溜子吗？”“爷！话可不敢这么说，孩子烧得火炭样的烫，我来叫魂呀！”“掌柜今日踏坟地，你家不送礼吗？”“哎哟，真是不知道呀，我明日灌二升小米过来哩。”“有心就是。我给掌柜圆场，小米就留给孩子吃吧，你过会儿捉只鸡来应付一下作罢。”“实在谢你了，他苟叔！”

“不谢。我在这儿等着，来了敲窗子！”苟百都收回头往墙角架柴火了。火燃起来，窗子果然被敲响，苟百都扑啦啦丢回一只鸡来连嚷柳子言好口福是个母鸡哩！合窗时却又探头出去，问西门家的你手里还拿着什么，西门家的回说这鸡近日怪势，白天不下蛋偏在晚上下，刚才路上就把一颗屙下来了。苟百都便变了脸，说：“鸡已经是掌柜家的了，你怎敢就拿掌柜的鸡蛋？递过来！”递过来就在窗台上磕了，一口吸干。

鸡并没有杀脖开膛，活活拔毛。屁眼上捅过铁条就架烤到火上了，苟百都一边说鸡还叫唤着什么呀，一边抓了盐往流油的鸡身上撒，嚷着：“好香，好香！”后来就撕下一条腿给柳子言。突然门哐啷推开，风把墙窝子的灯扑灭：“好呀，百都，又杀谁家的狗偷吃？！”柳子言立即听出是谁来了，吓得一口吐了鸡肉，退身到柴火黑影处。

苟百都嘿嘿笑着：“四姨太，我知道你会闻香来的。一条腿正给你留着，牙签也给你预备了的！”

黑影里的柳子言终于看清了火光涂镀了的女人的俏样，但他吃惊的是这女人竟不是掌柜女儿！“四姨太？”有这么年轻的四姨太吗？

四姨太伸手去接苟百都递过来的鸡肉时，发现了柳子言，女人的眉尖一挑，遂平静了脸道：“哟，先生也偷吃嘴儿！偷吃香吗？”柳子言好窘，女人偏死眼儿看他。“北宽坪的女人都是单眼皮，柳先生倒是双眼皮！先生吃肉，也不让让我吗？”

柳子言便说：“四姨太你吃！”

“好，我吃你的肉！”女人把柳子言的鸡腿接过咬一口，嘴唇撮撮地翘开。柳子言说："太烫的。"女人说："我怕揩了口红哩。口红还在吗？"嘴更撮起来，红圆如樱桃。

这一宵，柳子言没有睡好。一贯沉静安稳的先生感觉到了浑身燥热，兀自地翻来覆去睡不着，唠唠叨叨的苟百都由鸡肉叙谈起他的食史，吃过了除掸灰掸子外的长毛的飞禽，也吃过了除凳子外的生腿的走兽。"你吃过吗？"他没有吃过，睁眼看着又点亮的一盏燃着独股灯芯的矮灯檠，柳子言的心如同墙壁上的灯影一样晃乱了迷离的图景。如果在往常的柳子言，白日在驴背上颠簸八十里，又在北宽坪的后坡跑动一个后晌所构成的疲倦，一挨上枕头就睡着如要死去，不想现在却回想起了八岁的孤儿跟随师傅在玄武山上学艺的情形，想起了这么多年每日为人踏勘风水的生涯，不该走的路也走了，不应见的人也见了，人生真是说不来的奇妙。便是今日的事情，当初怎么被苟百都知道了自己，要挟而来，竟认识了北宽坪财名远播的掌柜和他的四姨太，一个怎样艳丽的美妇啊。

一提起美艳的四姨太，柳子言耳膜里就消灭不了女人尖尖锥锥的调笑，只有小孩子才会有的放肆出现在大户人家少妇之口，别有了一种大方，甚至是浪荡，致使少年热情的柳子言就如在一块林中新垦的沃土上，蓦地撞着了一只可人的小兽。为了他，女人在台阶上把狗扼伏胯下，身子在那一刻向一旁倾去，支撑了重量的一条腿紧绷若弓，动作是多么的优美。为了保持身子的平衡，另一条腿款款从膝盖处向后微屈着；胳膊凌空下垂的姿势，把一领缀满了红的小朵梅花的白绸旗袍恰恰裹紧了臀部，隐隐约约窥得小腿以下一溜乳白的肌肤。且一侧着地将鞋半卸落了，露出了似乎无力而实则用劲的后脚。是的，这样素洁的肥而不胖的一只美脚，曾经又在门帘下露出一点儿鞋尖，柳子言能想象出那平绣了一朵桃花的几乎要鲜活起来的鞋壳里，一节节细嫩的五根指头和玉片一样的趾甲了。

对于柳子言，这无疑是一种不可思议的奇迹，他从未见过一个鹤首鸡皮的老头儿娶得如此鲜嫩的年少妇人，且又是他第一回一见而心跳不已。后脖子又酥的一下痒了，一片被女人香唾嚼湿的瓜子皮永远使那一块皮肉知觉活跃，这时候的柳子言不免又想起了初黑天时一句“男人倒长双眼皮”的赞语。这样的话，柳子言可以在每一处地方差不多听到，皆觉无聊之风，过耳即消；唯这一次经这女人说过了，那一时手脚无措，鼻尖上都沁出汗来。现在回想，那是多么憨傻的一副村相哪！也是确确实实的事，以自己英俊的面孔，高出一般内行人的堪舆本事，蛮能得到一位人物整齐的妻子长相厮伴。但走南过北的柳子言至今一把锁封了家门，日日背着装罗盘的褡裢流浪了。如果从小就窝在家里种地牧牛什么也没见过，独身也就安心独身，而如今经见了万千世事，又偏偏目睹了一个枯老头儿的妙龄姨太，柳子言恨起这巧讨饭一般的风水家技艺，而苍苍茫茫的一声浩叹了。

噗地一口吹灭灯盏，柳子言不忍在若即若离的灯芯光焰中淫浸往事，坠入幽深的黑暗。但院中的狗还在咬，遂听见一声“虎儿”，接着有一串细微的金属丁零的音响，柳子言不觉屏息而静，双眉上的额心像要生出一只眼来也似透视了院中的一切。女人已经是换了一件圆领的晚服短衫吧，那短衫使女人别有了一种与白日不同的柔媚，情致婉转，将粉颈根两块突凸的锁骨微微暴露，女性的美艳皆如四姨太这一类，该肥的胸部和臀部浑圆，该瘦的后脊和两肋则包骨不枯。她牵着狗的铁绳走过，铁绳使她柔不胜力，牵住一头其余软软拖地，一径经过了公公病瘫卧床的窗下，经过了吃斋的婆婆诵着祷告之声的经房，然后就息睡到掌柜的床上去吗？真的，一双褪了脚去的红尖白鞋，在床下是怎样的一对停泊了的小小船舟，送去了一枝带露淋淋的花朵偎长于一根已朽腐的枯木边了。

这般想着的柳子言陡然睁圆了眼睛，脱口在黑暗中说：“苟百都，你家的四姨太好风流！”

“世上的好女人都叫狗啃了！”苟百都全然未睡，似乎正为一种事情所愤怒着，“你也想着四姨太呀？！”

一句话破坏了所有的美妙遐想，柳子言后悔着叫起这粗俗丑恶的下人。苟百都却连连砸着火镰，要点灯，火石爆溅着细碎的火花，在反复明灭的灿烂里，柳子言看见了掀被而坐的赤条条的苟百都，他把头别转了。苟百都说："把纸煤儿递我，纸煤在你床头墙窝里！"柳子言没有去摸纸煤儿，说声"给"将一团火绳扔过去却故意失手把灯檠哐啷打翻了。苟百都骂了一句，摔了火镰，却说起掌柜怎样的不行，吃人参鹿茸也不行，四姨太就不止一次地在那松皮脸上抓下血印，养了"虎儿"对她亲热。"柳哥，你信不信？"柳子言不作声。"反正我是信的！"苟百都咽了一口唾沫，"咱行的，可咱不如一条狗吗？！"

柳子言不愿再听下去，发出了悠长的鼾声。苟百都说："不说了不说了，柳哥，你是踏坟地的，坟地真能起了作用吗？"

柳子言说："不起作用，掌柜的能请这么多人来？"

苟百都说："四个先生踏的穴，你一来踏的还是那个，这么说姚家的坟地是最好的了？"

"最好。"

"还有好的吗？"

"有是有，北宽坪怕也没有再胜过的了。"

"妈的，那他姚家世世代代要做财东，要睡好女人了？！"

天明，柳子言起得早，站在院子里仰头看一棵枣树。四月里的叶芽长得好快，生着刺的，硬着折弯的枝柯，把天空毛茸茸地割裂开了。四姨太抱着两床绿被往廊前的绳上晾，轻轻咳嗽一下，柳子言一转头，绿被与绿被之间恰恰地露一副白脸正笑着看他，这景象在柳子言的感觉中妙不可言，想到了荷塘里的出水芙蓉，兀自地发呆了。女人说："先生起早呀！"柳子言便说："四姨太也起得早！"女人从被子下钻过来，抱怨着掌柜微明送那些风水老先生，随路又要去前村的铺子里收取些银圆，害得她没瞌睡了。"先生看枣树看了那么久，枣树上有花吗？"女人已经站在柳子言的身边了，并没有看枣树，却看柳子言的脸。柳子言慌了，竭力饰其中机，不敢苟笑，说："瞧，枣树上有一颗枣哩！"枣树梢是有一颗去年的陈枣，虽有些瘪，却经了一冬一春的霜露更深红可爱，女人也就瞧见了。

"我要那颗枣哩！"女人突然说。

柳子言摇了一下树，天乱了，枣没有落下来。

"我要哩！你给我摘下来嘛！"女人仍在说。

面对着同龄的已经噘了嘴撒娇的四姨太，柳子言也忘记了被雇请来的手艺人的身份，忽地鼓足了勇气，一跃身抓住了树枝，一只手扯着一只手竭力去摘干枣，将一颗在满掌扎着硬刺的手心中的枣儿伸到女人面前。女人却没有去取，喜欢地说："你真老实！"喘笑着竟往厅房去了。

一时间，柳子言窘起来，女人已上了台阶，回身向他招手："傻猫，你不来挑挑刺吗？"脖脸仍窘烧不退。遂走到厅房，却不见了女人，兀自用牙咬着拔掌上的刺，无法拔净，女人却又在东边的小房里轻唤："进来呀！"柳子言再走过去，一挑帘子，房内的窗布并没拉开，光线暗淡，幽香浮动，女人竟已侧卧于床上，靠的是一垒两个菱叶花边的丝绵枕头，身子细软起伏，拥上去的月白色旗袍下露着修长如锥的两条白腿。柳子言的胸中立时有一只小鹿在撞了，欲往出退。女人说："不挑刺了吗？""我已经拔出了。""是吗？"女人翻身下来，拉柳子言于床沿坐了，"先生不用我的针了，我可得求先生事哩。你识得阴阳，一定会医道的，你凭凭脉，这夜里总是睡不稳呀！"一只手就伸来平平停放在柳子言的膝上了。柳子言何尝识得病理，听了女人的话，不知怎么的，竟也伸出三枚指头扼按了女人的玉腕。是的，女人的脉在汩汩跳着；柳子言的三枚指头跳得更厉害，如此近地靠着女人且扼按了人家的手！柳子言如果真会凭脉，脉象里的强弱沉浮能告知女人夜里睡不稳，害的是和自己昨夜一样的心思吗？是一样的心思了，该要说出些什么样的话语，透出心迹呢？但是，但是，或许这女人真的有病，是诚恳在请教着一个医家郎中呢？柳子言后悔了不懂假懂，他的手现在是再也取不下来，一瞑目，深自痛恨起来了。为什么有了这样的对于四姨太不经的妄念呢？自己对医药常理一窍不通，却要将一夜的痴恋发展到这步举动来作伪行骗，这不是很可悲的吗？紧张得出了热汗又自悔的柳子言这么想，又为自己的检点发生了疑问。看见了一个美妇人生爱恋，这爱恋又是他第一次萌发，这当然算不得什么可悲，如果见了艳的女人冷若冰霜心如死灰，柳子言就不是今日的风水先生，而是一截木头一块石头了。既然女人的玉腕已在怀中扼按，不识凭脉也得像模像样地凭一次脉了。柳子言终于心静下来，感觉到了女人的脉正和自己的脉同一节奏地跳跃。为了庄重起见，他侧勾了脑袋，但控制住的思维在不久就又恍惚出游，头虽没有抬，却知道女人一眼一眼地瞧着他，而窗布关不住的一格细缝里透进了一道耀眼的阳光，使万千的微物一齐在其中活活飞动，同时衬映出了女人脸上的一层茸茸细毛所虚化的灵晕般的轮廓。这时候，一只小鼠从房角的什么地方溜出来，做了一个静伏欲扑的姿势，遂钻过门槛不见了。柳子言不知怎么说出了一句："有猫吗？""毛？"女人轻轻地惊了一下，明显地平放在那里凭脉的手在骤然间发胀了。柳子言抬起头来，看见女人一脸羞红地说："不多……稀稀几根。"

柳子言立即明白了女人的误会，暗暗叫苦了。怎么能提问这些无聊的话呢？凭着感觉，女人是喜欢了自己，起码可以说并不讨厌，方在没人干扰的空房里能让他凭脉，一旦认定了淫邪而反目，岂不同这可爱的女人连话也说不成了吗？柳子言赶忙解释："我，我……"女人却在羞红脸面的瞬间被另一种东西所刺激，被凭脉的手捏成了一个小小的软拳捶在他的肩上，喘笑道："你这是什么先生？你这是什么先生？"拢在头上还未完全梳理好的一堆乌发就扑撒而下，摩抚了柳子言的额角和一只眼，以致在一副软体失却了平衡倒过来的时候，柳子言一揽胳膊，女人已在怀里了。

突如其来的变化，不期然而然，柳子言如梦中从高崖纵身跳下，巨大的轰鸣使心脏倏忽停息了，他疑惑着这是不是现实，又一次注视了在怀中已微闭了眼皮而嘴唇颤动的女人，头脑里极快地闪过这女人怎么就委身于我的问题。是真的钟情了我还是个淫荡的雌儿或者更有什么阴谋而陷害我？如果在怀里的不是掌柜的女人，是普通人家的待嫁的姑娘，这一切顺理成章的事情就会有了。但自己一个被姚家雇请来的贫贱之人怎么能干这种越礼违常的事体呢？正如苟百都所说，这是个饿慌了的娘儿们，这一刻里淫情激荡，为了满足自身而要他充当一个工具，作用如同一条狗吗？坦白的仍是纯洁童子身的柳子言这么一思索，笨拙得竟不知如何来处理这个女人。再一次看女人，女人眼睛睁开了，燃烧着火一样的光芒，樱红的口里皓齿微开，柳子言的血又重新涌脸，将刚刚闪现出的思索又都粉碎了。他把女人再次搂紧，潜意识里似乎明白面对着的将是一盏醇酒，但醇酒泛着嫣红颜色的美艳，使他只感到心身大渴。柳子言把四姨太放倒在了床上，解开旗袍，女人竟根本没穿衬裤，白腴的肚皮上裹着一件艳红的裹兜。四姨太说："不要看，你不要看！"柳子言松掉了裤带，满头的汗，还是不能成功，只狠劲地用手按了一下，立即提穿了裤子一脸羞红地跑出门了。

出山的太阳已经灿灿地照着了半个房廊，院中枣树上落下一只翘尾的喜鹊在欢快地叫。小房里的四姨太在砸摔着茶碗，踢倒了凳子，随之一疙瘩东西从窗子里甩出，哭声就起了。柳子言看见了那是女人的红裹兜，兜带儿全然撕断。

贼一样回到厢房的柳子言，心仍跳个不住。他怨恨着自己的无能，原来是这样一个泪蜡头的男人吗？他想，虽然并没有从肉体上接触女人的经验，但自己并非无能呀，为什么那一时竟会心狂力弱呢？柳子言回想着刚才的场面，便听到了狗咬，去村前河里挑水的苟百都在房廊口喊：“四姨太，你拦拦你的狗呀！”他就为刚才的事件怕起来，庆幸没有成功而避了被人撞见的危险。到了这时，柳子言又怀疑了女人大白天主动于他是不是故意让人家发觉而加害他，最起码要使他免去踏勘坟地的报酬吧。或许女人在淫心激荡后而未有满足，恼羞成怒，待掌柜回来又是怎样地指控着他强行奸淫的罪恶呢？

挨到了苟百都叫他说掌柜召见，柳子言站在掌柜的面前坐也不敢坐。

“坐呀。”掌柜说，“你给我踏了吉地，我说过要谢你的，这些银圆够吗？”这时候，柳子言看见了八仙桌上齐齐摆了五个银圆柱儿，森森放着毫光。

柳子言心放下来。他看着掌柜核桃一样的脸，脸上读不出什么阴谋和奸诈，便知道四姨太并没有告发他。他说：“我不收你的钱，能帮掌柜出些力我就满意了。”掌柜说：“那怎么行？总得补补我的心意呀，那么，你看着我家的东西，看上了什么你拿一件吧！”

柳子言的意识立即又到了四姨太的身上，遗憾着自己的失败，却同时为自己被艳丽的女人钟情感到得意和幸福。那场面的每一个细节皆一齐在甜蜜的浸泡下重新浮现，将会变成一袋永远嚼不尽的干粮而让柳子言于一生的长途上享用了。这么想着不禁心里又隐隐地发痛，一个身缠万贯的财东的女人爱上了自己，一个家穷人微的风水先生，在背后是多么放纵着痴恋，却在她的赐予面前阴暗地审视着她的不是，这不是很耻辱的事吗，很下作的事吗？唉！讲究什么走州过县地经见了世面，讲究什么饱肚子的地理学问，屁！忧虑、怀疑、胆怯、恐惧，再也无法弥补地辜负掉怎样的一个清新早晨啊！柳子言歪头斜视了一下旁边的小房，门帘依然垂着，那女人并没有出来。“即使她出来送我，我还有什么脸面再见她呢？”柳子言盯起阳光流溢的厅外院子，院子里的捶布石下软着一疙瘩红，是女人发泄恼恨扔掉的裹兜，他终于说了：“掌柜是大财东，能到你家，我也想沾沾姚门的福气，如果掌柜应允，院子里的那块红布能送我，我好包包罗盘呢。”

掌柜在吉地上拱好双合大墓的第七天，久病卧床的姚家老爷子归天了，灵柩下埋在了墓之左宅。三年里，姚家的光景果然红盛，铺子扩充了五处，生意兴隆，洛河上的商船从南阳贩什么赚什么，北宽坪的四条大沟田畦连庄，逃荒而来的下河人几乎全是姚家的佃户。逾过八年，姚母谢世，姚家又是一片孝白。双合大墓将要完全地隆顶了。

苟百都仍在姚家跑腿，仍是夜里不在房中放尿桶，数次起来去茅房要经过掌柜的窗下听动静，回来睡不着了，就上下翻饼似的胡折腾。姚母去世，依然要披麻戴孝的苟百都却不能守坐灵前草铺，也不可拿了烟茶躬身门首迎来送往各路来客，他是粗笨小工班头，恶声败气地着人垒灶生火、担水淘米、剥葱砸蒜。在龟兹乐人哀天怨地的唢呐声中，苟百都听出了别一种味道，为自己的命运悲伤了，他注意到站在厅台阶上看着出出进进接献祭品的四姨太，这娘儿们穿了孝愈发俏艳，他突然冒出一个念头：怎么死的不是姚掌柜呢？现在，苟百都被掌柜支派了去坟地开启寐口，苟百都实在是累得散了架，但他又不能不去。背了镢头出门。经过四姨太身边，故意将唾沫涂在眼上。却要说："四姨太，你别太伤心，身子骨要紧哩！"

四姨太说："呸！苟百都，你是嫌我不哭吗？"

苟百都说："我哪里敢说四姨太？其实老太太过世，这是白喜事。再说，老爷子住了吉穴使姚家这多年暴了富。老太太再去吉穴，将来姚家的子子孙孙都要做了官哩！"

四姨太说："你个屁眼嘴，尽是喷粪，又在取笑我养不出个儿吗？我养不出个儿来，你不是也没儿吗？要不，你儿还得服侍我的儿哩！”

苟百都噎得说不出话来，在坟地启寐口越启越气，骂姚掌柜，骂四姨太，后来骂到柳子言把吉穴踏给了姚家，又骂自己喝了酒提荐了柳子言好心没落下好报。整整半个早晨和一个晌午，一个人将双合墓的宅右门的寐口启开了，苟百都索性发了狠：姚家发财，还不是靠这好穴位吗？你掌柜有吃有穿，老得咳嗽弹出屁来，却占个好娘儿们，还想世世代代床上都有好娘儿们！一镢头竟捣向了严封着的左宅门墙，咔啦啦一阵响声，门墙倒坍，一股透骨的森气当即将他推倒，且看见那气出墓化为白色，先是指头粗的一柱直蹿上去，再是于半空中起了蘑菇状，渐渐一切皆无。苟百都死胆大，站在那里捋捋头发又走进去，那一口棺木尚完好无缺，蜘蛛则在其上结满了网，若莲花状，也有官帽状，官帽只是少了一个帽翅罢了。苟百都听人讲过，棺木上有蜘蛛或蚂蚁结网绣堆便是居了好穴，网结成什么，蚂蚁堆成什么，此家后辈就出什么业绩人物。而苟百都此时害怕了，他明白了他是出散了姚家的脉气，坏了姚家世世代代作威作福的风水，禁不住手摸了一下脖子，恍惚间看见了有一日自己的头颅要被掌柜砍掉的场面。但苟百都随之却嘎嘎狂笑了：“姚掌柜，姚老儿，苟百都不给你做奴了，我帮你家选的穴，我也可坏你家的风水的！”

姚家明显地开始衰败，先是东乡的染坊被土匪抢劫，再是西沟挂面店的账房被绑票，接着洛河上的商船竟停泊在回水湾不明不白起了火，一船的丝帛、大麻、土漆焚为灰烬。掌柜怨恨这是坟地散了脉气所致，一提起苟百都便黑血翻滚，提刀将八仙桌的每一个角都劈了。但逃得无踪无影的苟百都再没在北宽坪露面，只是高薪请了会“鬼八卦”的术士画符念咒，弄瞎了远在深山的苟百都的老娘一只眼睛。

约莫三年，正是稻子扬花时节，掌柜在为其母举办了最后一个服孝忌日的当晚，与四姨太吵了嘴，闷在床上抽烟土，村人急急跑来说是在村前的稻蔴地堰头见着苟百都了。苟百都一身黑柞蚕丝的软绸，金镶门牙，背着一杆乌亮的铁枪。有人问：“苟百都，你回来了，这么多年你到哪儿去了？”苟百都把枪栓拉得咔唧响。问话人立即脸黄了：“噢，老苟当逛山了？！”苟百都说：“你应该叫我苟队长，唐司令封我队长了！”唐司令就是唐井，威了名的北山白石寨大土匪，问话人赶忙说：“苟队长呀，怎不进村去？哪家拿不出酒也还有一碗鸡蛋煎水呀！”苟百都说：“我等个人。”问：“等谁呀？”苟百都躁了，骂：“你多嘴多舌要尝子弹吗？没你的事，避！”掌柜听了来人的述说，跳起来把刀提在手里了，又兀自放下，一头的汗水就出来了，掌柜明白了铺子遭抢、商船被焚的原因，也明白了当了土匪的苟百都在村口要等的是谁了，立时脸色黑灰，拉了四姨太就走。四姨太说：“我就不走，苟百都当年什么嘴脸，不信他要打我？！”掌柜翻后窗到后坡的涝池里，连身蹴在水里，露出的头上顶个葫芦瓢。直到苟百都在天黑下来骂句“让狗日的多活几天”走了，来人方把掌柜水淋淋背回来。

又是一夜，人已经睡了，北宽坪一片狗咬。村口瞭哨的回报着苟百都又来了，是四个人四杆枪。掌柜又要逃，大门外咚地就响了一枪，苟百都已经坐在门外场畔的石碌子碾盘上。不能再逃的掌柜心倒坦然起来，换了一身新衣做寿衣，提上灯笼出来说：“哪一杆子兄弟啊？哎哟，是百都贤弟！多年了，让哥哥好想死你了，你怎的走时不告哥哥一声就走了？今日是来看哥哥了！”

苟百都说：“听说北宽坪来了几个毛贼，唐司令要我们来拿剿，毛贼没害扰掌柜吧？”

掌柜说：“有苟队长护着这一带，毛毛贼还不吓得钻到地缝去！来来来，把兄弟们都让进屋来，今日正好进了几板烟土好过瘾！”

苟百都领人进了屋，还是把鞋脱了仰在躺椅上，急去抽那烟土，一抬眼，却愣住了。四姨太从帘内出来正倚着门框，一腿斜立，一腿交叉过来脚尖着地，独自冷笑，噗地就吐出一片嚼碎的瓜子皮儿。苟百都说：“四姨太还是没老样儿！我记得今日该是老太太的三年忌日，四姨太怎没穿更显得俏样的孝服呀？”四姨太说：“百都好记性，知道老太太今日过三年？！”掌柜忙斥责女人没礼节，应给苟队长烧颗烟泡才是。四姨太仍是嚼着瓜子，款款地走近烟灯旁，苟百都便伸手于灯影处拧女人的腿，女人一趔趄身子将点心盘子撞跌，油炸的面叶撒了一地。苟百都忙要去捡，四姨太说："沾土了，让狗吃吧！"一迭声地唤起狗来。苟百都在女人面前失了体面，脸色就黑了，说："这虎儿还听四姨太话嘛！"顺手抓过枪把狗打得脑门碎了。枪一响，满厅药烟，姚家上下人都失声慌叫，掌柜笑道："打得好，咱们口福都来了！今晚吃狗肉喝烧酒，这狗皮你百都贤弟就拿去做了褥子吧！"

苟百都却懒懒地说："今日不拿，你让人将皮子熟了，改日送到白石寨就是。"

熟好的狗皮送去，苟百都捎回的口信是：苟百都再不要掌柜的一分一文，只想和姚家认个亲哩，如果把四姨太嫁给他，掌柜也永远是苟百都的仁哥哥。

十天后，得了红帖的苟百都真的骑了一匹披着彩带的黑马去到姚家。苟百都就把四姨太抱上马背，自己也骑上去，回头对掌柜拱拳道："仁哥哥留步吧！"四姨太却说："老当家的，我要走了，夫妻一场，你不再来给我整整头吗？"掌柜突然老泪纵横，过来要抱了四姨太痛哭，女人却一口啐在他脸上骂道："呸！老龟头，你就这么让姚家的一个跑腿的抢了老婆吗？！"掌柜昏厥在台阶上。

一匹油光闪亮的乌马像黑色闪电一般地驶过了北宽坪，晨霭浮动，河蛙乱鸣，丑陋而剽悍的苟百都在这个美丽的早上并没有奔上白石寨，他为巨大的快乐所激荡，纵马在河川道的石板路上无目的地疾驰。直待到火红的太阳一跃跳出山巅，马已经通体淌汗，他才揽了缰绳，往五十里外的老家而去。身子发热，那一顶黑绒红顶的礼帽不知滚落在了哪一丛草中，敞开褂子，风摆旗般地啪啪直响，而锃亮的长枪斜背在身上，枪带已紧勒进一疙瘩一疙瘩隆起的胸肌里。浑身被汗浸得热腾腾酸臭的汉子，一手牵着缰绳，一手死死地搂着面前的女人，女人像被蛇缠住了一样无法动弹，先是不停地惊叫，再后便被颠簸和胳膊的缠裹所要窒息，迷迷晕晕，只剩下一丝幽幽喘吟。

“四姨太，”他说，“不！不不！你终于是归了我的娘儿们，你是我的老婆！你哭吧、闹吧，踢我的肚子、咬我的胳膊吧，我就喜欢你这个烈性子雌儿！你唾那老家伙一口实在解气！你这么闹着也实在解气！你知道吗？在我给姚家当使唤的几年里，我每夜叫着你名字入睡，可你宁去抚摸狗不肯伸给我一个指头，现在你却是我的老婆了！”

女人从昏迷中知觉过来，她的后脖子被苟百都的嘴吻咬着，涎水湿漉漉顺脖流向后背，那一只蒲扇般粗糙的手扼着她的左乳，且有两个指头在掐着乳头。她知道她现在是一只小羊完全被噙在了一只恶狼的口中。在姚家十多年里，不能说没有吃好和穿好，但她厌恶着干瘦无力连胡子都不扎人的掌柜，她因此而使尽了执拗性子，摔碟打碗，耍泼叫喊，想象着她能在一种强有力的压迫下驯服和酥软。如今这土匪苟百都给了她这种强力，她却是这么恐惧和悲伤！往昔受她戏弄的人，面孔丑陋，形体肮脏，那么再往后，也就在今日的晚上竟要爬上自己的身上吗？她后悔在掌柜极度痛苦的决定后，她竟如释重负又怀有一种幸灾乐祸的心情所发出的笑声，也后悔今天早上没有悄然遁逃或撞柱而死反倒顺从地被苟百都抢上马背！女人在这时，感觉却回到了姚家，可怜起那个瘦弱的财东姚掌柜了，遂一口咬住了扼着她左乳的那只手，血从嘴角流下来。苟百都一松手，她迅疾地扭转身，啪，啪，啪，将耳光扇在了那一张毛孔里溢着油汗的丑脸上，骂："你是什么猪狗，你能娶我吗？你这洗不白的黑炭！你尿尿都是黑水！"

苟百都被这突兀的打击镇住了，一时出现了在姚家跑腿时的下贱呆相。刹那间，这土匪丢开了马缰绳，一手按住了女人的下巴颏儿，一个勾拳向她的腹部打去。这一拳打得太重了，女人呀地在马背上平倒了上半身，呼叫着，喊骂着，四肢乱踢乱蹬，苟百都按着，看见勾拳打下去时指上的戒指同时划破了肚皮，一注奇艳无比的血，蚯蚓一般沿着玉洁的腹肌往下流，这景象更大刺激他的兴奋了，浑身肌肉颤抖着，嘿嘿大笑。像在案板上扼住一只美丽的野鹿，一刀刀割破脖子而欣赏四条细腿的挥舞；如逮住了老鼠浇上了油点着放开，看着在尖厉的叫声中一朵焰火飘动。苟百都就这么慢动作地扯开了女人的裤带，剥开了女人的衣裤，将身子压下去。

马还在跑着，受惊似的几乎要掠地而飞。犬牙相错的山峰在跳跃中纷纷倒后，成群的蚂蚱于马蹄下飞溅在枪托上留一个绿印而瞬息不见。苟百都张大了嘴发出怪叫，在女人的身上终于结束了自己一段漫长的历史，女人肚皮上的血也同时沾上他的胸毛，干痂成一片，揩也揩不掉。受到了前所未有的震撼的女人，如风中的柳树曾经左倒右伏，但就在几乎一时要摧折了去之际，又从风中直立而起，在无数的反复冲击中失去了知觉……她终于在马放慢了步伐悠悠而行的时候，一句话也说不出来，作为一个女人，毕竟是一个女人，再也没有了在姚家的掌柜面前的泼悍和任性，她说："你真是个土匪！让我到河边去，我要洗洗。"

苟百都停住了马，放她而下，苟百都俨然已成为一个伟丈夫，并不防备她逃走，懒懒地看着头上的太阳闪耀光刺，看着女人走到河边双手掬水再让水从指缝漏下，银亮亮如撒珍珠。水里落着女人的影子，她撩水洗起下身，像要把一切都洗掉。

这时候，河对岸的一条小沟里，山路上正踽踽地走下来一个人。路细乱如绳。女人看了一眼，提了裤子又垂头洗脸，觉得那人是牵着绳从沟垴下来的，或是绳拉他而来的。但那人在河边站定了，惊疑地哦了一声，随之叫道："四姨太！"

从水面上传过来的叫声并不高，且颤颤地如水溅湿了发潮发沉，女人却倏忽间蜂蜇一般地冷丁了。多熟悉的声音，又多陌生的声音，多少多少年里只有在睡梦里听到了醒来却茫然四顾而慢慢麻木淡忘以致重重遗失得没了踪迹的声音；如远山里吹来了一缕微风，如大海的深处泛上了一颗泡沫，她的一根神经骤然生痛了。她再一次看着那人时，马背上的苟百都已经认了出来，张狂喊道："柳先生！咋就这碰着柳子言你狗 × 的哥了！"

柳子言在喊声中看到了马背上背了长枪的苟百都，他要从河水面上跑过来的腿僵硬了，木桩似的戳在沙里："是苟百都呀，听说你当粮子逛山了，是唐井的队长了，果然是！你这是往哪儿去呀？"

苟百都说："柳子言，我告知你，我今日娶了老婆了，你该是第一个恭贺我的人！"

"娶了老婆？"柳子言看着苟百都在太阳下咧着金牙的嘴，他想戏谑了，"娶的是哪一位，能压了寨吗？"

"你瞧瞧，你叫过她四姨太的！"苟百都说。

女人已经立直身，隔河望着柳子言。望着依旧是长袍短褂背着褡裢的柳子言，他虽没了往昔的年轻，但英俊依然！女人张开了嘴，感觉到一颗心跳到喉咙了，噎了噎却并没有吐出来，她注视柳子言听到苟百都娶了她的话后的表情，果然笑容陡然硬在脸上，喑哑了似的长久地没有说话，脚下的松沙在陷落，水汪上来湿了鞋面裤管，人明明显显地矮下去了一截。“柳先生！”她叫了一声，但她的耳朵并没有听到她的声音。柳子言也没听到，却怔怔地瞧她一眼，那是多么悲惨的一眼啊！

“娶了四姨太？”柳子言面对着苟百都，声音已变调了，“你是枪打了姚掌柜？！”

苟百都却说：“娶亲是吉利事，怎么能杀人呢，好女人就不兴咱占了吗？”

柳子言勾了头就走，却忍不住还看一下河这边的女人，踉跄而去。石头就无数次地将他绊倒，绊倒了爬起来还是走。

艳阳下女人身子摇晃着返回来，说：“走吧。”牵着苟百都的手上了马背。苟百都笑骂一句“呆先生”，一松缰绳，撮嘴吹着口哨，马噔噔地跑起碎步，伴响起风前的鸟叫、流水的鸣溅，再一揽胳膊重新要箍了女人的腰，女人突然锐声说：“我要柳先生！”

苟百都勒了马：“你要柳子言？”

女人反转了身来再说一句：“要柳子言！”更直直看着苟百都，随之噘了小嘴，将两道尖眉也翘挑了。粗悍的土匪在短暂的疑惑中为女人的变化无常的脾性开心了，这是真正成为自己老婆后的一种要强吧，在姚掌柜面前的那种四姨太式的泼劲儿重演，是女人终于从哭闹而转为顺悦的标志吧？苟百都喜欢女人像烈马般的暴躁而在降服过程中得到快愉，同时也喜欢在降服之后看马时不时抖抖臀部，耸耸耳朵，或者毫无缘由地喷一个响鼻。“你要柳先生，看上他那小白脸吗？”他也来了调侃。

女人说：“柳先生是咱见到的第一个熟人。他没有祝福咱们一句话，你就让他走了？”

苟百都觉得妇人言之有理，扭转马头，柳子言已经离他们很远了，便举枪在空中叭地放了一枪。枪声很脆，震动着河谷，踉踉跄跄的柳子言在突兀中惊跌在地。枪声震掉了崖头的松石哗哗啦啦掉下来的时候，也震掉了一时涌在心头的懵懂，顿时清醒于往事的追忆中。多多少少的岁月，他离开了姚家，再没有遇见过像四姨太美艳又钟情于他的女人，谁能在踏过了风水之后还器重一个贫贱的风水先生呢？没有的。愈是为自己的命运悲哀，愈是为失掉了四姨太的情爱而痛惜。一件记载着女人的懊恼和怨恨的红绸裹兜，便一直视为定情物贴身穿在自己的童子体上，他细细感受着红裹兜的柔软，体会着红裹兜穿在女人身上时的情景，就不免有一阵幸福的眩晕。他曾经数次徒步赶到北宽坪来，希望能见到一次四姨太，如果四姨太提着瓦罐在泉边汲水，他会将她从泉台上抱起而不管瓦罐摔成七片还是八片；如果在山坡上见到捡菌子的四姨太，他会将她放平于蒿草之中，并使蒿草千百次晃动不已。柳子言的暗恋放诞了奇异的光彩，一看见了北宽坪后的山峁上的那个古战场残留的石堡，就心身皆进入恍惚之境，觉得曾经是有一个夜晚，月色清丽，空气甜润，他们携手登上石堡，一任小小的窗洞里呜呜长鸣，也一任露水湿了他们的睫毛也打湿了鞋袜和裤腰，静静地躺过了千年百年……但是，每一次山下村庄的鸡犬之声破碎了他的幻想，远远看见了姚家炊烟直上的屋宅，他却不敢再走下去，落泪独坐，几次已疑心自己是风化成一块石头了。

这日葫芦峪有人家请去踏坟地，葫芦峪可以从另一条沟直达，脚仍是不自觉地拐进北宽坪的山路，他愿意多绕道数十里看看心爱的女人居住的地方，谁知现在女人竟一河之隔，活生生的，就站在他的面前！

令柳子言悲惨的是女人竟不再是姚家的四姨太，她成了逛山土匪的老婆！在柳子言的意识深层，他爱着这女人，但这女人真正要成为自己的老婆长年相厮那纯是远山头上的一朵云，登上山头云则又远，他们的缘分恐怕只是一种偶然的相遇相爱。因此，在痴恋转为暗恋的漫长日月中，柳子言不管怎样跋涉到北宽坪的山上希望去见到四姨太，到最后都将是一种单相思。唉，自己就是这般的薄命，只能在盐一样的生活中把她的身影腌咸了，风干了，在孤独寂寞中下酒吧。问题就在于，女人是姚财东的姨太也好，是另一个什么管家的娘子也好，他柳子言有什么办法呢？可现在女人成了黑皮臭肉的苟百都的老婆，却实在无法接受！粮子、逛山、土匪，就全凭那一杆能喝血吃肉的长枪吗？当苟百都向他炫耀，一脸的恶肉刷漆似的油亮，他恨不能一个石头砸过去，砸出五颜六色的脑浆来，但面对着高头大马和乌黑的枪管，他惧怕了。柳子言的泪水倒流肚里，为女人伤心了，为孱弱的自己伤心了！他不愿多停留，在丑陋的苟百都面前的无能比那一次面对着女人的无能更使他羞辱，再不要让钟情过他的女人看见他了！

一声枪响使他跌倒了，蓦然间他估摸这一枪是苟百都打向他的。女人现在既已做了苟百都的老婆，瞧着自己无能的样子是不是感到可怜可笑，不经意中会把过去发生的事情失口泄露于她的匪夫吧？土匪毕竟不是守财的姚掌柜，一定不允许一个风水先生曾对他的老婆做过的事体。

马踢腾着沙石过来了，苟百都在喊："你站住，站住！"柳子言猛然之间翻身而跑，苟百都愈发怒了，开始叫骂，马匹一个飞跃，几乎是掠过柳子言的头顶落在他的面前。柳子言准备死去。

"苟百都，你要打死我吗？"他说。

"你跑什么？"苟百都说，"我的老婆要给你说话！"

柳子言吃惊了，他看着女人，女人从马上跳下来向他走来。女人站在两丈外的一株细柳下，一头乱发飘拂，蓬蓬勃勃如燃烧的黑色火焰。

"你没给我说一句话，你就走了？"她说。

"恭喜你。"他说。

"你再说一遍！"

“你要做压寨夫人了，我恭喜你。”

女人嘎嘎地怪笑着，靠在了细柳上，细柳负重不了，剧烈地摇晃了。

柳子言掉头又要离去。

“你就这么走吗？”女人突然地厉声嘶叫，手抓住了细柳上的一枝，竟将枝条扳下来，凶得像恶煞一样扭曲了五官。“你就会走吗？你一辈子就会乌龟王八一样地走吗？！”

当女人发疯地扑上来，柳子言不知所措地呆住了，倏忽间柳枝劈头盖脑抽下来，啪啪啪声响一片，柳叶碎纸似的满空皆是。柳子言没有动。他知道今日是丢命了，与其死在苟百都的枪下，还不如被心爱的女人活活打死！他感觉到的并不是疼痛，女人手中的也不是柳条，是锋利无比的刀，在一阵迅雷不及掩耳的砍杀下，他似乎还完完整整，瞬间则一条胳膊掉下去，另一条胳膊也掉下去，接着是头、颈、腰、腿。一截一截散乱了。女人喘着粗气无休无止地挥动枝条，留给了柳子言满脸的血痕，一截截柳枝随着一缕缕头发飞落在水面，终于只剩下一尺余长了，仍不解恨，哗啦一声撕裂了他的褂子，赤身上露出了那红绸裹兜，女人呆住了，软在地上，号啕起来。

遍身是伤的柳子言在女人倒在沙窝、泪水和鼻涕一齐进出之际，蓦然明白了一个女人的心。女人竟还在爱着他！感激之情油然生出，珍视着从自己脸上流下来的血滴在河滩的石头上溅印出的奇丽的桃花。他要弯身扶起哭倒在面前的女人了。苟百都却以为柳子言欲反击自己的老婆，在马背上吼道："柳子言，你敢动我老婆一个指头，我一枪敲了你的脑壳！"柳子言高傲地抬起头，说："我哪能打了她？苟百都，我现在正式恭贺你了！"

苟百都笑了："你早这么说就好了！你现在可以走了。"但柳子言没有走。女人说："我不让他走！"苟百都说："柳子言，你听见了吗？她不让你走，你就给她下跪再道个万福吧！"女人说："我要让他和咱们一块儿走！"苟百都疑惑了，眉头随之绾上疙瘩。女人说："柳先生能踏坟地，怎不让他同咱们一块回家去踏个坟地，你还指望我将来的儿子像你一样半辈子给姚家跑腿吗？"苟百都哈哈大笑起来："说得好，说得好！柳先生，苟某人就请你为苟家踏吉地了。姚家有钱，能赏你一桌面银圆，苟某人有的是枪，会抢一个女人给你的！"

三个人结伴而行了。

先是苟百都和女人同骑一匹马，马后步行的是柳子言。小桥流水、古木、峻岩，女人不停地遗落了手帕要柳子言捡了给她，或是瞧见一树桃花，硬要柳子言去折了她嗅。行过三里，马背上的女人便叫嚷马背上颠簸，一身的骨头都要散架了，苟百都便命令柳子言背着她："你不悦意吗？不悦意也得背！"柳子言巴不得这一声唤，在女人双手搂了他的脖子、树叶一般飘上背来，立即感到了绵软的肉身热乎乎的如冬日穿了皮袄。哎呀，女人的香口吹动了一丝暖气悠悠在后脑勺了，女人耳后别的一撮柔发扑闪了前来摩抚着他的额角了，柳子言重新温习了久久之前的那一幕的情景。他不知觉自己载负了重量行走，而是被一朵彩云系着在空中浮飞。当半跪在背上后来又换了姿势的女人将两腿分叉地垂在了两边，柳子言紧紧反搂着一双胳膊。眼睛就看见了两只素洁的肥而不胖的红鞋小脚，呼吸紧促，噎咽唾沫。扬扬得意的苟百都在马背上又吹起口哨。柳子言终是腾出手来把那脚捏住了，捏了又捏，揣了又揣，乐得女人说一句："生了胆了！"苟百都看时，女人用手指着山崖上一只在最陡峭处啃草的羊，而同时另一只手轻抠起柳子言的后心了。

到了过风岔，苟百都的家就在岔垴。三间石板和茅草搭就的屋里独住着瞎了一只眼的老娘。山婆子见儿子冷不防地带回一个美妇人，喜得没牙的嘴窝回去，脸全然是一颗大核桃了，举灯将女人从头照到脚，悄声对儿子说这婆娘是从哪儿拾掇来的，屁股好肥，是坐胎的坯子，只是奶太端乍，将来生了娃娃恐怕缺了奶水子吃。天一黑，柳子言被安置到屋旁的旧羊棚里歇息，女人才过来看他，苟百都便也过来扔给了一个缝了筒儿装塞着禾草的老羊皮，说："你要孤单，搂了它睡吧。"一弯腰将女人横着抱到草房东间土炕去了。幸福了一路如今又被抛进冰窖和油锅受水火煎熬的柳子言，掩了柴扉，静听着山里的鸟叫。鸟叫使夜更空。石礅上插着的松油节焰火不旺，直冒起一股黑烟。柳子言想，躺卧在深山破败寂冷的旧羊棚里，自己背了来的女人却在一墙之隔的炕上，这与那个女人算一种什么孽缘啊。而苟百都呢，一个黑皮土匪，今夜里却搂了爱自己的恁个美艳的妇人在自己的旁边，这真是天下最残酷不过的事情。这样想着的柳子言，随手咚的一声，抛过褡裢将那个松油节打灭去了。

石板房里，传来了苟百都熊一般的喘息声，间或有女人的一声“啊”叫，睡在房西边炕上的山婆子开始用旱烟锅子敲着柜盖了，问：“百都，你怎么啦？你们打架了吗？”苟百都回话了：“娘，睡你的！你老糊涂了？！”后来，一切安静，老鼠在拼命地咬噬什么，柳子言听见石板房门吱扭拉响，女人嚷着拉肚子，经过了旧羊棚，就蹲在棚门外的不远处。隔着柴扉的缝儿。柳子言看不清她的眉脸，一个黑影站起又返回房中去了。一次如此，二次又如此，柳子言知道了女人的用意。她并没有闹什么肚子，她冒着寒冷为的是经过一次旧草棚来看看他！柳子言的眼泪潸然而下，他把柴扉打开，他要等待女人再一次来解手；但女人重新蹲在了旧羊棚门外，他才要小声轻唤，野兽一般的苟百都却赤条条地跑出来把她抱了回去。

翌日，同样是瘦削了许多的三个人在门前的涧溪里洗脸，柳子言在默默地看着女人，女人也在默默地看着他，飞鸟依人，情致婉转，两人眼睛皆潮红了。早饭是一堆柴火里煨了洋芋和在吊罐里煮了鸡蛋。苟百都只给柳子言一个鸡蛋吃，便爬上屋前槐树去割蜂箱中的蜜蘸着鸡蛋喂妇人。女人说：“我是孩子吗？你把你鼻涕擦擦！”苟百都的一注清涕挂在鼻尖，欲坠不坠，擦掉了却抹在了屋柱上。女人一推碗，说：“柳先生，你吃我这些剩食吧，我恶心得要吐了！”柳子言端过碗，碗里卧着囫囵的五个荷包蛋，心里就千呼万唤起女人的贤惠。

柳子言有心给出土匪的苟家踏一个败穴，咒念他上山滚山下河溺河砍了刀的打了枪的染病死的没个好落脚，而苟百都毕竟在姚家时跟随诸多风水先生踏过坟，柳子言骗不过他。“你要好好踏！”苟百都警告说，“听说吉穴，夜里插一根竹竿，天明就能生出芽的，我就要生芽的穴！”柳子言踏勘了，苟百都真的就插了竹竿，明天也真的有芽生出。苟百都喜欢了，提出一定要亲自送他走二十里山路回去。柳子言又得和女人分别了。女人说：“柳先生，你现在该记住我家的地方了，路过可要来坐呀！”

苟百都说：“是的，苟某人爱朋友。”女人送着他们下山，突然流下泪来，说：“山里风寒，小心肚子着凉呀！”柳子言按按肚子，感觉到了那肚皮上的裹兜。苟百都就笑了：“瞧，一时也离不得我了！柳先生，你不知道，有娘儿们和没娘儿们真不一样哩！”

苟百都真的把柳子言送出了二十里，到了一座山弯处，正是前不着村后不靠庄，苟百都拱了手寒暄柳子言是苟家的恩人，永远不会忘了。柳子言喉咙里咕哝着一个谢，爬上山坡去。差不多是上了坡顶，苟百都掏了一颗子弹丸儿，鞋底上蹭了又蹭，还涂了唾沫，一枪把柳子言打得从坡的那边滚下去了，说：“苟百都有了美穴，苟百都就不能让你再给谁家踏了好地来压我！”

已经是一年后的又一个初夏，苟百都便不再是昔日的苟百都，黄昏里蹴在前厅后院的新宅前，举枪瞄一棵山杏树上的青果子打，打下一个就让妇人吃一个，得意扬扬又说起柳子言踏的坟地好。可不是吗，自滚了坡的老娘白绫裹了葬在吉穴，他不是顺顺当当就逃离了白石寨，竖了杆子坐山头。他唐井是司令，咱也是司令嘛！做了司令就有人买司令的账，这不就一院子的青堂瓦舍嘛，不就有大块的肉、大碗的酒、苎麻土布、丝绸绫罗，连尿盆不也是青花细瓷嘛！妇人在姚家那么多年，生养出个猫儿来吗？！没有，现凸了肚皮，一心只想吃个酸杏。这柳子言真是好本事！

女人听厌了苟百都的夸，扭头起身回屋坐了。她不能提柳子言，柳子言就是一枚青杏果，一提起心里便要汪酸水。柳子言为苟家踏了好风水，柳子言却恁的再不照面过风岔！不爱着的人，狼一样地龇牙咧嘴敢下手，爱着的人却是羊羔似的软，红颜女人的命就是这等薄了？！

哀怨苦命的女人，只有独坐在后窗前凝视林中月下的青山，青山是那么照人的明艳却不飞扬妖冶，白杨林子是那么庄严又几多超逸，但青山与杨林的静而美、美而幽、幽而哀的神意实在不容把握。这样的月夜里，是决不要听到枪声的，白石寨的土匪一来，枪支并不比唐井多的苟百都就要着人背她先去山峰顶上的石洞里避藏了。石洞里凿有厅间、卧间和粮食水房，洞外的光壁上石窝中装了木橛架了木板，人过板抽，唐井的子弹爆豆般地在洞口外的石崖上留一层麻点儿。这样的月夜里，也是不要狗吠的，一条狗吠起，数百条吠声若雷；苟百都的喽啰回山了，鼓囊囊的包袱摊在桌上，黄的铜钱，白的银圆，叮叮当当抓着往筐里丢，同时在另一处的幽室中就有了一个呻吟的绑了票的人。这样的月夜里也是不要酒的，喝得每一个毛孔都散着酒气的苟百都就又要得意于他的艳福，想象着皇帝老儿该怎么淫乐。今夜的月下，就只让女人静静地临窗坐吧，恨一声柳子言你哄了我，骗了我。一架蓬蔓开了耀眼的葫芦花就是不见结葫芦！但终在一个月夜，女人看到了窗外不远的涧沟畔上的一株钻天的白杨，白杨通身生成的疤痕是多么活活的人眼哪。这眼是双眼皮的，这眼就是柳子言的眼，原来柳子言竟天天看着她！女人从此天天开了窗户，一掰眼就看着他的眼睛在看她。但是看着她的只是眼睛还是眼睛，柳子言，你到哪儿去了，真的再也不来了吗？婆娑的泪水溢满了女人的脸面，女人最终把双手抚在了突出的肚腹上，将一颗慈善的心开始渐渐移到了未出世的儿子身上，说："你将来要当官的，真的，娘信着柳先生的本事，你也要信哩！当了官你就要天南海北地寻了他回来！"

柳子言其实并没有死。

一颗子弹打了来，那涂了唾沫的炸子儿当即炸断了一条腿在坡顶，而柳子言血糊糊滚落到坡那边的一蓬刺梅架里了。一位砍樵的山民背回了他，他央求着说他可以禳治这一家祖坟使主人从此家境滋润而收留他养伤，便开始了整整半年的卧床未起的生涯。半年里，北瓜瓤子敷好了断腿的伤口，是单足独立，再也不能爬高下低地跑动了。被抬回到老家去拄了拐杖学行走，一次次摔倒在地，磕掉了两颗门牙，终于能蹒跚移步了，就常倚残缺的石砌院墙看远山如眉，听近水呜咽，想起那一个自己答应过要去见的女人。但他独足去不了过风岔，他没有枪，他对付不了土匪苟百都。

夏日正热，于堂前的蒲团上坐了燃香敬神，祈祷着思念中的女人能大吉大安的柳子言，听到了一阵异样的脚步声，回过头来，一副滑竿抬进门，下来的竟是仍没有老死的姚掌柜。掌柜一脸老年斑，给柳子言拱拳了，说找了先生数年，一会儿听说先生遭苟百都给害了，一会儿听说先生还活着，他无论如何要亲自来看看，果然先生还这么年轻这么英俊，竟好好的嘛！柳子言无声笑了笑就站起来，一条腿没有了，惊得掌柜忙扶住他，日娘捣老子的骂那土匪苟百都："苟百都害了你害了我，他是咱俩不共戴天的贼啊！"柳子言又一次被掌柜请去北宽坪重新踏风水了。但他不是骑了驴子，而是坐在背篓里雇人背着去的。

旧地重游，柳子言坐在了女人曾经赐给他情爱的那个小房里失声痛哭，掌柜问他伤了什么心。他说想起了四姨太，还是这间房，还是这把椅子，却再见不到四姨太了！掌柜遂也老泪流出，劝慰柳先生不要为她难受，说四姨太好是好，再也寻不到她这般俏眉眼的娘儿们了，可毕竟现在是土匪的婆子，也不值得为她哭坏身子了。柳子言说："你知道她的近况吗？"掌柜说："我只说她被抢了过去不是拿剪子捅那土匪，也得触柱死去，她竟旺旺活着！听人说她出门，后边有两个护兵跟随，真真正正是土匪婆了！"柳子言心里愤愤起来：一个家有万贯的财东，一个不该娶少妇偏娶了少妇的老头儿，你拱手把四姨太献给了土匪，却要怨怪四姨太没有在新婚的夜里触柱而亡，得一个贞节的名号！这也算一个与四姨太夫妻十余年的丈夫，算北宽坪地方的绅士吗？对着并不慈善的掌柜，柳子言收回了对他遭到苟百都迫害的同情，也全然坦然了多少年里总有的一丝对他不起的心思。厌恶起掌柜的柳子言这么骂一个男人的歹毒，却也从掌柜身上看见自己的丑恶，骂起自己不也恰恰和这枯老头儿一样没有保护了那个女人吗？女人原本不爱掌柜。况且掌柜人也老了，而自己呢？柳子言扭头看窗外，窗外的枣树还在，他不禁戚戚感叹：“今年枣树上没干枣了。”

“枣树上哪儿还有干枣呢？”掌柜干笑了一下，忽问起一个问题来，“柳先生，听说苟百都也占了一处吉地？”

柳子言说：“那也算一块吉地吧。”

掌柜说：“那他还有大气数吗？你知道吗，为了占那吉地，他是将他娘掀进沟里跌死，对外说是失了足……哼，一个瞎眼山婆子能守得住？！”

柳子言说：“甭提土匪那一宗了，柳子言会给你再踏出一块好穴位，迁埋骨殖的。”

掌柜连声就呼着丫头，催问酒温好了没有，又说柳先生这次来不必着急踏勘，先喝三天的醉酒，姚家大院中的这些使唤丫头喜欢上哪一个了就只管招叫了去侍候你。

柳子言也真的这一顿酒吃醉了。

就在柳子言醉吐了一定要掌柜来打扫那秽物的时候，一个爆炸的消息传到了北宽坪，说是苟百都被龙抓了！掌柜一把搂住了也被惊得酒醒的柳子言长一声笑，短一声哭，夸讲着天神之公道，也夸讲土匪早不死迟不死偏在柳子言要重踏坟地迁葬父母骨殖的今日而死，这定是将要踏出美穴的预先兆应了。两个人已经听报信人说过一遍苟百都被龙抓的经过，却仍要再说一遍又说一遍，确确实实地核证了这一切皆是事实。

威风着方圆百里的苟百都是在前三天下山到黑龙口坪坝里的一家财东炕上抽烟土，已经抽过三个时辰仍不过瘾，他眉飞色舞地给财东和另几个土匪讲他的英武。说唐井派人来杀他，此人枪法好，刀法也好，却不知他苟百都是怎么个人物竟使唐井也奈何不得！那人来了，他枪也不带刀也不挎，端了火盆在门口吸旱烟哩。来人问："谁是苟司令？"他说了："我就是苟百都，伙计，来吸一锅子吧！"来人说："嗬，原来是黑皮八斗瓮！"他说："是长得差些。"还是低头吸他的烟。烟灭了，用手在火盆里捏一颗红炭按在烟锅上，来人眼就看直了。点燃了烟叶取下火炭，火炭没放在盆里却放在了膝盖上，膝盖上的肉就吱吱地响，再说一句："这烟叶真香，你真不吸吗？"来人就跪倒在地了，说："苟司令你是条汉子！要么你砍了我的头，要么我跟你吃粮！"那一把短刀就摔在他面前了。在座的财东说司令就这么收了来人了？苟百都说："屁！当粮子逛山不敢杀人我要他干啥？"拾起来人的刀在眼前看锋刃，说句好刀口哩，忽地一下砍下来人的头。头因为掉得太快，那眉儿眼儿还是笑笑的，便差人直送白石寨去了！在座的皆土色了脸面，苟百都就哈哈大笑，笑未毕，屋外忽然天变，一朵云停在屋当顶，接着嘎啷啷一个炸雷一道电光打开窗子冲进来，众人全都震昏了。待眼目睁开，屋里一切完好，唯独不见了苟百都，急奔出门，空中咚地掉下个黑炭来，苟百都烧焦成二尺长。

掌柜又是一串大笑，突然说："可惜了，可惜了！"报信人说："掌柜说土匪死得可惜了？"掌柜说："听说他有两颗金牙，花了大钱镶的那金牙就烧化了！"报信人说："哪里就烧化了，他的喽啰敲了金牙才用白布裹苟百都。正为了这事，他们不敢回去见那四姨太。不不，见那匪婆子，才一哄都散了，苟百都的尸首还是那家财东埋了的。"掌柜说："你说得对，是四姨太，今日晚上我就要去过风岔接回那娘儿们，回来了你还叫她四姨太！"

姚掌柜匆匆去张罗接四姨太的事宜了，留在了厢房里的柳子言却仍为突如其来的喜讯震得说不出话来。四姨太，那个心爱的美妇人竟然还能再次一见吗？他不能不感慨这是怎样的一种缘分啊！当掌柜领了一班人灯笼火把去了过风岔，柳子言的死而复生般的惊喜却遂被另一层为自己和那女人的悲哀代替了，一个逃离了老朽去当了三年的压寨夫人的四姨太，到头来又回到朽而又朽的老头儿的炕上，那女人就是因为长得太美吗？每一次像猎物一样被狼叼来叼去，又每一次偏让柳子言遇着。短暂的相会，留下的竟是长长久久的悲伤和凄凉，这是对那可怜女人的残忍呢，还是对为此而残废了的柳子言的残忍？！那么，自己对一个可望而不可即的女人的爱恋是一种自寻的罪过了，就不要再把这种罪过同时带给那个女人吧。这么着想了一夜，发起了高烧的柳子言终于决定在四姨太被接回时绝不去见她，眼不见心则不乱，让她度过她后半世的清净岁月吧。

天稍稍发亮，柳子言收拾了褡裢，扶杖而去了，但门前的土场上一副滑竿急急抬了过来，他看见了坐在滑竿上面色黑灰眉眼扭曲的掌柜，却没见到四姨太。他拱手搭问："四姨太呢？"掌柜却并没有回答他，昨晚那飞扬的神气没有了一点儿痕迹。"四姨太没有接回来吗？"他又问了一句。掌柜哼了一声，显得那么的不耐烦，却恶狠狠对放下了滑竿要散去的随从说："把吃的东西送去，好好看管。今日大门关了，后门掩了，外边人一个不准进来，家里人一个不许出去！"便踉跄进了大厅去自个儿卧屋了。柳子言是不能私走了，看着立即有人抱了被褥提了饭盒出去，大门砰砰下了横杠，不知究竟出了什么事情。姚家的丫头和跑腿的在没人处交头接耳，一有人又噤声散开，柳子言不能询问任何人。他默默地回坐到厢房去，寻思四姨太一定没有接回来，或许四姨太已经死了，或许四姨太已逃离了过风岔。厢房的门口远远正对着院角的厕所茅房，短墙头上的一蓬豆荚蔓窸窸窣窣响后，一个人头冒出来，柳子言知道这是姚家大太太在那里解手用豆荚叶揩了屁股了。但大太太却在短墙头上向他招手。

"来呀，柳先生！"她又一次招他，"你不想听听稀罕吗？"

柳子言走近去，蠢笨得如捣米桶一般的肥婆子走出了茅房短墙，一边系裤带一边说："你知道小骚货的事吗？"

"四姨太？"柳子言忙问，"她到底怎么啦？"

婆子说："哼，老鬼总忘不了吃嫩苜蓿，只说小骚货的身子叫土匪占了哩，心还在他身上，没想土匪死了骚货还不回来！"

"不回来了。"柳子言说，"她到底是不肯回来的了。"

"不回来老鬼行吗？她有一副嫩脸脸嘛！老鬼真不嫌她脏，她是给土匪怀了个崽儿，肚子都那么大了，喝苦楝子水怕也堕不下来了！"

柳子言惊呆了："四姨太有了孩子？！"

婆子说："老鬼一看就上了气！要当场把土匪崽踢落下来，又怕丢了骚货的小命儿。可那匪婆子竟也往涧里跳，被人拉住，头上已破了一个洞。老鬼气得骂：你那时怎不就跳了崖，我还给你立个节妇牌呢！我现在来接你，你倒寻死觅活？！就把骚货用滑竿抬回来了，真该让她死去才好！"

柳子言忙问："怎不见抬了回来？"

婆子说："抬回姚家让生下那个土匪种吗？姚家是什么人，不要说招外人笑话，这邪祟气儿要坏姚家的宅舍呢？你瞧瞧，关在那个石堡里，让生下匪崽儿了，还要放三天的爆竹，艾水洗了身子，方能倒骑了驴子回姚家的门！"

肥婆子说着捂了嘴嘎嘎直笑，柳子言的脑子里已一片混乱，他望着院外山坡顶上的古堡，泪水拂面。那一座古战场残留的石堡，数年前他默默地从远处观望，想象了一个月夜他怎样能和四姨太幽会其中，数年后的今日，四姨太竟真的被幽闭在那里了。石堡上到底是如何的败旧，荒草横长，野鸽遗矢，孤零零的一个美艳女人就在那里生养胎儿再将胎儿亲手处死吗？柳子言不知肥婆子何时离去，他双手抠动着墙皮一步一跳地不能在厢房门口安静，指甲就全抠裂了，墙面上抹出了一条一条血道。突然单足跳跃竟走到厅房台阶下，他改变了主意要看看四姨太，甚至拿定主意请求在姚家长期住下，他要永远能见着那个女人，也要让那女人永远能见到他！他跳跃到台阶下再要跳上台阶，他摔倒了，碰掉了一颗门牙，对着听见响声出来的掌柜说："你怎么能将四姨太关在石堡呢？你不能这样待她！"

掌柜疑惑地看着他，说："柳先生，我是器重你的，你不要管我家私事。"

"不！"柳子言再一次从地上跳起，单脚竟如锥一样直立着，说，"掌柜，这是你家的事，我本是不能管的，可你是请我来为姚家踏吉地的，你是知道的，积德为求地之本，知积德善人未有不得吉地的。苟百都为何死于非命？他行恶多端，吉地也成了弃地啊！"

掌柜说："我何尝不正是这样做呢？那娘儿们怀的是土匪的种，我让她出血流污地在姚家生养，岂不辱没了姚氏祖宗？我要不是待她好，我早在过风岔一刀挑开她的肚皮了！

柳先生是手艺人，怕是昨日的醉酒还没完全醒的吧？来人，扶柳先生回屋去，熬了莲子汤好好服侍先生吧！”

几个跑腿的男人几乎是抬着柳子言到厢房去了。

躺倒在厢房土炕上的柳子言，现在只能是无声地抽泣，为了将来还是掌柜的四姨太的女人，他的求情遭到了掌柜的拒绝和厌烦，他的那点儿勇敢可怜得毫无作用可起。漫长的一天里，他恨着自己不是个土匪，若是有土匪的蛮力和枪杆，他也不至于这般容忍了掌柜这老狗。到了这时，反倒那苟百都真是个汉子，可惜了苟百都的死去，女人宁愿跟着土匪也比来姚家要好了。这一天终于将尽，四山严合，逼出了黑暗下来，月亮也随之出现，多清丽的月夜呀，原本是浪漫的人儿飞身于山峁，依山上下曲折的石堡栈道，让月光浸着雪净的衾绸，让月光逼着玲珑的眉宇，有了如丝的幽梦，有了如水的思愁，有彻悟有祈祷有万千神话……而现在的女人于石堡中哭淌了多少泪水？柳子言担心着女人经受不了生下骨血让人活活弄死的折磨而要死去的。是的，她要死去的，任何一个最坚强的女人都会在灰了心的绝望中死去！一时间，柳子言紧张得一身汗都出来了，他似乎就看见了女人披头散发地在那里吼叫，风却灌进了她的口，谁也听不到她的呐喊。她开始痴痴地盯着石壁看那一群快活的蚂蚁了。她是那蚂蚁就好了。上苍啊，怎么让这女人来世时托生一只自由自在的蚂蚁呢？石堡的门洞外，女人能看到月下起伏的万山躉岭吗，能看到浮云浸拥的栈道石廊吗？不不，石壁如塔压着她，如笼囚着她，她从门洞看到的是一堆堆磷火。对了，柳子言想起了发生在这山头的一件古远的传说，说是一位英武的将军驰骋鏖战了一生却终在最后被敌军包围在了这座石堡中。同样是一个美丽的月夜，石堡的内外躺满了部下的尸体，只剩下了将军的妻子和一个忠诚的卫士，将军看着满山围拢上来的敌军，他血刃了自己心爱的年轻的妻子。他不忍心妻子落入敌军手中受辱，在血刃了妻子后抱着她还微笑的头颅哈哈大笑，对着吓呆了的卫士说："好了，我英雄的一生要结束了，现在，我要成全你。他们以三百两白银悬赏我的头，你就提了我的头去见他们吧，我忠诚的卫士！"说完，风吹动着他的长发，星月照耀着他的铠甲，一手抓着头发，一手扬刀就抹掉了自己的头，竟然那只手把抹掉的头颅捏着而身子不倒。这古远的传说那么清晰地在柳子言脑海中浮现，他想，四姨太一定在这个时候听见了一片鬼的号叫，看见了那英雄的将军和将军的妻子，她在哀叹了：谁是我的英雄呢？英雄将军保不了妻子的活着，却保护了妻子的死去，这妻子也是幸福的。我一个容貌美丽的女人，因美丽而为臭男人们活着，如今要死在一个可爱的人的刀下也不成啊！柳子言愈这么想，愈坠进了不可自拔的境界里去，过去的一幕幕的无能、软弱、忍耐全然激发了一个男人的所有勇敢，咬牙切齿道："我是你的英雄，是的，我是你的英雄！"

英雄了的柳子言在夜静入睡之时，拨开了姚家的大门，拄杖往山上去了。

崎岖的山路上，柳子言摔倒了一次又一次，他开始往山头爬。他的衣服全破了，唯一的一条腿和两条胳膊血肉模糊。他预想着爬到古堡怎样地打开石堡洞门的栅栏，怎样地呼叫着四姨太的名字而与她相见。他要告诉她不要哭，也不要叙说长长久久刻骨铭心的思恋。赶快逃离石堡吧，即使天黑不能远离，也要到另一处的什么地方躲起来。然后他们在某一处相会，然后他要和她，或许她愿意独自一人，他都可以帮她逃到很远很远的地方去。但是，当柳子言刚刚爬到了古堡下的栈道长廊下，看守着四姨太的人发现了。这是一位年迈的在姚家跑腿的老头儿，他是认识柳子言的，询问着柳先生摸黑怎么能到山上来。柳子言瞒不了他，老老实实地把一切都告诉了。他明白有人看守着古堡他是不能去搭救女人的。他说尽了女人的苦愁来感化这看守，甚至应允，若看守人能放他上去救那女人，他保证付一笔数目巨大的银钱，也保证为看守踏勘出一处大吉大贵的坟地，永葆其家族后代安乐昌盛。看守同意了，却劝柳子言不要亲自去，一个残废的人怎么能爬上那古堡，就是这栈道长廊，健全身体的人也要小心才能过呀。“先生请相信我，我就去帮四姨太逃走吧。明日掌柜要问，我就说我去拉屎，回来不见人了，大不了掌柜勒我一绳，罚了我一年的工钱。”柳子言感动得直磕头，说他今生今世忘不了老伯大恩，又千叮咛万嘱咐了许多许多要小心的事，方又倒爬着下山。

柳子言返回了姚家，天已经麻麻泛亮了，他若无其事地招喊了一个下人要求背篓里背了他去后坡根踏勘坟地。背篓背出了大门外，他却对着从河里挑水的姚家用人说：“你就给掌柜说一声吧，我去后坡根踏吉地了，让他随后也来看看。”可是，当柳子言踏勘到了晌午，掌柜却没有来，柳子言也不急着回去，就躺在暖和的地坎下打盹了。昨夜的奔波已经弄得他疲倦至极，现在该是好好地歇息了。蠢笨的掌柜这阵在干什么呢？他哪里知道石堡中的四姨太已经远走高飞，而这一切又都是一个残废的风水先生所为的呢！他作想不出在某一个山洞里还是松林中的四姨太，这阵儿是怎么地感激和思念着他啊。他得很快地踏勘完坟地去相见，而那个尊敬的看守老头儿能在他回到姚家一碰见就告诉他四姨太的去处吗？柳子言终于在松弛身心后迷糊起来，将隐隐的一种后怕和一种暗自涌上来的英雄气概的念头带到了梦境，但同时听见了声音：“先生，你醒来，掌柜来了！”被用人推醒了的柳子言果然瞧见掌柜远远走来了，且笑眯眯地在几丈外就说：“柳先生，你怎不多歇几天就踏坟地了！你这么为姚家费力，姚某人真是不知该怎样谢你了！”

柳子言说：“掌柜不必客气。你来瞧瞧，这个穴可真不错哩！”

掌柜说："是吗，这么快的？！先生你怎么受伤了，满手是血呢？"

柳子言脸红了一下，忙说："刚才下坎时不小心跌了，没事的。我想你既然来了，咱就把方位定了好下楔哩。"

掌柜却说："先生是急着要走吗？这次来可不能让你很快就走的，我得好好款待你才是。过午了，回家吃饭吧，明日再来好了。"

柳子言被背了随掌柜回到姚家大院，掌柜却并没有让他去厢房用膳，而让人一直背他到厅房，掌柜则仰躺在睡椅上抽起烟土来。一个泡抽完再抽一个泡，掌柜再不看他，也不说话，柳子言起身要往厢房去，掌柜突然说："柳先生也爱上我的四姨太了吗？"冷不丁一句，柳子言脸唰地黄了，扶桌站了起来又坐下，说："掌柜，你怎么说这话？我姓柳的有什么冒犯了你吗？"掌柜说："昨晚出了一件怪事儿，有人想要再夺走我的女人，竟到了石堡去。先生是能人，你估摸这是苟百都吗？"柳子言心里作慌了，他想一定是女人逃走后，掌柜在追查了。一想到女人已经逃走，柳子言又暗暗得意，恢复了脸面，故意作惊道："四姨太真的接回来了？谁到石堡上去干什么？苟百都不是被龙抓了吗！"掌柜冷笑了："苟百都是死了，可惜学苟百都的人没他那身膘肉！德顺，你进来吧！"厅房里便有一人进来，竟是石堡那看守四姨太的老头儿。老头儿看了一眼柳子言就将头垂下了。掌柜说：“姚家的下人出了一个苟百都咬人的狗，可再没第二个对姚某人二心的人，德顺告诉我了一切。我现在只想问柳先生一句，你爱上我的那个四姨太了吗？”柳子言在刹那间感觉天旋地转了，他恨死了这个叫德顺的老头儿，龙该抓的不是苟百都而是这狗德顺了！自己英雄了一场，竟坏在一个卑贱的下人手里，柳子言知道他现在的结果了，却为女人将受到又一重的惩罚而叫苦不迭了。到了这步田地，柳子言还掩饰什么、胆怯什么呢？他虎虎地看着掌柜，突然说：“是的，我是爱上四姨太了，我第一次到姚家来就爱上了四姨太！掌柜你杀了我吧！”掌柜一丢烟具，哈哈大笑不已，直笑得身子连同睡椅前后摇晃，说：“柳先生真个坦白！我还可以告知你，你不但是爱上四姨太，四姨太也爱上了你！”柳子言叫道：“不！这与四姨太无关，要杀要剐，我柳子言一人承担！”掌柜说：“柳先生真是爱女人爱得深呀！我并不杀你，你是我请来的贵客，我还要谢酬你哩，你知道我要谢你什么吗？我就把四姨太送你！我虽然爱这娘儿们，我为她破过家，在她当了匪婆子还把她接回来，但我今早去到石堡里见了她，就决定送你了！”柳子言直直看着掌柜，他估摸不出这老谋深算的掌柜说这话的真正含义。他站在那里不动，等待掌柜的突然变脸而吆喝了五大三粗的打手冲进来。掌柜却又在说：“柳先生，难道你也不回谢我一句吗？”柳子言简直不能相信事情竟是这般变化，阴霾密布的天突然透亮，湍急凶猛的水突然拐弯平缓，狂旋的龙卷风突然消失了吗？他一低头颅答道：“掌柜说话若真，那我多谢了！”掌柜却说了：“但我却也要你保证，一定要踏勘个吉穴给我！你今日草草踏了一下就说要定方位，我姚某就不能依你了！好吧，四姨太我先让她在石堡上待几日，几时吉穴踏成，你就带她走吧！”

整整踏勘了六天，真心真意地选好一处吉美穴地的柳子言爬到了石堡，出现在他面前的四姨太已是于那一日的早上被掌柜抽打一通鞭子将儿子降生，儿子却活活地在她的面前摔死了；而她也同时于掌柜的面前，用石片从左额直划出四条裂口到右腮，说：“你不是总爱着我这么张脸吗？我现在一心一意是你的四姨太了！”柳子言看着毁了容的女人，他啊的一声惊跌在地了。几分得意的掌柜也觉得愧对了柳子言，几分歉疚地说：“柳先生，我不该瞒着她毁容的事，望多谅解。娶女人就是娶一张脸，柳先生若不喜欢这个，姚某再送你个丫头好了，整头洁脸的乖巧人哩。”柳子言摇摇头，一下子跳起来，将面前的女人搂抱住了。

用鸡毛粘好了脸伤的女人，从此再也没有了往昔的俏丽，那四条从左眉斜斜下来到右腮的疤永远留下了红痕，但柳子言用驴子领回到他的家里，怜爱如初。他拥抱着这个千难万难方遂了心的女人，再不是旧日无能的男人，他是丈夫，尽着丈夫的职责。

他们在五年之后终于生下了一个儿子。

有了儿子，使这一对夫妇不再是为了过一种安静可心的日子了。他们幻想着在这个世界上，要活得顺心适意，有头有脸，就必须是要当官的。他们商定要为柳氏家族选一个最好的坟地；大半生为了他人的幸福，柳子言踏遍了山山水水，现在他们是在为自己而选穴了。一头瘦小的毛驴子，载着已经花白了头发的夫妇，终于在一个雨后天朗的正午寻觅到了一个山嘴下，柳子言激动不已，满口白沫论说勘踏美穴的妙处，什么风水以山名龙，故山之变态千形万状，走垄之体转移顿异，其潜现跃飞变化莫测，唯龙为然。何以曰脉，是统人身之脉络，气血所由以运行而一身之禀赋，脉清者贵，浊者贱，吉者安，凶者兀，地脉亦然。什么龙要旺，脉要细，穴要藏，局要紧，沙要明，水要凝，化生开帐两耳插天，虾须蟹眼左右盘旋，明堂开睁沙脚宜转。他满口文言古辞，女人哪里听得明白，问这山嘴下该是什么穴，柳子言又得意指点，说那山嘴两边呈半环，环后有横峁，峁后又一山成大环抱，虽不是五山耸秀四水归朝，青龙双拥官诰复钟，但却也是梧桐枝穴，此龙身枝脚均匀之格，梧桐枝双迎双送，两平势对节，分枝作穿心，该是祖宗儿孙相顾，至贵呢！女人乐道："好了，好了，我不懂你的这样穴那样穴，我只要我儿子当官的穴哩！"

柳子言自小没有了父母，被师傅收养学道，他不知道自己的父母葬在哪里，坟墓拱好了，便做了先考先妣的灵牌安放进去，又为自己和女人拱了双合大墓，便宣布再不为人察识风水了。在儿子长到了十二岁，男长十二接父志，在一个早晨，夫妇俩烧了锅菊花汤水沐浴，穿好了所有崭新的衣服，对儿子说："儿呀，我们不可能看着你长到三十四十，也不可能为你留下青堂瓦舍的一院房屋、百亩良田、万贯资产，可我们可以助你去当官。从今往后，你不要想着你的父母，也不要守在这个地方，你可以出外去干你的事了！这个世界这么大，你不会孤单，你会有许多大事要干的。"儿子是聪明俊秀的人物，听从了父母的话，磕下一个响头，下山而去了。

这父母骑上了毛驴。女人虽然老了，身架还俏，人依旧干净，头脚整洁不乱，却把一块印格手帕顶在头上，手帕太大了，四个角便遮了脸。柳子言说："今日暖和没风，遮得那么严干吗？"妇人说："不遮，难看呢。"柳子言端详着她，脸上皱纹是纵横了，五官却不多一分不少一分地端正，那四条伤痕虽是发红，却看到了往昔的美艳，说："你一点儿不难看。你是天人，你原本是在天上，但你到了人间，桃花恨你，春风恨你，所以你受尽磨难，只有了这四道疤你才活得安生了！太阳这么好，咱要出远门，为啥要遮呢？"

妇人听从了丈夫的话，要骑上毛驴了，柳子言就去扶她，趁机要捏捏那一双精精巧巧的脚，再将一竿柳条给她，让她当驴鞭。女人就说："你再捏，我可要抽打你了！"两人遂想起过去长长的一幕，相视在阳光下就全笑了。

他们一个在前一个在后，就这么骑着毛驴来到了他们的坟地，直走到地下拱好的坟墓穴里，便动手将墓坑中的砖石一块一块封了墓穴口。封得那么严，没有一丝风可漏，没有一点儿光可透。柳子言说，今晚会有一场雨的，坟顶上的土能塌下来埋了墓道，咱们可以安安静静睡了。

该怎么睡呢？漆黑的世界里，女人并没有立即感到呼吸的紧促，她询问着柳子言，并撒娇地一定要柳子言扶了她睡下，且要双手就紧紧搂住她，让她头枕在那宽宽的胸脯上。柳子言按她的要求去做了。他们在这个时候听到了坟外风扫过墓顶，那几丛枯草摇曳着泠泠的金属声，有蚂蚁在叫，蚯蚓在叫，墓壁上爬动的湿湿虫释放着姜葱一样的气味。两人同时想起了过去的岁月，想到了那一切一切细微得不能再细微的细节，倒后悔忘了带一壶酒来，这些记忆是用盐风干的肉丝，蛮能有滋有味地下酒呢。柳子言开始摸索着从身上解那件已经很旧很旧几乎稍稍一撕就破的红裹兜，妇人并没看见，却感觉到了，也伸过手来，拉平了，盖在他们的脸上。

“这是咱们的铭旌哩！”柳子言说。

“铭旌都是要写一生功德的。”妇人说。

“那上面不是有血斑吗？那就算咱自己写下的。”柳子言说。

两人无声笑了。

“咱们的儿子会当了官吗？”妇人悄声又说。

“会的。这是一个好穴哩！”

“能做了什么官呢？”

“很大的官，真的，大官哩！”

十年后，四十里外的洪家戏班有一个出了名的演员，善演黑头，人称“活包公”。他便是柳子言的儿子。柳子言踏了一辈子坟地真穴，但一心为自己造穴却将假穴错认为真，儿子原本是要当大官，威风八面的官，现在却只能在戏台上扮演了。

五　魁

迎亲的队伍一上路，狗子就咬起来，这畜类有人的激动，撵了唢呐声从苟子坪到鸡公寨四十里长行中再不散去。有着力气，又健于奔跑的后生，以狗得了戏谑的理由，总是放慢速度，直嚷道背负着的箱子、被褥、火盆架、独坐凳以及枕匣、灯檠、镜子、装了麦子的两个小瓷碗，使他们累坏了。“该歇歇吧！”就歇下来。做陪娘的麻脸王嫂说不得，多给五魁丢眼色，五魁便提醒：“世道混乱，山路上会有土匪哩。”后生们偏放胆了勇敢说：“土匪怕什么？不怕。”拔了近旁秋季看护庄稼的庵棚上的木杆去吆喝打狗。狗子遂不再是一个两个，每一个沟岔里都有来加盟者，于亢昂的唢呐声中发生了疯狂。细长黄瘦、剪去了尾巴的身子在空中做弓状，或爹起腿来当众撒尿，甚或有一对尾与尾勾结了长长久久地受活在一处了。于是后生们就喊：“嗨，骚狗子！嗨，骚狗子！”喊着狗子，眼睛却看着五魁背上的人。五魁脸也红了，脚步停住，却没有放下背上的人。

背上的人是不能在路上沾土的。五魁懂得规矩，愤愤地说：“掌柜是不会放过你们的！”

“我们当然不像五魁。”后生们说，“我们背的是死物，越背越沉。五魁有能耐你一个人快活走吧。”

五魁脸已是火炭，说：“造孽哩，造孽哩。”但没办法，终是在前边的一块石头前将背褡靠着了。背褡一靠着，女人的身子明显地闪了一下，两只葱管似的手抓在他的肩上，五魁一身不自在，连脖子都一时僵硬了。

五魁明白，这些后生绝不是偷懒的痞子，往日的接亲，都是一路小跑着赶回去，恋那早备了的好烟吃、烈酒喝，今日如此全是为了他背着的这个女人。

当一串鞭炮响过，苟子坪的老姚捏着烟迎他们在厅屋里吃酒，瞥见了里屋土炕上正坐的一位哭天抹泪的女人，他们就全然没有嘻嘻哈哈的放浪了，因为那女人生就得十分美艳，为他们见所未见。一个贫穷的茅草屋里生养出个观音人来，实在是一个奇迹，立时感到他们来此接亲并不是为柳家的富豪所逼使，而是一种赐予与恩赏了。世上的闺女在离开了父母的土炕将要去另一个做妇人的土炕时，都是要哭啼落泪的，而这女人哭起来也是样子可爱。她的母亲和她的陪娘在劝说着，拉下她的手，将粉重新敷在她的脸上，梳子蘸了香油再一次梳光了头发，五魁就看见了她歪在炕沿上，一条腿屈压在臀下，一条腿款款地斜横在炕沿板上，绣花的小鞋欲脱未脱地露出了脚跟的姿态。那一刻里，他觉得这女人是应该嫁到富豪的柳家去享福的，而且应该用八抬花轿来抬。但可惜山高沟大，没有抬花轿的路可走，只得他五魁驮背了。

五魁在十六岁的时候已经体格均匀，有大力气，被选作了驮背新娘的角色，以致从此成了专门职业。十年来，他背驮了数十个新娘，他知道了鸡公寨各家媳妇的重与轻、胖与瘦，甚至俊丑及香臭，但他从来还未背过这么美妙的女人。他不明白在他走向炕边，背过身去，让那女人爬上背来，他竟是唰地出了一身微汗，以至于在女人已经双膝跪在了背褡上的毡垫还不知道，待到一声叫喝，姚家的人将朱砂红水抹在了他的脸上，他才清醒他是该出门走了。这一路都在后悔，也不能看见背上的人，背上的人却这么近地能看着他，该怎么在窃笑他那时的一副蠢相呢？

正是这女人被他背驮着了，挨在后边的抬着嫁妆的后生们，他们是可以一直不歇气地走到天边去，走到死去，也不觉劳累的。但是四十里山路轻易地到达实在不是他们的需要，后生们话才这么多，才这么兴奋，才这么故意寻借口拖延。在接亲的路上，做了新娘的虽是柳家的人了，但还不是真正的柳家人，他们的戏谑都不为过，若一经进了柳家，这女人就不是能轻易见得到的了。后生们如此，他五魁还能这么近地接触她吗？所以五魁也就把背褡靠在石头上歇起来。

八月的太阳十分明亮，山路上刮着悠悠的风，风前的鸟皱着乱毛地叫，五魁觉得一切很美，平生第一次喜欢起眼前起伏连绵的山和山顶上如绳纠缠的小路。如果有宽敞的官道，花轿抬了，或者彩马骑了，五魁最多也是抬嫁妆的一个。五魁几乎要唱一唱，但一张嘴，咧着白生生的牙笑了。麻脸陪娘走近来很焦急地看着他，又折身后去打开了陪箱的黄铜锁子，取出了里边的核桃和枣子分给后生们吃。这些吃物原本准备给接嫁人路上吃的，但通常是由接嫁人自己动手，现在则由陪娘来招待，大家就知道麻脸人的意思了。

“天是不早了呢！”陪娘说。

“误不了夜里入洞房的。”后生们耍花嘴，“瞧这天气多好！”

“好天气……”

“哪还怕了土匪？”

“哪里怕了土匪！”陪娘不愿说不吉祥的话，“你们可以歇着，五魁才要累死了！”

“五魁才累不死的！”

五魁想的，真的累不死。他就觉得好笑了，这些后生是在嫉妒着他哩。当五魁一次一次做驮夫的差事，他们是使尽了嘲弄的，现在却羡慕不已了。他不知道背上的女人这阵在想着什么，一路上未听到说一句话。五魁没有真正实际地待过女人，揣猜不出昨日的中午，在娘家的院子里被人用丝线绞着额上的汗毛开脸，这女人是何等的心情，在这一步近于一步地去做妇人的路上又在想了什么呢？隔着薄薄的衣服，五魁能感觉到女人的心在跳着，知道这女人是有心计的人，多少女人在一路上要么偶尔地笑笑，要么一路地啼哭，她却全然没有。她一定也像陪娘一样着急吧，或者她是很会懂得自己的美丽，明白这些后生的心意，只是不言破罢了。

不言破，这才是会做女人的女人。

好吧，五魁想，那不妨就急急她。她急着，陪娘急着，鸡公寨外的山口上等待着新人的柳家少爷更让急着去吧。

老实坦诚的五魁这一时也有一种戏谑的得意，若这么慢慢腾腾地走下去，一个晌午女人不能吃喝和解手，使她因水火无情的缘故而憋得难受，于他和他的同类又将是怎么开心的事呢？一个将要在柳家的土炕上生活的妇人，五魁对于她的美的爱怜而生出了自己的童身孤体的悲哀，就有了说不清的一种报复的念头了。

有了这一念头的五魁，立即又被自己的另一种思想消灭了：谁让自己是一个穷光蛋呢，不要说自己不能有这样的美人，连一个稍有人样的女人也不曾有，即使能得到这女人，有好吃的供她吗？有好穿的供她吗？什么马配什么鞍，什么树招什么鸟，这都是命运安定的。五魁，驮背一回这女人，已经是福分了，是满足了！于是，五魁对于后生们没休没止的磨蹭有不满了。

“歇过了，快赶路吧！”他说。

后生们却在和陪娘耍嘴儿，他们虽然爱恋着那个可人，但新娘的丽质使他们只能喜悦和兴奋，而这种丽质又使他们逼退了那一份轻狂和妄胆，只是拿半老徐娘的陪娘作乐。他们说陪娘的漂亮，拔了坡上的野花让她插在鬓角。五魁扭头瞧着快活了的麻脸陪娘也乐了。

是的，陪娘在以往的冷遇里受到了后生们的夸耀忘记了自己的本色，如此标致的新人偏要这个麻脸做她的陪娘，分明是新人以丑衬美的心计所在了。或许，这并不是新人的用意，而她实在是美不可言，才使陪娘的脸如此的不光洁吗？五魁觉得自己太幸福了，他离开了石头，兀自背着新人立在那里，看太阳的光下他与背上的人影子叠合，盼望着她能说一句：这样你会累的。新人没说。但他知道她心里会说的，他的之所以自讨苦吃，是要新人在以后的长长的日月里更能记忆着一个背驮过她的人。

天确实是不早了，但后生们仍在拖延着时间，似乎要待到如铜盆的太阳哐嚓一声坠下山去才肯接嫁到家。戏弄了陪娘之后，又用木棒将钩连的狗子从中间抬过来，竟抬到五魁的面前，取笑着抹了朱砂红脸的五魁，来偷窥五魁背上的人面桃花了。

五魁无奈扭身，背了新人碎步急走。

这一幕背上的女人其实也看到了。一脸羞怯，假装盯眼在前面的五魁头顶的发旋上了。

五魁感觉到发旋部痒痒的。在一背起女人上路，他的发旋部就不正常，先是害怕虽然洗净了头，可会有虱子从衣领里爬上去吗？即使不会有虱子，而那个发旋并不是单旋，是双旋，男的双旋拆房卖砖，女人会怎样看待自己呢？到后来，发旋部有悠悠的风，不知是自己紧张的灵魂如烟一样从那里出了窍去，还是女人鼻息的微微热气，或者，是女人在轻轻为他吹拂了，她是会看见自己头上湿漉漉的汗水，不能贸然地动手来揩，便来为他送股凉风的吧。

这般想着的五魁，幻觉起自己真成了一匹良马，只被主人用手抚了一下鬃毛，便抖开四蹄翻碟般地奔驰。后边的后生果然再不磨蹭，背了嫁妆快步追上，唢呐吹奏得更是热烈。五魁还是走得飞快，脚步弹软若簧，在一起一跃中感受了女人也在背上起跃，两颗隐在衣服内的胖奶子正抵着他的后背，腾腾地将热量传递过来。草丛里的蚂蚱纷纷从路边飞溅开去，却有一只蜜蜂紧追着他们。

“蜂，蜂！”女人突然地低声叫了。

蜜蜂正落在了五魁的发旋上。

听见女人的说话，五魁也放大了胆，并不腾出手来撵赶飞虫，喘着气说：“它是为你的香气来的。”但蜜蜂狠狠蜇了他，发旋部火辣辣的立时暴起一个包来。

“五魁，蜇了包了！你疼吗？”

“不疼！”五魁说。

女人用手指在口里蘸了唾沫涂在五魁的旋包上。

五魁永远要感激着那只蜜蜂了。蜜蜂是为女人的香气而来的，女人却把最好的香液涂抹在了自己的头上！对于一个下人，一个接嫁的驮夫，她竟会有这般疼爱之心，这就是对五魁的奖赏，也使五魁消失了活人的自卑，同时产生了一种可怕的邪念，倒希望在这路上突然地出现一群青面獠牙的土匪，他就再不必把这女人背到柳家去。就是背回柳家，也是为了逃避土匪而让他拐弯几条沟几面坡，走千山万水，直待他驮她驮够了，累得快要死去了。

是心之所想的结果，还是命中而定的缘分，苟子坪距鸡公寨仅剩下十五里的山道上，果然从乱草中跳出七八条白衣白裤的莽汉横在前面，麻脸陪娘尖锥锥叫起来：“白风寨！”

白风寨远鸡公寨六十里，原是一个下河人云集的大镇落。不知哪一年，白风寨便有了一个年轻的枭雄唐景，他打败了官家，以此安营扎寨，演出了许多英武的故事。他在别的村庄别的山寨是提起来令人毛骨悚然的人物，但在白风寨却大受拥戴，他并不骚扰这个寨以及寨之四周十数里地的所辖区的任何人家，而任何官家任何别的匪家却不能动了这地区的一棵草或一块石头。虽然也娶下了一位美貌的夫人，但他的服饰从来都是白的，也强令着他的部下以及那个夫人也四季着白色的衣裤。为了满足寨主的欢喜，居住在这个寨中的山民都崇尚起白色。于是，遭受了骚扰的别的地方的人一见着一身着白的人就如撞见瘟神，最后连崇尚白色的白风寨的山民也被视为十恶不赦的匪类了。

麻脸的陪娘看得一点儿没错，拦道的正是白风寨的人，他们不是寨中的山民，实实在在是唐景的部下。原本在山的另一条路口要截袭县城官家运往州城的税粮，但消息不确，苦等了一日未见踪影，气急败坏地撤下来议论着白风寨近期的运气不佳全是殒了压寨夫人所致，痛惜着美貌的夫人什么都长得好，就是鼻梁上有一颗痣坏了她的声名。为什么平日荡秋千她能荡得与梁齐平而未失手，偏在七月十六日寨主的生日，那么多人聚集在大场上赛秋千，她竟要争那个第一呢？为什么在荡到与梁欲平的时候，众人一哇声叫好，她的宽大的丝绸裤子就断了系带脱溜下来，使在场的人都看见了不该看到的部位呢？寨主从不忌讳自己的杀人抢劫，当他把大批的粮食衣物分给寨中山民时告诉说这是我们应该有的，甚至会从褡裢中掏出一颗血淋淋的人头讲明这是官府×××或豪富×××，但他却是不能允许在他的辖地有什么违了人伦的事体。他扬起枪来一个脆响击中了秋千上的夫人，血在蓝天上洒开，几乎把白云都要染红，美貌的夫人就从秋千上掉下来。他第一个走近去，将她的裤子为她穿好，系紧了裤带，脱下自己的外衣再一次覆盖了夫人的下体后，因惯性还在摆动的秋千踏板磕中了他的后脑勺。

现在，他们停下来，挡住了去路，或许是心情不好而听到欢乐的唢呐而觉愤怒，或许是看见了接亲的队伍抬背了花花绿绿的丰富的嫁妆而生出贪婪，他们决定要逞威风了。此一时的山峁，因地壳的变动岩石裸露把层次竖起，形成一块一块零乱的黑点儿，云雾弥漫在山之沟壑，只将细路经过的这个瘦硬峁梁衬得像射过的一道光线。接亲的队列自是乱了，但仍强装叫喊："大天白日抢劫吗？这可是鸡公寨的柳掌柜家的！"

拦道者听了，脸上露出笑容来，几乎是很潇洒地坐下来，脱下鞋倒其中的垫脚沙石了，有一个便以手做小动作向接亲人招呼，食指一勾一勾地，说："过来，过来呀，让我听听柳家的源头有多大的？"

接亲的人没有过去，却还在说："鸡公寨的八条沟都是柳家的，掌柜的小舅子在州城有官座的，今日柳家少爷成亲，大爷们是不是也去坐坐席面啊！"

那人说："柳家是大掌柜那就好了，我们没工夫去坐席，可想这一点儿嫁妆柳家是不稀罕的吧？！"

后生们彻底是慌了，他们拿眼睛睃视四周，峁梁之外，坡陡岩仄，下意识地摸摸脑袋，将背负的箱、柜、被褥、枕头都放下来，准备作鸟兽散了。麻脸的陪娘却是勇敢的女流，立即抓掉了头上的野花，一把土抹脏了脸，走过去跪下了：“大爷，这枚戒指全是赤金，送给大爷，大爷抬开腿放我们过去吧！”

陪娘伸着右手的中指，中指上有闪光的金属。

那人就走过来欲卸下戒指，但一扭头，正是藏在五魁背后的新娘探出来瞧陪娘的戒指，四目对视，新娘自然是低眼缩伏在了五魁的背后，那人就笑了。

陪娘说：“大爷，这可是一两重的真货，嫁妆并不值钱的，只求图个吉祥。”

那人说：“可惜了，可惜了！”

陪娘说：“只要大爷放过我们，这点儿小意思，权当让大爷们喝杯水酒了！”

那人却说：“这么好的雌儿倒让柳家的消用，有钱就可以有好女人吗？你家少爷能，我们白风寨也是能的。”遂扭转头去对散坐的同伙说：“瞧见那雌儿了吗？好个人才，与其让做财东婆真不如做了咱们的压寨夫人哩！”

同伙在这一时里都兴奋得跳起来。

陪娘立即站起：“这使不得，这使不得！”双手挥舞，似要抵挡了。那人抽刀来扫，一道白光在陪娘的面前闪过，便见一件东西飞起来，陪娘定睛看时，东西已被贼人接住，是半截指头和指头上的戒指，才发现自己中指已失，齐愣愣一个白茬，就昏死地上了。

那人叫道："都听着，这新娘还是新娘，但已是我们的压寨夫人！柳家是大掌柜，他少不得被我们抄家杀头，这女人与其做少奶奶短命倒不如做压寨夫人长长久久！"

五魁不待那人说完，拧身就往东路跑，跑到一块大石后，拐脚钻入一块茅草地，不顾一切地往峁沟窜去，已经吓得木木呆呆的新娘此一刻里双脚双手只搂着五魁如缠树藤萝。慌不择路的五魁不住地要耸耸身子，将越背越下沉的女人在耸中向上挪送，每一耸就摔下一把汗豆子。再后就双手反搂在后，勒紧了女人的腰，说："我要滚了！"已是刺猬一般从一个斜坎滚下去，荆棘茅草就碾平了一道。滚到坎下，前面就是一条河了，河面上架一棵朽柳树的桥，深水旋着无数的涡儿，看去如一排排铆钉。五魁仰头往山上看，看不到峁梁，却想，若立即踏桥过河，山峁上必是能看得见的了，就用嘴努努左侧的一处鹰嘴窝岩，说："那里有一个洞，藏在那里鬼也寻不着了！"要站起来，却发现自己还倒在草窝里，女人的双手还勒着自己的脖子，女人的双脚也弯过来绞住了自己的腰，五魁就驮着女人拱身要站起来，但几次拱不起。女人终于说："让我下来！"一句话使惊魂失魄的五魁知道现在是安全地带了，便庆幸起自己的勇敢和机智，同时松弛了的脑袋里闪动的许多思绪，啊啊，一个菩萨般的女人现在与自己是很亲近的了！且不说她到了柳家做少奶奶是五魁不能正眼看的，即使她还在苟子坪做女儿，比五魁更魁伟的也更有钱的男人能挨着她一个指头吗？而如今她手脚纠缠地在自己身上合而为一，她是把一切的一切都依赖着他了！他看见了自己下巴下十指交叉着的白手有一处流着血，就后悔滚坡下来的时候没有保护得了被荆棘的划撕，那一只脚上，绣花的红鞋也快要掉了，如果真要被树枝挂走了，一个女人赤着一只脚，女人的难堪会使自己怎样地负疚呢！他腾出一只手来，将她的小鞋穿好，这一动作蛮有心劲儿，浑身的血管就汩汩跳，但表现得似乎毫无别的心思的样子。女人竟也如小孩儿一样并不配合，软软的，让他穿了许久。

女人说："五魁，你救了我，你好行哩！"

这样的一句话，使五魁无限地激动，一拱身就站起来了。"土匪我见得多了，跑得过我的他娘还没生下哩！"

五魁想，躲在鹰嘴窝岩下只要熬过一时，土匪就会寻不到他们而离去，那么，背驮着女人过了那个桥面，再顺沟下行二十里，再绕上鸡公寨，天擦黑是可以将新娘背驮到柳家的。对于这一场抢劫，于五魁实在不是灾祸，原本想多背驮女人的想法竟成现实，五魁对土匪是不恨的，倒觉得土匪与自己有一种默契似的。

"王嫂她不知怎么啦。"背上的女人突然说。

“不知怎么啦。”五魁也说，为女人的慈良叹息了。土匪用刀削掉了陪娘的指头，他是看见了，他可惜这个陪娘，却又怨恨为什么要送给土匪金戒指呢？如果土匪发现走失了新娘，会不会就又抢走了这个麻脸断指的黄皮婆呢？“这都是那些崽子的罪！”五魁骂起抬嫁妆的后生们了，呸，口大气粗，遇事稀松，要不是他五魁及早逃走，这女人今日晚上不就沦为土匪的床上用品吗！

“只要你好，”五魁说，“我会把你囫囵囵接到柳家的。”

土匪是可能抢走了所有的嫁妆，也可能杀死一些人的，这消息会传到柳家，柳家一定在为新娘担心了，或许他们痛哭号叫，或许组织人马去白风寨要人，或许绝望了，但偏偏在这个时候，他五魁背驮着新娘安全无恙地出现了，柳家于惊喜之余如何感念他啊！是的，五魁的举动并不是建立在柳家的是否感念，只要求得新娘对自己的记忆，再退一步，即使新娘此后再不记忆这事，他五魁完成了他对于一个美丽女人的保护，五魁就是很英雄很得意的人了！

已经到了鹰嘴窝岩下了，五魁还是没有放下女人，他说他不累。有什么累呢？百五十斤的劈柴捆，他会从四十里外高山上一气背回来的。一搂粗的碌碡也能搬得起来。“我行的。”他说得很豪迈，甚至背驮着女人往上跳了一下。但是，他突然啪地跌在地上，女人也摔在一丈开外了。五魁顿时羞愧满面，抬头就看女人，却看到的是三个提刀的土匪，明白了刚才的跌倒并不是他的无能，是土匪的一块石头砸在他的腿内弯。

五魁扑过去把女人罩在了身下。

土匪嘿嘿地笑了："小子你好腿功！"

五魁说："你们不要抢她，她怎么能嫁给一个土匪呢？你们捆了我去吧！"

土匪一脚把五魁踢倒了，却用手拍拍他的脸，"养活你个吃口货吗？"

五魁就势抓了匪手又扑过来，土匪再踢开去，五魁已流血满面，还是扑过来。土匪说："是个死缠头！"举刀就砍下去。女人叫道："不要杀他，我跟你们走是了！"落下来的刀一翻，刀背砸在五魁的长颈上，五魁就死一般地昏过去了。

死里逃生的接嫁人抬背着完整无损的嫁妆到了柳家，但接亲没有接回新娘，拥在柳家门前鸣放着三千头的鞭炮的众人，便立即放下挑竿，用脚把炮捻踩灭。柳掌柜怀里的水烟袋惊落在地，肥胖的稀落着头发的柳太太一声不响地从八仙桌上软溜下去，被人折腾了半日方才缓醒。那个少爷，戴着红花的新郎，倒是哈哈大笑而使众人目瞪口呆，笑声就很凄惨，很恐怖，慌得旁人拿不出什么言语去劝慰，正要附和着他的笑也笑上一笑，少爷却把一位垂手侍立的接亲人一个耳刮接一个耳刮扇起来。柳家门里门外，顿时一片静寂，等少爷已返回东厢房里，众人还瓷着大气儿不敢出。

柳少爷的发凶理所当然，这位富豪家的孩子，并没有营养过剩的虚胖或贪食零嘴而羸孱不堪，魁伟的身体是鸡公寨最健壮的男人，有钱有力却新妻遭人抢夺，他没有失声痛哭，自然是进屋去抄了长杆猎枪，压上了沙弹和铁条，便又搭了高凳去取屋柱上吊着的竹笼。竹笼里存放着平日炸猎狐子和狼的用品，全是以鸡皮将炸药、铁砂和瓷片包裹成的炸弹。这炸弹放在狐狼出没之地，不知引诱了多少野物丧命，现在他脑子里构想着立即领人抄近道去截击土匪，将炸弹布置在他们需要经过的山路上，然后凭一杆猎枪打响，使土匪在爆炸声中丢下属于自己的新娘。但是，就在少爷双手卸下了竹笼从凳子上要下来的时候，凳子的一条腿却断了，少爷一趔趄，竹笼掉落，随之身子也跌下来，震耳欲聋的爆炸就发生了。

众人闻声冲进屋去，柳少爷躺在血泊里，拉他，拉起来一放手他又躺下去，才发现少爷没了两条腿，那腿一条在门后，一条搁在桌面上。

柳家的噩耗沉重地打击了鸡公寨。五魁的老父得知自己的小儿子没能回来，就蹴在太阳映照的山墙根足足抽完一把烟叶末，叫着两个儿子，说：“揭了我炕上那页席吧，把五魁卷回来。”两个兄长没有说一句话，带了席和碾杆往遭劫的地方走了。

十五里外的山峁梁上，嗡嗡着一团苍蝇，走近看了，有一截胖胖的断指，却没有五魁的尸体，两兄长好生疑惑，顺着坡道上踩倒的茅草寻下去，五魁正坐在那里，迷迷瞪瞪茫然四顾。

“五魁，五魁，你没有死？”兄长喜欢地说。

五魁突然呜呜地哭起来了。

“你没有死,五魁,真的没死！”兄长以为五魁惊吓呆了。

五魁说：“新娘被抢走了，是从我手里抢走了的！”

兄长就拉五魁快回家去，说土匪要抢人，你五魁有什么办法？原本是十个五魁也该丢命了，你五魁却没死，回去喝些姜汤，蒙了被子睡一觉，一场噩梦也就过去了。但五魁偏说：“我要去找新娘！”

话说得坚决。兄长越发以为他是惊吓呆了，拿耳光打他，要打掉他的迷瞪。五魁却疯了一般向兄长还击，红着双眼，挥舞拳头，兄长不能近身，遂抽手就跑，狼一样从窝岩跑上峁梁，大声说：“新娘是我背的，我把新娘丢了，我要把她找回来！”兄长在坡下气得大骂：“五魁，五魁，你这个呆头，那是你女人吗？！”

五魁并没有停下脚。他知道白风寨的方向，没死没活地跑，兄长的话他是听见了，只是喘着气在嘟叨：不是我女人，当然不是我女人，可这是一般的女人吗？嫁给柳家她是有福享的，却怎么能去做了土匪的婆子呢？

况且况且，五魁心里想，女人在和他一起滚下坡坎的时候，是那样地用身子绞着他，是那样地信任他，作为一个穷而丑的五魁，这还不够吗？即使自己不能被她信任，给她保护，却偏偏是她保护了自己，在土匪的刀口下争得自己一条活命，现在活得旺旺的五魁要是心没让狗吃，就不能不管这女人了！

五魁后悔不迭的是，那一阵里自己如果不逞英雄，不在女人面前得意，急急过了桥去又掀了桥板，土匪还能追上吗？而自作聪明地要到窝岩下，又那么自信地在岩下歇息，才导致了土匪追来，岂不是女人让自己交给了土匪吗？

跑过了无数的沟沟峁峁，体力渐渐不支了起来的五魁，为自己单枪匹马地去白风寨多少有些怀疑了。要夺回女人，毕竟艰难，况且十之八九自己的命也就搭上了。他顺着一条河流跑，落日在河面上渲染红团，末了，光芒稀少以至消失，是一块橘橙色的圆。圆是排列于整个河水中的，愈走看着圆块愈小，五魁惊奇他是看到了日落之迹，思想又浸淫于一个境界中去：命搭上也就搭上了，只要再能见上女人一面，让她明白自己的真意，看到如这日落之迹一样的心迹，他就可以舒舒坦坦死在她的面前了。

五魁赶到了白风寨，已是这一日夜里的子时。白风寨并不是依一座山包而筑，围有青石长条的寨墙和高高的古堡，朦胧的月色里依然是极普通的村镇了。一座形如鸡冠状的巨大的峰峦面南横出，五魁看不到那鸡冠峰的最高处，只感到天到此便是终止。山根顺坡下来，黑黝黝地散乱着巨石和如千手佛一般的枝条排列十分对称的柿树，那石与树之间，矮屋幢幢，全亮有灯火，而沿着绕山曲流的河畔，密集了一片乱中有序的房院，于房院最集中的巷道过去，跨过了一条石拱旱桥，那一个土场的东边有了三间高基砖砌的戏楼，正演动着一曲戏文，锣鼓杂嘈，人头攒涌。五魁疑心这不是自己要来的地方，却清清楚楚看到了透过戏楼上十二盏壮捻油灯辉映下的戏楼上额的三个白粉大字：白风寨。于往日的想象里，白风寨是个匪窝，人皆蓬首垢面，目透凶光，眼前却老少男女皆只是浸淫于狂欢之中，大呼小叫地冲着戏台上喊。戏台上正坐了一位戴着胡须却未画脸的人，半日半日念一句："清早起来烧炷香。"然后在身旁桌上燃一炷香插了，又枯坐半日，念："坐在门前观天象。"台下就嚷："下去下去！我们要看《换花》！"五魁知道这是正戏还未开前的"戏引"，却纳闷白风寨好生奇怪，夜到这么深了，还没到开演时间。台上那人就狼狈下去，又上来一人说道："今日白风寨有喜开了台子，演过了《穆桂英招亲》，寨主也都走了，原本是收场了。大家不走，要看《换花》，总得换装呀！好了，好了，不要吵了，马上开始！”果真戏幕拉合了，又拉开来，粉墨就登场了。五魁心不在戏上，只打听寨主的营盘扎在哪儿，被问者或不耐烦，或虎虎地盯着他看，五魁怕被认出不是白风寨的人，急钻入人群，企望能在旁人闲谈中得知唐景的匪窝，也就有一下没一下假装看戏。戏是极风趣的，演的是一位贪图占便宜的小媳妇如何在买一个货郎的棉花时偷拿了棉花，货郎说她偷花，她说没偷，后来搜身，从小媳妇的裤裆里抓出了棉花，那棉花竟被红的东西弄湿了，一握直滴红水儿。在一阵浪笑声中，五魁终于打问清了唐景的住处，钻出人窝就高高低低向山根高地上走去。

在满坡遍野的灯火中果然一处灯火最亮，走近一院宅房，高大的砖木门楼挂了偌大的灯笼，又于门楼房的木桩上燃着熊熊的两盏灯盏，一定是盛了野猪油，灯芯粗大如绳，火光之上腾冲起两股黑烟，门口正有人出出进进。五魁想，大门是不好进去吧，却见有人影走过来，忙藏身一个地坎下，坎沿上有人就说话了：“寨主得到的女人好俊哟！”一个说：“我知道你走神了，死眼儿地看，可你却不看看你自己，你是寨主吗，你是卖烧饼的！”先头的便说：“其实那女人像你哩！”问：“你说哪儿像？”说：“你近来，我给你说！”两人靠近了，一个很响的口吻声，一个就骂道：“别让人瞧见了！”五魁知道这是一对少男少女，正是去看了抢来的女人，便想：白风寨真是土匪管的地方，唐景抢了女人，就有人唱大戏，还有人跑去相看，看了寨主的女人就贼胆包天，暗地里要来野合吗？却听那少女又说："你离远点儿，看着人，我要尿呀！"少男不远离，女的就训斥，后来蹲下去撒尿，尿水恰好浇在五魁的头上。五魁又气又恨，却不敢声张，遂又自慰：不是说被狗尿浇着吉利吗？待那少男少女走远了，不免又于黑暗里目送了他们，倒生出欣羡之心，唉唉，这嫩骨头小儿倒会受活。咱活的什么人呢？五魁这般思想，越发珍贵起了柳家的新娘待自己的好心诚意，也庆幸自己是应该来这一趟的。可是，门楼里外还是站了许多人，五魁就顺着宅院围墙往后走，企图有什么残缺处可以翻进去。围墙很高，亦完整，却有一间厕所在围墙右角，沿着塄坎修的，是两根砖柱，上边凌空架了木板，那便是蹲位了。五魁一阵惊喜，念叨着这间厕所实在是为他所修，就脱了外衫顶在头部，一跃身双手抓住了上边的木板，收肌提身爬了上去，木板空隙狭窄，卡住了臀但还是跳了上来。五魁丢了外衫，双手在土墙上蹭了污秽，见正是后院的一角，院中的灯光隐隐约约照过来。

贼一样地转过了后院的墙根拐角，五魁终于闪身到了中院的一个大厅中，于一棵树后看见了那里五间厅堂，中间三间有柱无墙，一张八仙土漆方桌围坐了一堆人吃酒，厅之两头各有界墙分隔成套间，西头的门窗黑着，东头的一扇揭窗用竹棍撑了，亮出里边炕上的一个人来。五魁差不多要叫起来了，炕上歪着的正是新娘！五魁鼓了劲儿便往厅门走，走得很猛，脚步咯咯地响，厅里就有人问："谁个？"五魁端直进门，问道："哪位是唐寨主？"众人就停了吃酒，一齐拿眼盯他，一个说："是给寨主贺喜吗？夜深了，寨主和夫人也要休息了，拿了什么礼物就交给前厅，那里有人收礼记单，赏吃一碗酒的！"五魁说："我不是来送礼的，我有话要给寨主说！"在座的偏有两个是亲自抢夺了女人的，五魁没有看清他们，他们却识得五魁，忽地扑过来各抓了他的胳膊按在地上了，回头说："寨主，这小子就是那个驮夫，竟寻到咱们白风寨来了！"中间坐着的那个白脸长身男子闻声站起，五魁知道这便是唐景了，四目对视半晌，唐景挥手让放了他，冷冷说道："你一个人来的？"

五魁说："就我一个。"

"好驮夫！"唐景说，"我就是唐景，唐景要谢谢你，来，给客人倒一碗酒来！"

五魁不喝酒。

唐景就哈哈笑了："不喝你就白不喝了！你是个汉子倒是汉子，可一人之勇却有些那个吧，要夺了女人回去，你应该领了百儿八十人才行啊！"

五魁说："我不是来夺女人的，我只是来给寨主说个话。"

唐景说："白风寨上唐景没有秘密的，你说吧！"

五魁说："寨主要不让我说，就着人拔了我的舌头，要让我说，我只给寨主一个人说。”

唐景又笑了：“真是条好汉子！好吧，你们都回去歇着吧。”

众人散了开去，一个人已经走到厅院了，又进来将身上的一把腰刀摘下给了唐景。唐景说：“用不着的。”倒将厅门哐啷关闭了。

五魁还站在那里不动，心里却吃惊面前的就是唐景吗？外边的世间纷纷扬扬地传说着有三头六臂的土匪头子，竟是这么一个朗目白面的英俊少年吗？且这般随和和客气！僵硬了半日的五魁一时却不知所措，突然腿软了，跪在地上说：“寨主，五魁是一个下贱驮夫，莽撞到白风寨来，得罪寨主了！”

唐景说：“来的都是客嘛！权当你是我派的驮夫，有话喝了这碗酒你说吧。”

五魁便把酒接过喝了，一边喝一边拿眼看唐景的脸，看不出有什么奸诈和阴谋，心里倒犹豫，该不该对他撒谎呢？这么一想，却立即否定了：唐景不像个凶煞，可土匪毕竟是土匪，柳家的新娘不是现在抢来要做压寨的夫人吗？我是来救女人的啊！就放下酒碗说：“寨主，我只是驮夫，原本用不着为柳家的这个新娘来的。这女人若是被别的人抢了去，我也不会这么来的，一个女人嫁给谁都一样，反正不是我的女人。可寨主是什么人物？我五魁虽不是白风寨的人，寨主的英名却听得多了！为了寨主，五魁才有一句话来说的，寨主哪里寻不到一个好女人，怎么就会要这个女人呢？她虽然眉眼美一点儿，却是个白虎星。”

五魁的话十分啰唆，他始终在申明自己来的目的，唐景就一直看着他微笑，可说出最重要的一点了，却戛然而止，唐景就霍地站起来，问道：“白虎星？”

五魁说：“是白虎星。”

白虎星是指女人的下身没毛，而本地的风俗里，认定着白虎星的女人便是最大的邪恶，若嫁了丈夫，必克丈夫，不是家破业败，就是人病横死，即使这号女人貌美天仙、家财万贯，男人一经得知断是不肯讨要的。

五魁看着唐景脸面灰黑起来，却说：“寨主如果是青龙这便好了！”

青龙者，为男人的胸毛茂密，一直下延到下身器官，再一溜上长到后背。若女为白虎，男为青龙，这便是天成佳偶，不但不能相克反倒相济相助，是世上最美满的婚嫁。

但唐景不是青龙，白脸唐景连胡子都不长。唐景直愣愣拿眼看着五魁，看得五魁几乎要防线崩溃，突然说：“她是白虎，你怎么知道？”

这是五魁在准备说谎的时候就考虑到了，他说，这女人是苟子坪姚家的女儿，而他五魁的表姐正好也在那个村，鸡公寨柳家少爷定了这门亲，一次他去表姐家提说起此事，表姐悄悄告知他的。五魁这么说着，尽量平静着心，说了上句，就严密谨慎下句，不要出现差错。“表姐说，”五魁就又说了，“有一次表姐同这女人上山捡菌子，捡得热了，两人偷偷在林中的一个山泉里洗澡发现的。表姐发现了，心里就犯嘀咕，怪不得姚家族里的那个小伙上山砍柴就滚坡死了，以前却在说这女人与那个本门哥相好得怎样怎样，原来她是白虎星短他的寿呀！这事表姐当然不敢对人言说，只是柳家一向欺负他五魁家，五魁无可奈何，知道了柳家定了这门亲，表姐才喜欢地说恶人有恶报，瞧他柳家的霉事吧！”

“这也真是。”五魁说，“鸡公寨年年要娶多少女人，而每一个新人都是我当的驮夫，可从来没有遭人抢过，偏偏柳家就出了事，这不是白虎星女人一结婚起就克柳家了吗？”

唐景说：“我要是不信你这话呢？”

这话却使五魁全然没有预料，五魁不知道怎么回答了。他低下头去，心里慌乱了：唐景怎么个不信呢？是他要验证吗？今日夜里，那女人就成了他的女人，是白虎星不是白虎星一看就知的。可是，五魁又想，风俗里讲，若是白虎星，男人即使不与行房事，但亲眼见了那东西，也就有了克的作用，唐景是不会做这种险事的。那么，先让手下人检查吧，可一个寨主何等人物，自己的女人能先让手下人检查吗？唐景能一枪打了秋千上断了裤带的夫人，他绝不肯将这女人的隐私暴露给部下的。五魁心里有些安妥，却仍是一头汗，说谎原本心中发虚，唐景若再诈问一次，他就一定会露出破绽了。或许，他这阵已看出我的谎言，一个变脸就要杀了我了！杀就杀吧，既然已经说了谎被他识破。五魁来时也就不想活着回去了！五魁的汗水有颗滴在了地上，他现在遗憾的是还没有见上女人一面。

“信不信由你。”他无可奈何地说。

唐景却反身进了西边套间，很快又出来，端了一盅酒，说道：“你是这女人的接亲驮夫？”

五魁茫然，不作回答。

唐景说：“一个驮夫，新娘被人抢了，主人家是不会怪了你的吧？驮的新娘被抢，新娘做谁的新娘你也用不着太计较的吧？为一个富豪人家的新娘而来白风寨要人，你不会这么大劲头儿吧？可你却来了！或许你是来救这女人的，或许你真为了我好，但怎么让我相信呢？这里有一盅酒，说白了，酒里有药，你要是来救女人，念你一个驮夫有这般勇气，我放你囫囵回去，绝不伤你一根头发，唐景说话算话。你要是真心为了我，你就喝了这酒，这酒能毒聋你双耳，耳聋了我却有大事交给你干，你肯喝吗？”

酒盅放在了桌上，五魁的脸色唰地变了，琢磨唐景的话，明白面前的这个白脸少年之所以能成枭雄果真有不同于一般的手段！承认是来救女人的就放走，承认说了真话却让喝毒，但不论怎样就是不说还要不要这女人，五魁是犯难了。想承认了来救女人，唐景真的会生放了他？就是生放，你五魁是来干什么，就这么空手回去吗？证明一切为了唐景，却要喝下聋耳毒酒，土匪就这样恩将仇报吗？好吧，五魁是来救女人的，女人救不走，五魁也是不回去的，聋就聋了耳朵，先待在这里再寻机救那女人吧！五魁端了酒盅一仰头就喝了，立即倒在地上准备毒在腹内作凶。

但五魁没有难受，耳朵依然很聪。

唐景说："五魁是真心待我了！我现在告诉你，这酒里并没有毒，而抢这女人我事先也全不知道，压寨夫人才死了，我也没个心思这么快再娶一个，手下的兄弟一派好意，人既然到了白风寨，不应允也怕冷了兄弟们的心，可要立即圆房却是不肯，只准备养了她在这里，待亡人周年之后才能成亲。现在既然如此，我会让这女人回去的，唐景也不落个抢人家女人的名声，但却希望你能来白风寨吃粮，不知肯不肯？"

五魁一下子则浑身稀软，手脚发起抖来，他给唐景磕头，磕了一个又一个，说："五魁当不了粮子的，我只会种地。"

唐景说："那也可以来寨子里安家嘛！"

五魁说："我还有一个老爹，他离不开热土，寨主还是让我回去吧。"

唐景说："你这个硬憨头！那好吧，你老爹过世了，你想来白风寨住，你就来找我吧！"

依唐景的意思，五魁可以在白风寨歇一夜，天明领女人回去，五魁却要求连夜走，直待五魁进东套间背驮起了又惊又喜的女人出门了，唐景又倒了酒，一盅给女人喝下，一盅自己喝了，说：“毕竟咱们还有这份缘！”伸手忍不住在女人的脸上捏了一把。

五魁驮背了女人千辛万苦地回到柳家，柳家却怀疑了，怀疑的不是五魁，是女人。无论五魁如何地解说他是怎样混进了白风寨趁唐景醉酒之后偷背了女人逃出，柳掌柜只是赏了他三升黑豆、一筐萝卜，以及吃饱了一顿有酒的小米干饭外，并没有将女人安置到装修一新的洞房，也不让与少爷相见，而是歇在厢房，门窗就反锁了。夜里，柳太太于厢房放了一个蒲团，蒲团上铺了油布，油布上捏了一撮灯草灰，令女人脱得光光的分腿下蹲于蒲团之上。女人不明白这是要干什么，蹲上去纹丝不动。婆婆就拿一蓬鸡毛要求她捅鼻孔，遂一个巨声的喷嚏，女人的鼻涕、唾沫都喷溅了，那灯草灰仍未飞动。婆婆说：“你穿好衣服吧。”穿好了，婆婆端过一个木盆，揭盖放出一个龟来，女人吓了一跳，旋即蹦到凳子上。婆婆说：“没规矩！”女人又下来。婆婆再说：“你踩到龟背上去！”惊惊恐恐踩上去，老是立不稳，好的是龟沉寂如一冷石，单是瞄准了猛踩上去，龟背一角响动，裂了一道小纹，也摔得女人在地上了。柳太太慢慢地笑了，说：“五魁说的是实话，我儿的地里是不插别人的犁啊！”到了此时，女人方清楚做婆婆的在验证自己的童身，不觉满脸羞红，一腔恼怒了。死死活活逃出了土匪的手回到柳家，柳家原来要的并不是她和她的心，而是她的贞操！看来柳家在得知了她遭劫时就已失望了心，她的返回只是意料之外的收获。那么，土匪唐景真的糟蹋了她，在验证时因处女膜破裂打喷嚏而使下身冲飞了灯草灰，龟背未裂，婆婆又会怎样待她的呢？两行悲酸热泪就流了下来。

“回来了就不要哭哭啼啼，”婆婆说，“从今往后不要对人提说你是到过白风寨的，只道是五魁背了躲在一个山岩下的！记住了吗？记住！”

婆婆出去了，不一会儿有人送来姜汤催她服下，再有人进来拿了香火在她头顶、周身绕了三绕，再是有人抬了环盆，添了菊花汤水要她沐浴，就听见外边鞭炮大作，遂拥来七八人牵了红绸彩带的毛驴抱她上坐。坐上去她的面与驴头相左，正欲掉过身来，牵驴人说：“要倒骑才能消灾灭罪！”拥着就走出厢房，和驴一起在院中转了三六一十八个圆圈，每一圈儿于东西南北的方向立栽的木桩上点燃一支香火，待到弄得她头晕目眩停下来的时候，她已是坐在洞房的炕上了。

炕上并不是新娘初入洞房时独坐的一张四六草席，而红毡绿被铺得软乎，被窝里正睡着她的夫君柳少爷。

五魁是蒙头睡了三天三夜，昏昏如死，第三日的黄昏起来，回想往事，惊恐已去，正得意做了一场传奇人物、英雄壮士，却得知柳家少爷已经断了双腿，今生今世残废得只能在炕上躺着了。

五魁捶胸顿足地后悔起来了，自己冒死抢回的女人，就是为着让她来陪伴一个不是人形的人吗？如果自己不去抢救，不在白风寨编造那一番一生唯有的一次弥天大谎，女人就是白风寨的压寨夫人了，嫁了土匪声名虽是不好，可土匪唐景却年轻英武，是个真真正正的男人啊！唉唉，到底是做了一场好事呢还是作了一次罪孽，五魁眼泪就淌下来。

这是为什么呢？一个菩萨般的女人，人见人爱，原本是有最好的郎君，是有最大的福享，命运却如此不乖，在真正要成为女人的第一天里就遭匪抢，到了婆家，丈夫又残，这是会使多少男人愤愤不平的事啊！五魁为自己痛恨，更为着女人而惋惜，也想到那个白风寨的唐景得知了这个消息后又不知怎样的一声浩叹呢！

当女人进入洞房，看见了等待自己的就是没了双腿的一块肉疙瘩，做女儿时多年来的蓬蓬勃勃情焰被一瓢冷水浇灭，一派鸳鸳鸯鸯的憧憬一时化为乌有，女人会想到些什么呢？能不能怀疑起自己一个贫贱的与柳家无亲无故的驮夫怎么能冒死去匪窝救她出来的动机呢？女人一定要认定柳家少爷的残废在前，娶她在后，被土匪抢去，他五魁必是拿了柳家重金赎她而回又得了柳家一笔可观的酬金的。啊啊，五魁的一切英雄行为原却是一场阴谋的大骗局了，五魁在女人的眼里是个恶魔，是个小人，是个一生一世永远要诅咒的人了！

五魁想很快能到柳家去，他要把一切实情告知女人。

但五魁没有理由去柳家，除了红白喜丧事，一个穷鬼是不能随便就踏进柳家院门的。五魁便见天清早拾粪，三次经过柳家门前的大场。或是远远地站在大场前的河对面堤畔，看着柳家门前的动静。终一日，太阳还没有出来，村口、河岸一层薄雾闪动着蓝光，五魁瞧见女人提着篮子到河边洗衣服了。女人还是那么俊俏，脸却苍白了许多，挽了袖子将白藕般的胳膊伸进水里来回搓摆，那本来是盘着的发髻就松散了，蓬得像黑色的莲花。后来一撮掉下来，遂全然扑散脸前，发梢也浸在河面了。女人几次把乱发撩向脑后，常常手搭在脑后了，却静止着看着水面发呆。五魁想，那脑袋稍稍再抬高一些，就能看见蹲在河之对岸看着她的他了，但女人始终是那么个姿势。五魁看看四周，远处的沟峁上有牛的哞哞声，河下游的水磨坊里水轮在转着，一只风筝悠悠在田畔的上空飘荡，放风筝的是三个年幼的村童，五魁就生了胆儿，提了粪筐轻脚挪近河边，出山的日头正照了他的身影映过河面，人脸映在女人的手下了。

女人发了一阵呆，低头看见水里有了一个熟悉的人脸，以为还浸在长长的回忆之中而产生了幻影，脸分明红了一下，忙用手打乱了水面，加紧了搓洗衣服。可是，就在她又发呆之时，那人脸又映在水里，她这下是吃惊了，猛地抬起头来。五魁瞧见的是一脸的瀑布似的乌发，女人湿淋淋的手拨开乌发，嘴半张了，却没有叫出声来。

“柳少奶奶，”五魁说话了，“大清早洗呀？”

女人说：“啊。”

五魁却再没了词。

女人说：“是五魁呀，多时不见你了，你不住在寨子里吗，怎不见你来坐坐？”

五魁说：“我就在寨里的三道巷住的，我怕柳家的那狗。”

女人笑了一下，但再不如接嫁路上的美妙了。五魁看见她的眼睛红红的，似乎是肿着，他明白她哭的原因，心便沉下来了。

“五魁，你过得还好？”女人倒问他。

“我，我……”五魁想起自己的罪过，“柳少奶奶，事情我都知道了……这事我真不知道是那样的……你还好吗？”

女人的眼睫一低，两颗泪水就掉了下去，同时也轻轻笑了一下，说：“还好，他伤口已经不痛了。”

五魁这才注意到女人洗的并不是衣服，而是一堆沾满了血滴和药汤斑迹的布带子。有一条在说话间从石头上溜下去，要顺水冲去了。女人伸手去抓，没有抓住。

五魁就要从河面的列石上跳过来帮她去打捞，列石被水冲得七扭八弯，过了一次，没能跳过，女人说："过不来的，过不来的！"

女人越说过不来，五魁的秉性就犯了，他偏要证明能过来，后退几步猛地加力一个跃子跳过来。但他还是没能捞住那冲走的布带子，遗憾地在踩脚。

"算了，冲了就冲了。"女人说，"你住在三道巷，我几时去谢你？你和你哥哥分家了吗？"

五魁："我一个人过的。我那地方脏得没你好坐的。"

女人说："那你就常来我家喝杯茶呀！你是对柳家有恩的人……我以后听到狗咬，会出来接你的。"

女人说完，拾掇了布条在篮子里，扭身回去了。上大场的那斜坎，回头看五魁还站在那里看着她走，半边乌发遮盖的脸上无声地闪过一个笑。五魁记得了那个眼笑起来特别细，特别翘。女人似乎知道五魁还在看她，步子就不自然起来，手脚有些僵，却更有了一种味道。

再是五魁依旧过了河去对岸地畔捡粪，列石怎么也跳不过去，弄湿了鞋和裤管儿。

十天之后吧，做光棍的五魁又为寨子里一家人当驮夫接回来了一位新娘，照例是被朱砂水涂抹了花脸，还未洗去，请来坐了上席的柳掌柜对他说："五魁，你是我家的功臣哩，一直要说再酬谢你的，但事忙都搁下了。你要悦意，你来我家喂那些牛吧，吃了喝了，一年给你两担麦子。嘿嘿，权当柳家把你养活了！”五魁毫无精神准备，一时愣了，心想，柳家有八头牛，光垫圈、铡草、出粪就够累的了，虽说管吃管喝，可一年两担麦子，实质是一个长工，算什么“柳家把你养活了”？正欲说声“不去”，立即作想出长年住柳家，不就能日日见着柳家少奶奶了吗？且柳家突然提出要他去，也一定是少奶奶的主意。便趴下给柳掌柜磕一个头，说多谢掌柜了。

去柳家虽是个牛倌的份儿，但毕竟要做了柳家大院中的人，接亲的一帮村人就起了哄，这个过来摸摸五魁剃得青光的脑袋，那个也过来摸摸脑袋，五魁说：“摸你娘的奶头吗？男人头，女人脚，只准看，不准摸！”

村人说：“瞧五魁爬了高枝，说话气也粗了，摸摸你的头沾沾你的贵气呀！”

五魁说：“我有脚气！”

村人说：“五魁脚气是有，那是当驮夫跑来的，往后还能让柳家的人当驮夫吗？你几时让人给你当驮夫呀？”

五魁说：“我那媳妇，怕还在丈人腿上转筋哩！”

村人说：“你哄人了，现在听说有八个找你的，可惜身骨架大了些，要是脾气不犟又不抵人，那倒真是有干活的好力气！”

说的是柳家的八头牛了，五魁受奚落，气得一口唾沫就喷出来，众人乐得欢天喜地。

翌日中午，五魁果真夹了一卷铺盖到柳家大院内的牛棚来住了，他穿上油布缝制的长大围裙，牵了八头牛在太阳下用刷子刷牛毛。太阳很暖和，牛得了阳光也得了搔痒舒坦地卧在土窝里嗷叫，五魁也被太阳晒得身子发懒，靠了牛身坐下去，感觉到有小动物在衣服下跑动得酥酥的，要脱衣捉虱子，柳少奶奶却看着他哧哧地笑。

女人来院中的晾绳上收取清晨照例洗过的布带儿，看见五魁和牛卧在一起，牛尾就一摇一摇赶走了趴在牛眼上的苍蝇，也赶了五魁身上的苍蝇，她觉得好笑就笑了。五魁立即站起来说："少奶奶好！"

女人说："中午来的？午饭在这儿吃过的吗？"

五魁说："吃过的。"

女人说："吃得饱？"

五魁说："饱。"

女人说："下苦人，饭好赖吃饱。"

五魁说："嗯。"

五魁回过话后，突然眼里酸酸的了，他长这么大，娘在世的时候对他说过这类话，除此就只有这女人了。他可以回说许多受了大感动的言语，可眼前的是柳家的少奶奶，他只得规矩着："多谢少奶奶了！喂这几头牛活儿不重的，少奶奶有什么事，你只管吩咐是了。"

女人在阳光下，眼睛似乎睁不开，说："五魁你生分了，不像是背我那阵的五魁了！”

五魁想起接亲的一幕，咽了口唾沫，给女人苦笑了。

自此以后，五魁每日在大院第一个起床，先烧好了温水给八头牛拌料，便拿拌料棍一边笃笃笃地敲着牛槽沿儿，一边拿眼睛看着院里的一切。这差不多成了习惯。这时候柳家的大小才开始起床，上茅房去的，对镜梳理的，打洗脸水，抱被褥晾晒，开放了鸡窝的门公鸡扑着翅膀追撵一只黄帽疙瘩母鸡的，五魁就注意着少奶奶的行踪。少奶奶最多的是要提了布带子去河里洗涤，或是抱着被单来晾晒。五魁看见了，有时能说上几句话，有时远远瞧着，只要这一个早上能见到女人，五魁一整天的情绪就很好，要对牛说许多莫名其妙的话，若是早上起来没能看到少奶奶，情绪就很烦躁，恍恍惚惚掉了魂似的。

到了冬天，西风头很硬，河的浅水处全结了冰，五魁就起得早，去河里挑了水，在为牛温水时温出许多，倒在柳家人洗澡的大木盆里，就瞅着少奶奶又要去洗布带子了过去说河水太冷，木盆里有温水哩。少奶奶看了他半天，没有固执，便在盆里洗起来。五魁这阵是返回牛棚去吃烟，吃得蛮香。等到一遍洗完要换水了，五魁又准时提了一桶温水过来，女人说：“五魁，这样太费水哩！”

五魁说：“没啥，水用河盛着的。”

女人说：“你要会歇哩。”

五魁说："我有力气，真有力气呢，那个碌碡我也能立起来的。"

女人说："五魁喂牛也会吹牛！"

五魁就走过去，将一个拴牛的平卧的碌碡双手搂了扎一马步，一个"嘿"字就掀得立栽成功，女人尖声说："二杆子，可别闪了腰！"五魁偏还显能，再要去掀另一个碌碡，一扎马步，裤子的膝盖处嘣地裂开来，窘得五魁跑到牛棚半日没敢出来。

午饭后，柳家的人睡午觉，五魁穿了背夹，挽了破了膝盖的旧裤在牛棚出粪，正干得一头一脸的热汗，少奶奶趴在牛棚边的木杆上叫五魁，五魁忙不迭地擦脸，女人说："你不要命了吗？一日干不完还有二日嘛。我收拾了少爷的一件旧裤子，他也是穿不成了，你就穿吧。可能你穿着长，我改短了一下，不知合适不合适，已放到你的床上了。"女人说完话要走，却又返回来说："这事我给老掌柜已说过了，你穿吧，别人不会说你偷的。"同时笑了一下，左眼还那么一挤转身又走，却不想一头牛在槽里吃草，一甩头，将草料和汤水甩了她一脸。五魁急扑过去拉牛头，女人擦着脸已走开了，五魁一腔激情无法泄出，抄了一根木棍就打牛，牛因为缰绳系在柱子上，受了打跑不脱就绕着柱子转，五魁还是撵着打，那柱子摇晃起来，尘土飞扬，吓得鸡叫狗也咬了。厅房里柳掌柜午休起来，提了裤带去茅房，看见了训道："这不是你家牛就不心疼吗？”五魁说：“掌柜，这牛抵开战了！”棍子一丢，脚下顺势踢到牛棚角里。

五魁试穿了柳少爷的裤子，裤子当然是旧的，但于五魁来说却是再新不过的了，他惊奇的是少奶奶并没有量过他的身材，却改短之后正好合体。五魁先是穿了脱下，再穿了再脱了，不好意思走出牛棚去。当少奶奶见着他问他为啥不穿那裤子呢，他终是鼓了勇气来穿，一出门，双手不知哪里放，腿也发硬走了八字步，女人说：“好，人是衣服马是鞍，五魁体面多了！”五魁就自然了。除了在院内忙活牛棚的事，又忙活院内杂事，他也穿了这裤子牵了牛出大院去碾子上碾米。掌柜无聊，也到碾子边来，在旁的人就羡慕五魁的裤子好，五魁说：“托掌柜的福哩！”掌柜说：“五魁是我们柳家人嘛！年终了，还要给五魁置一身新的哩！”回到大院，掌柜却说：“五魁，这衣服虽是你家少爷穿过的，但只穿了一水，原来是四个银圆买的布料，就从二担麦子中扣除四升，让你拾个便宜，谁让五魁是柳家的人呢！”

这件事，五魁只字不给少奶奶说，凡是看见少奶奶在院中的太阳下做针线或在捶布石捶浆布，五魁就在牛棚脱了旧裤，穿上这件裤子走出来。他当然是牵了一头牛假装要给牛去院子里的土场上刷毛的，这样，他们互相有话可说又有事干，五魁就不显得那样紧张和拘束。这时候，少奶奶常常取笑了五魁的一些很憨的行为后就自觉不自觉地看着五魁，五魁心里就猜摸，她一定是在为自己改做的裤子合适而得意吧。但是，女人那么看了一会儿，脸色就阴下来，眼里是很忧愁的神气了。五魁便又想：可怜的女人，是看见我穿了裤子便看见了少爷未残废前的样子吗？如今裤子穿在我的身上，跑出走进，而裤子的真正主人则永远没有穿裤子的需要了，她的心在流泪吗？五魁的情绪也就低落下来，他要走回牛棚脱了那裤子，却又不忍心在女人难受时自己走掉，他说："少奶奶，你还好？"

女人说："不好。"

五魁的话原本是一句安慰话，如果女人说一句"还好"，五魁心也就能安妥一分，但女人却说出个"不好"，五魁竟没词再说下去。

女人看着五魁，眼泪婆娑而下。

女人一落泪，五魁毫无任何经验来处理了，慌了手脚，口笨得如一木头，也勾下头去了。脚前是一只细小的蚂蚁在搬动什么，看清了，是一只死亡了的蚂蚁。这死去的蚂蚁是那只小蚂蚁的丈夫吗？妻子吗？一个弱小的躯体搬运与己同样大的尸体行动得够艰辛了，五魁猜想小蚂蚁的心灵一定有比躯体更大几倍十几倍的创伤吧，眼泪也吧嗒嗒掉下来。女人突然低声说："掌柜过来了！"双手举起来假装搓脸而擦了泪水，同时大声说："五魁，这头牛是几个牙口了？"却不待五魁反应过来，已站起身，迎着公公问今日中午吃什么饭，她要去伙房通知厨娘呀，掌柜才没走过来。而五魁在那里独自落泪。

这一夜又一次失眠了的五魁，细细地回想了与少奶奶的初识和每一次相见的情景，女人对自己的关心这是无疑的了。菩萨一样美好的女人，同时有一颗慈母般的心肠，这使五魁已浸淫于一种说不出也说不清的欢悦之中。中午女人当着面说了她的“不好”，当他的面流了眼泪，五魁感受了这女人待他是敞开了心扉，完全是把他当作了亲人或知己了。但是，五魁一个下人，一个柳家的牛倌，能为她做些什么呢？如果能换了腿去，五魁会绝不吝啬地把自己的双腿给了少爷，而只要这女人幸福。但这怎么可能呢？

使五魁稍稍心安的是，女人虽没有幸福的小日子好过，可柳家毕竟是鸡公寨最富有的大家，做了少奶奶的女人在这个家里地位也不能说低微，一切下人，甚至村寨里的男女老少没有不恭敬的，她是不会像一般人家的媳妇去田地耕犁翻种，也不会上山割草砍柴，一日三顿吃的，虽不是山珍海味却也白米细面。这是鸡公寨多少女人所企羡不已的福分。正因为怀有这份心思，五魁在原先是同全村寨的人一起忌妒过和仇恨过柳家的富裕的，现在却希望柳家日月不败。他作为一个长工式的牛倌，也不再学别人的样子消极怠工，当然盼望的是柳家牛马成群，五谷满仓，而这一切均为少奶奶所有，让掌柜，让掌柜婆，甚至包括那个无法再变成完整人形的柳少爷都快些蹬脚闭眼去吧！若到那时，少奶奶再招一个英俊的主人进门，他五魁就永世为她喂牛，甚至死后也情愿变作一头牛，就来到她家供她使唤。

所以，再当少奶奶和柳家的公婆在厅房里吃着有鸡鸭的干饭时，少奶奶总是在饭桌上说鸡没煮烂，公公要把鸡头、鸡爪倒给狗去吃时，她就主张让下人吃去，端出来，当着院中吃着苞谷糊汤的下人高声喊：“来，来，我爹让把这些东西叫大伙儿尝尝！”却全部交给了他五魁，说：“你不要嫌弃，总比你碗里的强。”他五魁明白女人的心意，就要当着她的面可口无比地咬嚼剩肉，讨得她喜欢，甚至说：“你不要顾着我，只要你吃好，我喝凉水也会长膘的！”

能说出讨女人喜欢的话来，五魁对自己也惊奇了。女人就在一次他说过话后伸手点了他的额头，很撒娇地撮了嘴：“你嘴还抹蜜哩！”

这撒娇使五魁去了许多怯，生了无数的胆，言语也渐轻狂起来，他希望这样的撒娇每日赐予他，但往后却再没有发生。

到了阳春三月，柳少爷能被人背了出来在院中晒太阳，看云中的鸟了。五魁很久很久没有见过少爷，猛地见了确实吓了一跳。少爷头发蓬乱，脸色寡白，浮肿如发酵面团，一条被子裹着整个身子在躺椅上，俨然一颗冬瓜模样。而躺椅前的小桌子上，少奶奶端放了茶水、水烟袋，又正砸着一碗核桃，砸一个仁儿交给他嚼吃。五魁就走过去，躬腰问候："少爷，你晒太阳了！"

少爷看见了五魁，五魁高高大大站在自己面前，嘴要启开说话，没有说，眼睛就闭上了。五魁不知怎么啦，走也不是，不走也不是。女人说："五魁你蹲下来砸核桃吧！"五魁一时明白让他蹲下来，一定是少爷不愿看见一个下人端端直直站在他的面前，就蹲了下来。少爷果然眼又睁开，却立即看见了五魁穿的是自己曾穿过的裤子，乜眼就看女人，鼻子里发出"嗯？！"女人立即说："这是爹让给的。"少爷却对五魁吼了一声："你滚！我是你的牛吗，我让你来喂我吃吗？！"女人咬了咬嘴唇看着五魁，五魁起身走了。他听见身后的少爷脾气更焦躁了，连声骂女人把核桃全砸碎了，随即"哐"的一声。五魁回过头来，少爷推翻了小桌，正扬一把核桃打在女人的脸上。女人呜呜地哭起来，而从厅房走出的柳太太却在说："你哭什么呀，他是你男人，你不知道他心情不好吗？"五魁急步回跑到牛棚里自己的卧屋，扑在床上，头埋被窝里无声地流泪了。

从那以后，五魁每天可以看见女人抱了少爷到院中的躺椅上晒太阳，除了那一颗硕大的脑袋，纤弱的女人犹如抱了一个孩子，然后服侍他吃喝。这个时间，院子里不能有人走过，甚至后来不能有牛羊猪狗走动，凡是看见除了父母和自己女人外任何有腿的东西都要引起他的烦躁，院子里以致后来只有碌碡、石头或蒲团。

不久掌柜放出风来，说自己儿子的伤彻底好了，又不久就购买了两个粗壮的丫鬟在少爷跟前伺候。五魁见到了女人，说：“有了丫鬟你就轻省了。”女人却哇地哭出了声，说：“你不要说，你不要说！”平生第一次对五魁发了脾气。五魁一脸灰气，只好回坐到牛棚发了半天的呆。

想不通女人是怎么啦，五魁一连好多日在纳闷着，夜里更睡不着，起身坐在牛槽边，听吃了夜草的老牛又把胃里的草料泛上牛嘴里反嚼，还是琢磨不出女人发脾气的原因，倏忽什么地方就有了幽幽的哭声。五魁凝神听了听，声音是从厅房左边的套间里发出的，似乎就是少奶奶在哭，便挪脚往那里走，隐身于鸡圈的后墙处，看见了少爷的卧房窗口还亮着灯，果然是少奶奶的哽咽声，同时听见了少爷在大声骂：“你是我的老婆！你是我的老婆！”接着有很响的耳光，旋即窗纸上人影晃动。少奶奶的哽咽声起起伏伏断断续续，静夜里十分凄凉。天明，五魁起得早，在院子里第一个就碰见了女人，女人的脸上有几道血痕，眼肿得如烂桃一样。五魁不敢相问，想起那日的训斥，扭身要走，女人却说：“五魁，五魁你也不理我了吗？”五魁吃了一惊，站住说：“少奶奶你怎么啦，跌在哪儿吗？”女人说：“打的。”五魁一脸苦楚：“昨夜我听见你哭了。”女人说：“你是知道了？”

五魁并不知道他们为什么打架，只恨少爷的脾气古怪暴躁。可是一个晚上，又一个晚上，女人都是很晚很晚了在房中哭泣，哭泣中还夹杂了殴打声。终于在一个中午，五魁正在牛棚垫圈，远远看见女人又陪着少爷在晒太阳，少爷就反复要求着女人把头发梳好，还要抹上油，敷粉施胭脂，女人都依了，少爷就笑着问身边的两个丫鬟："少奶奶美不美？"丫鬟说："美。"少爷再问："怎么个美？"丫鬟说："像画儿上走下来的。"少爷又问："你们见过谁家的媳妇比少奶奶还美？"丫鬟说："再没见过。"少爷就让女人前走几步，转过身来近走几步，嘿嘿地笑。女人始终没有笑，机械得像个木偶，忽见狗子从大门口走过来，说："它在门口，怎么进来了？我去拴好！"就走去了。少爷却说："抱我回去！"两个丫鬟抱着回去了，立即一个丫鬟在那里喊："少奶奶，少爷叫你了！"女人说："他要吃酒，你去给他倒呀！"丫鬟说："他不吃酒，他要干那个……事哩！"女人不言语，头也不回地还是走她的路。另一个丫鬟又跑过来喊："少奶奶，少爷发脾气了！"果然卧房里就有了少爷狼一样的嚎叫。女人依旧往大门口走。大门口却站住了刚刚从外进来的柳太太，竖了眼，说："你男人叫不动你吗？回房去，回去！"女人站住了，却抱住了那里的一棵树说："我不回去！"柳太太一个耳光打过来，叫道："你是反了吗，柳家娶你为了啥？！"便哗啦着关了院门，喝令两个丫鬟把她拉回屋。两个丫鬟架了女人走，柳太太一边在后边骂，一边用手拧女人的屁股，到后来，卧房里就传出凄厉的哭声。

五魁明白了女人在受着怎样的罪了。

于是，他不愿意再见到少奶奶，不忍心看见她而想到自己的过失所给她造就的不幸，也不忍心见了她而她看着他时的脸上的悲苦和难堪。五魁除了担水、运土和背驮草料，其余的时间就把自己困在牛棚里，或是架了铡刀，双脚站在分叉的铡刀架前狠命地铡草。他想起了一首很古老的谜语："一个姑娘十七八，睡下腿分叉，小伙有劲儿只管压，老汉没劲儿压两下。"谜底说的是铡草，谜面的描写却是男女交合。遂想，少奶奶如果嫁的是一个老汉也还说得过去了，而少爷算什么呢？柳掌柜为儿子购置的两个粗笨丫鬟，就是抱了那一个肉疙瘩来发泄性欲吗？五魁不禁一个冷战，一身的鸡皮疙瘩都起来了。

夜里的哭声如幽灵一样压迫着五魁，白日的丫鬟的每一次呼喊"少奶奶，少爷叫你哩"，五魁更紧张得出一身汗，就跑进自己的睡屋拳击墙壁，墙壁泥皮便一片一片掉下来。一日，他把一大片泥片击打下来，筋疲力尽地瘫坐在了地上，屋门哗啦地被推开了，几乎像倒柴捆一样，少奶奶披头散发地顺着门扇倒在地上，放开了声地哭。五魁惊叫着扑来把女人扶起，女人的头却压在他怀里哭声更大，眼泪鼻涕湿了他一胸口，五魁把女人抱住了，像远久出门的爹抱住了委屈的孩子。女人说："我受不了了，我实在受不了了，你把我带来的，你把我再带走吧！我去当尼姑，去要饭，我也不当柳家的少奶奶了！”

“少奶奶！”女人的一句话，使五魁惊恐了，他一个下人，又是在柳家的大院里，柳家的少奶奶却在自己怀里，五魁触电般地挣脱了身，站起来，但五魁无言以对。

门在开着，门道里射进着白光光的太阳，女人瞧见五魁的呆傻样，越发号啕了。

“你不要哭，你一哭，他们知道你到我这里来了。”五魁紧张地说。

“你把我带走，你把我带走！”女人不哭了，却死眼看着他。

这不是说小儿语吗？五魁是什么人，怎么敢带走一个少奶奶？怎么带？往哪儿带？带出去干啥？五魁看看女人，又看看院外，五魁急得也掉眼泪了。

女人却突然双手攥了拳，狠劲捶打自己的一双缠过的小巧玲珑的脚，她没有翅膀，也没有一双能跑动的脚，只好双手开始抓自己的脸，已经抓破了一道血印，五魁就握住了她的双手，说：“你不能这样，你不能这样！”

女人往回抽手：“都怪我这张脸，我成丑八怪了，让他休了我去！”

五魁只是抓了她的手不放。

柳掌柜领着人横在门口了。五魁忙丢开女人，静立一边，听掌柜在骂道："柳家世世代代还没这个门风哩！捆起来，给我往死里打这贱货！"

女人立即被一条绳索捆了，五魁跪下说："掌柜，这不怪少奶奶，要打就打五魁！"

掌柜说："你瞎了心，也是我瞎了眼，原本我也要打死你这个穷鬼在这里，念你还对柳家出过力，你滚吧，滚，永远不要到我柳家来！我也告诉你，你要在外胡说少奶奶来你这里的事，我会拧了你的嘴到屁股眼去的！滚！"

五魁把自己的铺盖一卷，夹在胳膊下走出门，走出门了，回头看了一下女人，说："掌柜，那我走了，五魁最后求求你，你把少奶奶放开吧，她还是柳家的人嘛！"掌柜一脚踢在他的屁股上，同时听到了噼里啪啦的鞋底扇打女人脸面的声音。

五魁回住到他的老屋，第三日就逮到风声，说柳家的少奶奶得了病，瘫痪了，整日安安静静地躺在床上。有人就说，柳家真是倒了霉了，少爷没了腿终日睡床，少奶奶有腿也在床上睡。有人也说，柳家爱收藏古玩，这少奶奶成了睡美人，如今可是柳家的一件会说话的赏玩品了吧。五魁知道少奶奶为什么就瘫了，这么一瘫，少爷就可以随时让两个丫鬟抱了他来享用女人了，不禁黑血翻涌。

到这个时候，五魁才是后悔，为什么女人求他带着出逃，他竟没有应允呢？这该是一种什么缘分，一个下人偏今生与这个女人有恁多的瓜葛。第一次没有听她的话过河逃亡，这一次还是没有听她的话逃出柳家，就眼睁睁地看着她一次次在苦难中沉下去，五魁仇恨起自己的孱弱和丑恶了！

夜里，他独自躺在床上，总听见有人在叫着“五魁”，叫得殷切，叫得怨恨，叫得凄惨不堪。五魁明白这是一种幻觉，幻觉却使他整夜不能安生。是的，完全变成了一个供人发泄性欲工具的女人，那么睡在床上终日在想些什么呢？她清楚不过地知道大天白日在柳家大院内跑到五魁的卧屋痛哭是做少奶奶的危险，但还是跑去了，去了在他怀里放声大哭，她是忍无可忍了，她是勇敢的，是把五魁看作了一个男人，一个有能力保护她的人，可是，窝囊的五魁……五魁为着自己伤透了一个女人的心的罪过把头颅在炕沿上咚咚地撞起来了。

五魁再也在屋里坐不住，黑明不分地在村巷中走，看什么也不顺眼，见鸡撵鸡，逢狗打狗，旁人说一句，就张口叫骂，甚至大打出手。鸡公寨的人都认定他是疯了，叫苦着这地方脉气不对头了，净出了些不可思议的人。也就在村人这么疑惑恐惧之时，一个晚上竟又是柳家的在村口大场上的三座高大饲料谷草堆着火了。火光十分大，冲天的烟火笼罩了鸡公寨，照得半边天都红了。柳家老少、男女用人哭喊着招呼村人去灭火，鸡公寨所有人皆忙如乱蚁，却有一个人在忙乱中溜进了柳家大院，直奔少爷的卧房。

推开屋门，少爷首先发现了，张口欲喊，来人一拳打过去，肉疙瘩窝在那里昏过去了。转身过来，女人仰躺在另一张床上，窗棂透进的月光照着她美如冷玉，他扶着床沿给她笑着，眼泪却流下来。

“五魁，是你放火了？”女人聪明，女人说。

五魁点点头。

“你就为着来看看我吗？你真是不要命了！”女人说，伸出手来摸上了五魁宽宽的额角和鼻梁，“你快回去吧，让他们发现你真会没了命的。”

五魁说：“我是来带你走的！”

女人说：“迟了，都迟了，我成了这样子，我已经认作我是死了。五魁，我不能再害了你，你快走吧！”

五魁忽地挺直腰，说：“我要带你走就要带你走！”双手将被的四角向起一裹，女人在被卷里，用力一拱，身子已钻在被卷下，双手趁势往后搂了顺门就走。

五魁将女人背到了很深很深的山林。

山高月小，他拐进一条沟慌不择路，直走到了两边的山梁越来越低，越来越窄，最后几乎合而为一在一座横亘的大岭峰下，已是第二日的中午了。感觉到鸟飞天外，鱼游海底，柳家是不会寻得着了，坐下来歇息，啃了块从家里出走时揣在怀里的玉米面饼子，两人皆觉得没有一丝力气可以再迈动一步了。这是什么地方？翻过这黑黝黝的岭峰之后那边又将是什么地方？女人询问着五魁，五魁也茫然无答。走到哪儿算哪儿，哪儿的黄土不养人呢？五魁放下了女人，要到看不见也闻不着的地方去解手，大出意外地发现了一座坍得几乎只有四堵墙的山神庙，墙头一株朽了半边靠一溜树皮还活着的老柏，庙后的涧上桥已断去，残留了涧沿一根腐木，卧一秃鹰呆如石头，偏很响地拉下了一股白色的稀粪。五魁一时四肢生力，跳蹦着过来如孩子："咱有住的了！"

女人眼睛也亮起来："在哪儿？"

五魁说："那边有个山神庙！既然有庙，必定先前住过了人，住过人就有活人处，咱们住在这儿不会死了！"

把女人背过来，钻过梢林和荒草，女人的身上、被子上、头发上沾满了一种小小的带刺的草果。五魁指着古庙在讲，屋顶虽然没有，砍些树木搭上去就是椽，苫上草编的小帘子就是瓦。瞧，从庙后的那条小路下去不是可以汲到涧中水吗？那一大片埋脚的荒草必是以前开垦过的地，再开垦了不是就种麦子收麦粒种玉米收棒子吗？满树林子里的鸟儿会来给你唱歌再不寂寞，一坡一坡的野花采来别在你的头上，蝴蝶能飞来看你的美。这草地多软，太阳出来背你睡在这里，你会看着一疙瘩一疙瘩的云怎样变个小猫小狗从山这头飞过山那头，咱们可再养鸡养羊养牛，你躺着看我怎么吆喝犁地，若有黄羊山鸡来了，看我又怎样将它们打倒，熬了肉汤给你喝……

五魁说得很兴奋，在他的脑子里，一时间浮现了往后清静日子的图像，离开了柳家，他那殷勤女人的秉性就又来了，说："你不信呀？只管信着好了，我有力气的，我不会死去就绝不会让你死去，你信吗？"

女人说："我信你的，可我肚子饥了，你还有饼吗？"

五魁在怀里掏，掏出一块干饼末儿，把腰带解下来再寻，饼是没有了，却掉下了一把小小的斧子。斧子是五魁准备着进柳家时作防身用的，一路安全无恙，他几乎就忘了还带了斧子来。

五魁虽然在安慰着女人，说了那么多似乎已是一处安谧日月的住处，可他在说这些的时候何尝不知道这一切只是日后的事呢？现在，他把她背驮到了一个荒野僻地，自由是自由了，却拿什么吃呢？晚上怎么个睡呢？假若是他一个人还罢了，而有少奶奶这样个女人，这个女人又是他英雄一场搭救出来的，能让她饿死冻死在山地吗？

女人看着发急了的五魁，她笑了："我并不饿的，真的，不饿哩！"

五魁没有接她的话，不知怎么心里酸酸的，他有些羞愧，却不愿她看见他的难堪，将目光极力放远。他看到了白云驻在远处的山林上。五魁把斧子重新别在了腰带上，说："你好生坐着，我过会儿就来！"

他去了，他又回来了，带着好大一堆山桃。山桃个儿不大，颜色异常红嫩。五魁无法带得更多，是脱了外套的那件柳少爷穿旧的裤子，用藤条扎了裤管，桃就装在里边立了一个人字。五魁不识文墨，不知人字的好处，却看作如搭在驴背上的褡裢，架在脖子上回来了，他说："我是王母娘娘的毛驴给你送蟠桃来哩！"

有了吃的，五魁却不吃，他在女人很响的咬嚼声中去砍作椽的树木。选中了一种长得并不粗却端直无比的栲木，斧子在下面哐哐哐地砍，树顶上的稀疏的黄金之叶就落下来。叶子往下落如同蝴蝶，一旋一旋画着无数个半弧。女人就想起了小时在清水潭丢石片入水的情形，叫道："我要那叶子呢！"五魁抱了一堆叶子给她，她还要，叶子就把她埋起来，她睡在了一片灿烂的金霞上。

简直是不可思议的精力，五魁砍下了十多根栲树搭到墙头去，因为没绳，一切都是葛条在系，他手脚并用从墙头上、木椽上爬动，女人就在下面反复叮咛着小心，五魁偏不，竟要直了身来走，有几次腿一晃就掉下来，但身子掉下来了手却最后抓住了椽，女人大呼小叫，甚或变了脸唬他，五魁说："我是逗你哩！"然后是把树枝和茅草编成帘子，一层一层苫上去，一个安身的小巢屋就造成了。女人要五魁背她到屋里去看看，五魁说不急，又砍了无数细树棍来，先一排排地在屋地栽了一圈儿，再竖一层横一层把软树枝编上去，再铺了茅草和树叶，五魁把女人抱过来往上一丢，女人竟被弹得跳了几跳，惊喜地叫：“这是睡了棕条床嘛！”

五魁得意地唱起来，唱的是一种很好听的小曲子，就眨了眼说：“你是应该有这么个床的。小时候爹说过故事，讲古代一个皇后流落民间，后县官查寻时，竟有三个女人自称是皇后，县官就在床上放一个豌豆，再铺了四十九条被子让每一个女人去睡，有谁感觉到身子垫着疼，谁就是皇后。”五魁也就捡一个石子放在茅草里边。

“我不是皇后！”女人笑着说。

“可你是少奶奶！”五魁说。

“我不是少奶奶！我不是！”女人坚决地说。

五魁愣了一下，立即也说：“不是，不是柳家少奶奶，可你是菩萨！你能试出垫吗？”

女人说：“我腿全瘫了，你放上刀子也试不出来的。”

五魁的心受了刺激，低下的头好久没有抬起来，就走出去又狠劲砍了树枝抱回来，在屋子中间扎起了一面界墙。

女人说：“五魁，你又要干什么？”

五魁说：“那边是你的房间，这边该是我的卧屋了。”

女人的眉宇间骤然泛红了，意识到自己并不是五魁的老婆。五魁只是救自己的一个贫贱牛倌，一个光棍。在这荒天野地的世界里，五魁能自觉地将睡窝一分为二，女人为坦白憨诚的五魁而感动了。

红日坠山，乌鸦飞来，天很快就黑了。五魁安置了女人睡好，燃起了松油节，便坐于旁边说许多豪迈的话，叮嘱夜里放心安睡，狼来了有他哩，熊来了有他哩，有他持一把斧子守在同一屋中的界墙那边，狼和熊是不敢靠近的。女人担心不下的是他没有被褥，五魁说他不会冷的，他从小就钻过茅草堆睡，做的也是甜甜蜜蜜的梦来。并说他明日就再下山，要弄来被褥、锅碗、粮食。女人一双明亮的大眼看着跳跃不已的松节灯焰，又看着那松节灯焰的光亮在五魁的黑红脸上反射出的油光，她说了一句："你快歇去吧，五魁哥！"

五魁倏忽浑身骨节酥软了，瓷眼看着女人，女人也看着他，五魁的嘴唇翕动了，颤巍巍伸出双手，但手只把女人的被角掖了掖，忽地拨大了松节灯焰，再慢慢地压灭了，轻脚退出来到界墙的那边，躺在自己的草铺上了。

五魁并没有在自己的卧屋点燃松节，他感觉到黑暗里他的世界更大。人世间有一种叫诗的东西五魁不懂，五魁心里却涌动了一种情绪很兴奋，很受活。劳累了一夜一天的疲倦没有集中到他的眼皮上来，坐起来，实在觉得睡着是太浪费、太辜负这夜了。这一种举动和想法于五魁是从未发生过的，他不明白今日是怎么啦，是完满了自己久久以来的内疚呢，是帮助了女人解除折磨，第一次体会到保护了女人的男人的能力呢？

墙那边的女人窸窸窣窣了一阵之后一切归于安静。可怜的女人经历了一夜一天的惊恐和劳累是需要安眠了，她醒着的时候，温柔和气，睡着了也如猫一样安闲，发出轻轻的咝儿咝儿的呼吸。作为一个爱恋着女人的光棍汉五魁，在这么个晚上同一个美艳女人睡一庙内，仅一草墙之隔能听到她的呼吸，闻到她的气息，五魁的感觉十分异样和新奇。他轻轻扭转了脖子，将头贴近了草墙，只要用刀轻轻拨动，从那间隙就可以看到椽头缝里透进的月光朦胧了夜中的睡美人。这种欲望一经产生，五魁浑身燥热烫灼，恍恍惚惚竟站了起来，挪脚往门口走，要走进墙的那边去了。

但是，睡窝前的那一块白光忽地消失了，这白光是屋顶草隙所透射的，五魁初睡下时幻觉是一块白石头，也是走入的白月亮，现在消失了，而自己却正动步将身子处于了这白光之中，猛然获得的是一种警觉，以为受到了一种惩罚，被光罩住要照出他的心中邪念，五魁责备起自己了：这是要干什么去？去了墙的那边一下子按住了她吗，还是跪在床边乞求赐舍，那又说些什么话呢？

五魁认定了这白光实在是天意，是在监视他的一只夜之眼。去了那边，女人会如何看待他呢？强迫是完全可以如愿的，这女人就是自己的了，可英英雄雄地救她出柳家，原来是为了自己，这岂不如同土匪唐景？唐景他们抢人且公开说是为了个压寨夫人，而自己却打着救人家的名分，做乘人危难的流氓无赖了！即使女人悦意地收纳自己，在五魁做人的规矩中这又是一场什么事体呢？

五魁回身坐到草铺上，那一块白光又出现了。白光的出现使他心情平静下来，感觉到从一种罪恶的深渊重新上岸，为自己毕竟是一个坚忍的男人而庆幸了。随之而来的是坦白磊磊的荒诞之想，其兴奋自比刚才愈发强烈。试想想，自己一个什么角色，现在竟有一个美艳女人就在自己的保护下安睡入梦，这是所有男人都不曾有的福分，就是那个家有万贯的柳少爷他也没有的了，女人睡得那么安妥和放心，她的睡是建立在对自己绝对的信赖上的，那么，做男人的还有什么比这更有意义呢？一只蟋蟀不知什么时候跳到了白光之中，嚁嚁嚁地振翅鸣叫了。这旷野的小生命，山林精光灵气的凝化物，又喝饱了甘露，在为他五魁颂什么样的赞歌吗？

五魁平身躺下，在蟋蟀的美音妙乐中迷迷糊糊坠入梦境。

不知什么时候，他突然醒来，觉得胸膛上奇痒，本能地拍了手，手心黏腻腻一股腥味，同时听到嗡嗡之声不绝。他明白深山林子里蚊子很多，入睡时或许蚊子还不曾知道这里有了人，也不知人血的滋味，在月到中夜才成团涌来的吧。五魁用唾沫涂着被叮咬的地方，立即想到墙的那边的女人也一定被蚊子欺负了，薄嫩的皮肉，所叮咬的地方恐怕不是一个红点儿而是大若小栗的疙瘩了。五魁终于走出睡窝，蹑手蹑脚到墙的那边用火镰打着火，燃一小堆湿茅草，让浓烟为女人驱赶蚊虫。这一切做得特别小心，黑暗中女人却说：“五魁哥！”

声音低却清脆，当然不是梦话。五魁忙解释："我，我不是……我是来烟熏蚊子的……"

"我知道，"女人说，"我有被子盖了头，蚊子叮不到的。"

五魁说："你是早醒了？"

女人说："我一直没有睡得着哩！"

女人没有睡觉，这是五魁难以想象了，她睡不着在想些什么呢？那么，她听见了墙那边自己曾经站起又睡下的声响了吗？五魁的脸在黑暗中又红了一下。

"你……睡吧。"五魁说着，赶紧就退了出来。

一切又都安静了，五魁却没有再睡下，也没有燃湿茅草取烟，还在琢磨女人没有睡着在想些什么！是不是也同自己一样的想法呢？念头一闪，就又责备起自己的不恭。不想了，不再想下去。可是，身闲的又无睡意了的五魁越是不让自己想女人，脑子里总是摆脱不了女人。今晚里她没有说他们就住在一个床上，也没有说出两人要分住两个地方，其实这女人已是把他当作最亲近的人了。现在蚊子这么多，那边燃了烟火，他这边偏不燃，就让蚊子都过来叮咬他吧。在一只蚊子又于他脸上叮咬得火辣辣痒痛时，五魁再不拍打，倒生出一种奇异的想法：这只蚊子或许是刚才在墙那边叮咬过了女人的，现在又叮咬了自己，两个虽然分住了两处，血却在蚊子的肚里融合一体了吧。再幻想：如果自己能变成个蚊子就好了，那就飞过去，落在她的脸上叮她，这叮当然不要她疼的，那该多好哩。或许，她能变个蚊子飞过来哩，那怎么叮怎么咬也都可以了，即使这叮咬会使他五魁中毒，发疟疾，他也是多么幸福的啊。

天亮起来，脸上布满了一层小红疙瘩的五魁来告诉女人，说他要下山去，女人哭了。五魁安慰女人，保证很快就能回来，女人说："我哪里是为了我，我半死不活的人却要害你！"就从头上拔了头钗，从手腕卸了银镯，说是到山下什么地方换些吃的穿的，五魁这时倒哭了。女人便笑了，说："我不哭，你倒哭，男人家的羞死了！"五魁也就不哭了，把昨日采摘的山桃一颗颗擦净放在床上，出来用木棍闩了柴门，说声"我走呀"就走了。他一路小跑下山，却并没回到鸡公寨，抄近道去了苟子坪见女人的老爹。老爹正在家长吁短叹，因为柳家派人查看少奶奶是否被偷背回娘家了。听了五魁叙说，老爹倒生了气，说女儿嫁了柳家，嫁鸡就要随鸡，嫁狗就要随狗，何况柳家何等豪富，人一生有吃有喝还不是享福吗？五魁不等说完出了门就走，老爹还拉住问："你把她藏到哪儿了？"五魁说："这我不能说。"老爹说："你不说也罢，既然我女儿是个薄命享不了大福的人，我也没办法了，你就带些吃食去吧。"翻锅里瓮里却没什么可吃的，从炕洞的夹缝中抠出几个银圆给了五魁。五魁下午赶到一个镇上，将头钗、银镯兑换了银钱，买了一些粮食以及锅碗油盐，再就是一把镢头。

他们就这样在深山野沟住下来了，五魁每日于庙后开垦新地，播下种子，然后挖了竹根，采了山楂野果，拔了野菜蕨芽，回来做菜糊糊饭吃。三天四天了，砍一根木头或一捆竹子掮到山下的镇落去卖，再办置生计用品，日子一天比一天开始有了眉目。

女人肤色明显不如先前了，但精神挺好，每日五魁开垦地，就让背她出来，靠一棵树坐了，她不能帮五魁去劳动，却知道五魁喜欢她，喜欢来了就能解他的乏，她就不断地说许多话给他，还给他唱歌。她的手能动的，又懂得女人美在头上，就拿了新买来的梳子不停地梳各种各样的发型，让五魁瞧着好看不。五魁说："你怎么个梳都好看！"就折一朵花来让她插。女人偏要五魁给她插。五魁为难了，女人撮了嘴生气，不理五魁，五魁的憨相就暴露了，不知所措。女人抬头，五魁只是蹴在那里看她，说："你生气了也好看哩！"女人还是撮着嘴。五魁就说："你不高兴了，我给你翻个跟头你看吗？"就一连翻了五个跟头，女人倒忍不住扑扑哧哧笑了。

一日没风，暖暖和和的，五魁挖了一阵地，地头上的女人在叫他："五魁哥，你要歇着！"

五魁说："我不歇。"

女人说："我要你到这边来哩！"

五魁走过来，女人把头发解了，扑撒满头，又将衣领窝进去，露出长长的白细脖子，说：“你给我分分头发畔儿。”五魁只好蹴在她身后分发畔儿。柔软光洁的头发揽在手里，五魁的心就跳起来，女人问：“我头发好吗？”五魁说：“好。”女人说：“怎么个好？”五魁说不上来，拿眼睛看见了头发拢起了的后脖，甚至从脖的圆浑白腻的边沿看见了前边解了领口扣子的地方，那愈往下愈起伏的部位，在阳光下有细小的绒毛晕成了光的虚轮，能想见到再下去的东西会有怎样的弹性，散发着怎样的香芬。五魁禁不住浑身酥颤起来，越是要控制，越是酥颤得厉害，那手中的头发就将这酥颤传达到了另一个人的身上。女人问：“你冷吗？”五魁说：“不冷。”他站起来却一身的汗，说天气怪好的，坐在一边掏起了耳屎。

掏耳屎是五魁的一种发明，他往往在最骚动不安时，就要坐下来掏耳屎，将注意力转移到另一个地方去。

但是，女人却说：“你笨手笨脚的，让我替你掏吧。”

他不肯过来，女人手一伸，牵了耳朵过来。掏了又掏，女人让他坐得更近，竟将他的头侧按在了自己怀里在掏了。头侧睡在女人怀里，五魁一切皆迷糊了，温馨馨的热气从女人身上涌入他的鼻中，看见了衣服内部有肉团在咕涌着，他很窘，却觉得到处的石头到处的树木都是人，都是用眼睛在瞧他，他的那只被掏着的耳朵就火炭一样地通红起来。

“好了。”他架开了女人的手，把头抽出来了。

女人明白他的意思，不禁绯红了脸面，要说什么了，却没有说，假装看见了远处林子里飞动了一只五彩的山鸡，一口气轻轻吁出。

这嘘出的长气，五魁是看见和听见了，他觉得时间突然很长起来，想岔开来说些别的话，一张口却说起往昔接嫁的一幕，女人突兀兀冒了一句："唐景倒不是个坏人哩。"

"不像个土匪。"五魁说，真心也这么认为了。

"可他怎么就当了土匪呢？"女人还在说。

也就是打这以后，他们常常便说到了土匪，而差不多话题都是由女人首先提到的，五魁想，女人说到唐景的好话，或许是与那个柳少爷做对比的。是的，唐景土匪真是个人物，他闹得天摇地动的事业，官家也惹他不起，却偏偏是那么一个俊俏的脸面，抢得女人又被他五魁三言两语谎话所骗，放人或许也是可能的，没想竟动也未动女人一下就放了。他们虽然这么论说着唐景，土匪唐景毕竟是遥远之事，五魁就又想到，女人这么提说唐景，莫非日子是太寂寞了吗？尤其是他下山去购买东西或上山去砍柴捡菌子，留下一个走不动的她在草房里，她是没有个可说话解闷的人了。因此，在又一次下山时，花了钱买来一只狗子。

狗子非常漂亮，一条大尾巴弯过来，可以搭到头上，黄毛若金，却在眼睛上部生出两个圆圆的白毛斑。女人叫狗子为四眼。

四眼初来，性子很野，总是乱跑，五魁怕它逃散，拿绳拴在一块石头上，而它一听见山林起风就狂吠不已，竟要拖了石头扑腾。女人解了石头，拉到身边拿手抚摸那软软的耳朵和长长的毛，不住地唤“四眼，四眼”。四眼不再狂躁，只要女人锐声叫着它，即使它已经跟着五魁到了山林，也闪电一般返来摇尾了。五魁常常劳作回来，总看见狗卧在女人身边如一孩子，女人正给它说着话，似乎一切话皆能听懂，女人竟咯咯地笑起来。五魁就说：“四眼是咱的一口人了！”

女人说：“四眼好通人性的，它不仅听得懂我的话，连心思都猜得出来哩！”就拍了狗子头：“去呀，你爹回来了，快给他个蒲团歇着。”四眼果然把一个草编蒲团叼给了五魁。

五魁说：“我怎么是狗的爹？”

女人说：“你不是说四眼是一口人吗？”

五魁说：“那你该是四眼的什么呢？”

女人说：“我做四眼娘！”

五魁说：“可不敢胡说！”

女人一吐舌头，羞得不言语起来，眼睛却还看着五魁，五魁也就看着她。四眼站在两人之间，也举了头这边看看，那边也看看，末了却对五魁汪汪吼叫。女人说了一句：“四眼向着我哩。”把狗子招过来抱在怀里，那金黄黄的狗尾就如围巾一样缠了女人一脖颈。

有了四眼，女人呼来唤去，像是有事干了，可她仍是一日不济一日地瘦削起来，五魁又想是饭食太差，虽然每次做饭，他总是要先给她捞些稠的，但她吃着的时候常说：“这菜要炒一下就特别香了！”五魁就十分难受。女人在柳家的时候，她是从未吃过这种清汤寡水的饭食，五魁即使尽最大努力，自是与柳家不能论比，他不禁怀疑了，这样下去能是什么结果呢？原本是救了女人出来让她享福，而反倒又在吃苦，尤其在他每每回来看见了她的泪眼，而一经看见他了又要对他笑，他就猜测女人一定是为往后的日月犯愁了。于是，就在女人时不时提到土匪唐景，五魁突然感到自己自认为英雄了一场救她出来，是不是又犯了大错呢？他倒希望在某一日那个唐景会蓦然出现，又一次发现了女人而把她抢走！土匪的名声是不好听，但自己一个驮夫出身、一个没钱财没声望没武功不能弄来一切的人，名声还真不如唐景。也正是有这一条原因，他五魁才自己说服了自己，压迫了自己的那方面欲望。而唐景呢，虽是个土匪，可是多英俊的男人，闹多大的事业，又有足够的吃的穿的戴的……

五魁的心里说：好吧，既然我对这女人好，那就再躲过一段时间，等山下柳家的寻找无望而风波平息，我就把女人背到白风寨去，我权当做了她的亲哥哥，哥哥把妹妹嫁给唐景。或许，唐景以为她仍是白虎星，不愿接娶，那就说明一切，甘愿受罚，要嫌她成了瘫子，他也会说服唐景的：她瘫了，她也是睡美人，世上哪儿还能找下这么美的人呢？且她菩萨般心肠，天下还能有第二个吗？

有了这种心思的五魁，却没有把心思说给女人，而是加紧劳作，接二连三掮了木头和竹子下山赶镇市，宁愿自己少吃少喝，为她弄来可口的食物，一面暗暗打听鸡公寨的动静以及白风寨的消息。他十分得意了，感觉里他现在是最磊磊坦白，无私心邪念，他所做的一切是伟大的，如给黑夜以月亮，如将一轮红日付给白天。他平生第一回出口叫女人是“妹妹”，无拘无束地为她分发畔儿。烧了水给她洗头洗脖还洗了脚，甚至下决心在他背她走下山去的时候，一定要把以前贱卖出去的头钗和银镯再给她买回来。

可女人还是一日不济一日地瘦削。她日渐疏离了五魁，不再叫他做这做那，只有和四眼在一起，她才说着、笑着，眼里不时闪现五魁背她逃来山上时喜悦的光芒。四眼偶尔离去，女人就呆望树林、天边，不言不动，活像是被四眼勾走了魂魄。看着女人痴痴呆呆的情景，五魁不禁想到自己买了狗子，是不是又一次害了女人？！

进入冬天，到处都驻了雪，五魁在房中生了柴火，自己就往山上去捕杀岩鸡。五魁没有枪也没有箭，但他摸清了岩鸡子的特性，仍可以赤手空拳弄到这种美味的东西。他翻过了一条沟，又爬一面坡，在一处树木稀少的地带，果然发现了就在一处低岩上站有十多只岩鸡。他就手脚并用爬至壑沟中间，捡了石头掷向左岩，大声叫喊，受惊的岩鸡扑啦啦向对面岩上飞，岩鸡是飞不高也飞不远的，落在了对面岩上。他就又掷石子向右岩，大声叫喊，岩鸡又飞向左岩。如此只会笨拙地向两边飞停的岩鸡，就在他永不休止的掷打叫喊中往复不已，终有三四只累得气绝，飞动突然在空中停止，如石子一样垂直跌死在壑底。五魁捡了岩鸡，一路高唱着往回走，直走到山神庙后突然捂了口，他想冷不防地出现在女人面前，然后一下子从身后亮出肥乎乎的岩鸡，那时候，女人会吃惊不小，要问是怎么猎得这么多，再喜悦地看着五魁烧水烫毛，动刀剖鸡。

但是，当五魁走近了柴门从缝中看了一眼时，他吃了一惊，似乎有个男人和女人睡在一个被窝里，忙揉眼再看，偎在女人黑发下那个毛毵毵的头是四眼，它居然像人一样闭目合睛熟睡在被窝里。

五魁从来没有这样不舒服，从来没有这样气愤，五魁心中的女人是圣洁的菩萨，她比南海紫竹林的观音还纯净、美丽，对她五魁心中何曾没有冲动，几乎数次要干出越轨的事体。但他没有，他明白自己的身份，他不配，他更不敢引起帮她而最终是为了自己的内疚，可四眼这条狗子竟像一口人似的睡在女人身边，竟引得女人痴痴呆呆、颠颠倒倒……

久久直立在柴门前，五魁终于得出结论：一切罪恶源于狗子四眼！这狗子买下时就觉得与别的狗不同，偏偏在双眼上还有一对白毛斑。五魁认定了这狗子是精怪托变的鬼魂，它出奇地通人性，出奇地喜欢在女人身边，必是以妖法迷惑了女人，使她失去了灵性。

五魁想到这里举起双拳来揍自己了！狗子是自己买来的，自己又一次害了女人。他咬着牙站起来，要回去立即就斧砍了恶狗。但走回草房了，五魁打消了念头，如果那么气势汹汹地当着女人的面杀了四眼，女人受得了吗？那么把狗子拉出来处死，女人问起来怎么回答，作为他这么一个哥哥又怎么起到保护她珍惜她的作用呢？

三天后，太阳把地上的雪差不多晒薄晒稀，世界再不是一片银白，而一块一块露出黑的土地和杂乱的草木。五魁说："妹妹，外边太阳好红的，我背你出去看看吧。"女人说："雪下得人心好憋。"五魁就背了女人，却也牵了四眼一块儿出来，一直走到了深得不可久看的沟涧边，把女人放在地上的一堆干草上。

五魁说："妹妹，这地方多好。"

涧上是早已搭好了的两根长竹。

女人说："这有什么好看的？"

五魁说："瞧涧那边的冰锥结得多大，我让四眼过去叼一根过来，对着太阳看，里边五颜六色的哩！"

就把一条长长的绳索系在四眼的脖子上，又将绳索的一头挽个环儿套在竹竿上，给四眼指点了涧那边的冰锥，撵它从竹竿上过去。四眼走到竹竿上，却不愿过去，五魁推，推不动，五魁让女人给它发话，女人说："四眼不要怕，能过去的！"四眼就走了上去，摇摇晃晃走到了中间，那绳索环儿也随着套到竹竿中间。五魁突然在这边将竹竿使劲一分开，四眼掉了下去，绳索一头勒着脑袋，一头套在竹竿上，四眼就吊在空中四蹄乱动了。

女人锐叫道："快，快，快把竹竿拉过来！"

五魁没有看女人，没有动。

四眼先是汪地叫了一声，一双红眼直向女人看着。

女人说："五魁哥，五魁哥，四眼会死去的！"

五魁说："这狗子不吉利的，它也是该死的了！"

女人啊了一声，沉默了。天地间一个特大特大的静，五魁感到自己呼吸也停止了，却同时听见女人阴沉地喊了一声："五魁……"

五魁说："妹妹，你瞧那面坡，树枝结了冻，太阳一晒多像是玉做的啊，妹妹。"

五魁口不应心地说着，始终没有回过头来。他不愿看见女人的神情，但却在心里说："原谅我这样做吧，我的好妹妹，我不能不这样做呀！你是少奶奶，你是我的妹妹，不，你是菩萨一样圣洁的女人，我怎么能害了你呢？"但是他听到了一声不大也不小的响声，以为是涧那边的冰锥断裂了，看着涧的那边。太阳依旧光明，冰锥依旧银洁。回过头来，却见女人正爬到了涧边，双手在抓自己的脸面，抓出了深深的血印。五魁惊叫着扑过来，就在要抓住还未抓住的时候，女人双手一撑，反过身掉向涧下去了。

一年后，山神庙改造的草房扩建成了有十多间木屋的小寨子，小寨子里聚集了一伙土匪。这股土匪队伍虽比不得白风寨的唐景的队伍庞大，但他们匪性暴戾，常常冲下山林去四方抢劫，而抢到寨子中来的压寨夫人已经有十一位。官府在县城的大街上和县境的所有村寨路口贴满了悬赏缉拿的布告，但布告上的匪首不是唐景，而赫然写着两个字：五魁。

天　狗

井

如果要做旅行家，什么茶饭皆能下咽，什么店铺皆能睡卧，又不怕蛇，不怕狼，有冒险的勇敢，可望沿丹江往东南走四天，去看一处不规不则的堡子，了解堡子里一些不伦不类的人物，那趣味儿绝不会比游览任何名山胜地来得平淡。

《旅行指南》上常写：某某地“美丽富饶”。其实这是骗局，虽然动机良善可人。这一路的经验是，该词儿不能连缀在一起：美丽的地方，并不如何富饶；富饶的地方，又不见得怎么美丽，而美丽和富饶皆见之平平的，倒是最普遍的也是最真实可信的。这堡子的情形便是如此。

之所以称作堡不称作村，是因早年这一带土匪多，为避祸乱，孤零零雄踞在江边的土疙瘩塬上。人事沧桑，古堡围墙早就废了，堡门洞边的荒草里仅留有一碑，字迹斑驳。暮色里夕阳照着，看得清是“万夫莫开”四字。居家为二百余户，皆秦地祖籍，众宗广族却遗憾没有一个寺庙祠堂。虽然仍有一条街，商业经营乏于传统，故不逢集，一早一晚安安静静，倘有狗吠，则声巨如豹。堡子后是贯通东西的官道，现改作由省城去县城的公路，车辆有时在此停留，有时又不停留，权力完全由司机的一时兴致决定。

路北半里为虎山，无虎，石头巉巉。石头又不是能燃烧的煤，所生梢林全砍了做炭做柴，连树根也刨出来劈了，在冬天长夜里的火塘中燃烧。生生死死枯枯荣荣的是一种黄麦菅的草，窝藏野兔，飞溅蚂蚱，七月的黄昏孩子们去捕捉，狼常会支着身坐在某一处，样子极尽温柔，以为是狗，“哟，哟，哟”作唤狗的招呼，它就趋步而来；若立即看见那扫帚一般大的拖地长尾，喊一声：“是狼！”这野兽一经识破，即撒腿逃去。

丹江依堡子南壁下哗哗地流，说来似乎荒唐，守着江，吃水却很艰难。挑水要从堡门洞处直下三百七十二个台阶，再走半里地的河滩。故一到落雨季节，家家屋檐下要摆木桶、瓷盆，叮叮当当，沉淀了清的人喝，浊的喂牛。于是这二年兴起打井，至少十丈深，多则三十丈。有井的人家辘轳吱扭扭搅动，没井的人家听着心里就空空地慌。

有井的都是富裕户。富裕的都是手艺人家，或者木匠，或者石匠。本来人和人差异是不大的，所以他们说不上是聪慧，也不能说是蠢笨，一切见之平平的堡子既没有得天独厚的条件发展经济，又没有财源茂盛通达四海的副业可做，身怀薄艺倒是个发家致富之道。打井，成了新兴的手艺人阶层的标志，是利市，是显富，是一项伟大的事业。

打井的李正由此应运，数年光景，竟成就了专有的手艺，为别人的富裕劳作而带来了自己的富裕，井把式日渐口大气粗，视自己的手艺如命符。又曾几何，故作高深，弥布神秘，宣布水井三不打：不请阴阳先生察看方位者不打；不是黄道吉日不打；茶饭不好、工钱低贱、小瞧打井把式的不打。俨然是受命于天，降恩泽世的真人一般神圣。

堡子里的人没有不对他热羡的，眼见着他打井如挖金窖，好多父母提了四色重礼，领着孩子拜师为徒，这把式却断然拒绝。

“这饭不是什么人都可吃的！”

“孩子是笨，下苦好。”

“这仅仅是下苦的事吗？”

把式说这话，拜师者就噎住了，再要乞求，把式就说一句“我家是有个五兴的”作结。五兴是把式的独子，现在还在上中学，那意思很明白，手艺是不外传的。

把式的女人看不惯把式这样不讲情面。男人可以在外一意孤行，女人则是屋里人，三百六十五天要和街坊邻居打交道，想得就周全，担心这家人缘会倒，每日用软言软语劝丈夫，也不同意五兴废了课业来“子袭父职”。劝说多了，把式就收了天狗做徒，但有言在先：只仅仅做下苦帮手，四六分钱，技术是不授的。

天狗是穷途末路之人，三十六岁，赚不来钱娶妻成家，拜人为师，自然言听计从。此角色白脸，发际高而额角饱满，平日无所事事，无人管束，就养兔逮兔、钓鱼、玩蚂蚱的嗜好，天生的不该是农民的长相和德行，偏就做了万事不如人的农民。

六月初六，不翻历书也是个好日子，师徒二人往堡子东头胡家打井。头天晚上，女人就点了一支蜡烛在中堂，蜡烛燃尽，突又绣出一个小小的烛花胎柄，心里兴奋，清早送师徒出门，却又放心不下叮咛一番，说话间，眼泪就扑簌簌流出来了。

天狗看见师娘落泪，心里就怦然作跳，默念这是一尊菩萨。三十六年来他虽是童男身子，什么事理心上却也知晓，明白这女人的眼泪一半为丈夫洒的，一半却是为他。师娘待他总是认作没有成人的人，一只小狗。他就圆满着师娘的看法，偏也就装出一脸混混沌沌天地不醒的憨相。

果然师娘说：“天狗，你是‘门槛年’呢……”

没事的，天狗说他腰里系有红裤带，百事无忌。“师傅是福人，跟了他天地神鬼不撞的。”

在胡家，师徒坐在土漆染过的八仙桌边，主人立即捧上茗茶，两人适意品尝，院子里的气氛就庄严起来。一位着黄袍的阴阳师，头戴纸帽，手端罗盘，双脚并着蹦跳，样子十分滑稽。天狗想笑，看师傅却一脸正经，笑声就化作痰咯出来。阴阳师定了方位，便口噙清水，噗地喷上柳叶刀刃，闭目念起“敕水咒”来。咒很长，主人在咒语的声乐里洒奠土地神位，师傅就直着身子过去，阴阳师问：“有水没？”师傅答：“有了水。”再问一句：“什么水？”再答一句：“长江水。”

哐的一声，师傅的镢头在灰撒的十字线上挖出一坑。天狗寻思，堡子就在江边，什么地方挖不出水？！心里直想笑。

以十字灰线画出直径二尺的圆圈，挖出半人深，这叫起井，不能大，不能小，圆中见手艺，由师傅完成，完成了，师傅跳上来在躺椅上平身，喝茶吸烟，天狗就下去按师傅的尺码掘进。天狗手脚长，收缩得弓弓的，握一柄小镢，活动的余地太小，成百成千次用力使镢，很不得劲儿，是一项窝囊的劳作。越往深去，人越失去自由，像是一只已吐完丝的蚕，慢慢要将自身裹住气绝作蛹。下深到三丈五五，世界为之黑暗，点一盏煤油灯在井壁窝里，天狗的眼睛渐渐变成猫的眼睛，瞳孔扩大，发绿的光色，后来就全凭感觉活着。

洞上的院子里，许多四邻的人来看打井。把式交识的人广，就十分忙，忙着喝茶吃烟；忙着讲地里的粮食收得够吃，要感激风调雨顺，感激现今政府的现今政策；忙着论说水井的好处，哪个木匠的井是十五丈，哪个石匠的井是二十丈，滚珠辘轳，钢丝井绳；忙着和妇女说趣话，逗一位小妇人怀里的婴儿，夸道婴儿脸白日亮，博取小妇人的欢悦。总之，有天狗这个出苦力的徒弟，师傅的工作除去起井和收井的技术活外，井台上他是有极过剩的时间和热情来放纵得意的。

天狗在井洞做死囚生活，耳朵失去用处，嘴巴失去了用处；为了不使自己变得麻木，脑子里便做各种虫鸣鸣叫的幻觉来享受。虫鸣给他唱着生命的歌、欢乐的歌，天狗才不感到寂寞和孤独。企望着师傅在井口唤他，上边的却并不体谅下边的，只是在井门忙着得意的营生。师傅待天狗不苟言笑，用得苦，天狗少不得骂师傅一句“魔王”。停下来歇歇，看头顶上是一个亮的圆片，太阳强烈的时分，光在激射，乍长乍短，有一柱直垂下来，细得像一根井绳。天狗看见许多细微的东西在那“绳”里活泼泼地飞，他真想抓着这“绳”也飞上去。天狗突然逮到了一种声音，就从地穴里叫道：

“五兴，五兴！”

五兴是从县城中学回来的。学校里要举办游泳比赛。这小子浮水好，却没有游泳裤衩，赶回来向爹讨要，打井的把式却将他骂了一顿，说耍水还穿什么裤子，真是会想着法子花钱！“念不进书就回来打井挣钱！”五兴在娘面前可以逞能，单单怕爹。当下不作声，蹲在一边嘤嘤地哭。

天狗的声沉沉地从井洞里出来，把式就吼了一声：“尿水子在流？！”自个儿下井去换徒弟，又嚷道井筒子不直。

天狗从井洞里出来，像一具四脚兽，一个丑八怪，一个从地狱里提审出的黑鬼。五兴一见他的样子，眼泪挂在腮上就笑了。

“五兴，你作什么哭，你是男子汉哩！”

“我爹不给我买裤衩，要我停学回来打井。”

“你爹是说气话呢。”

“爹说啥就是啥，他说过几次了。你给我爹说说，天狗哥。”

“叫我什么？我是你叔哩！”

五兴很别扭地叫了一声“天狗叔”。

大娃头满足地笑了。一抬头看见矮墙头的葫芦架上，跳上来一只绿翼蝈蝈，鼓动着触器吱吱地叫。一时旧瘾复发，蹑脚过去猛地捉了，给五兴玩去。把式的儿子也是顽皮伙里的领袖，抓逗蚂蚱、蝈蝈之类的班头，当下破涕为笑，回家向娘告老子的状去了。

师傅又爬出井，天狗又换下去。后来井口上就安了辘轳吊土。土是潮潮的，有着酸臭的汗味。天黑时分拉上一筐来，里面不是土，是天狗坐在筐里。一出来就闭了眼睛，大口吸着空气，赤赤的前胸陷进一个大坑，肋条历历可数。

一口井打过三天，师傅照样多在井上，而徒弟多在井下。师傅照样是忙，多了一层骂老婆和骂儿子的话。骂到难听处，胡家的媳妇说：“让儿子念书是正事，韩玄子家两个儿子都写一笔好字，在县上干国家事哩。”把式说：“念书也和这打井一样，好事是好事，可不是什么人都能干的，即使书念成了，有了国家事干，那三个月的工资倒没一个井钱多哩。”胡家媳妇说：“那是长远事呀！”把式再说：“有了手艺，还不是一辈子吃喝？！”说完就嘿嘿地笑，奚落那媳妇看不清当今社会的形势和堡子的实际。

胡家媳妇以和为贵，也不去论曲直是非，收拾好了井台，打出一桶清亮亮的水喝了半瓢，把一百二十元的工钱交给了李正。回转身看天狗，天狗却早走了。天狗听说五兴还没到学校去，就惦记着家里那几笼红脊背的蝈蝈，要拿给五兴显夸。

天狗的家门朝西，晚霞正照射在墙檐上。编织得玲珑精巧的六个蝈蝈笼——四个是竹篾的，两个是麦秆的——一起在黄昏的烦嚣里嘶鸣。天狗喜欢这类小生命，也精于饲养，没学打井之前，他干完地里活儿就在家闲得无事，口也寡淡，耳也寡淡，这蝈蝈之声就启示着他自得其乐的独身生活观念。如今打井归来，舒展展地在炕上伸一个硬挺，听一曲自然界的生命之音，便深感到很受活。这实在有诗的味道，可惜天狗文化太浅，并不知道诗为世间何物。

不用找，五兴倒寻上门了。这小子学习上不长进，玩起来倒会折腾，看见六个笼里的蝈蝈唱六部散曲，心热眼馋，忘记了自己的烦恼，竟将所有的蝈蝈集中到一个竹笼里，欣赏动物界的联合演出，果然就热闹非凡，声响比先前大了几倍。

“天狗叔，”徒弟的徒弟说，“这么多蝈蝈，你能说清哪一只是母的吗？”

天狗说：“能的。”

“是哪只？”

“你去取个镜子放在那里，跳上镜面的就是母的，其余的就是公的。”

五兴乐得直叫。这时节，就听得堡子的南头有人喊“五兴”，五兴才想起要执行的任务，说：“天狗叔，我娘是让我来叫你吃饭的。”

天狗说：“你个耍嘴酌猴精，你娘哪里是在喊我？”五兴就急了，发咒说：“谁哄你教上不成学！”天狗就换了衣服跟着去了。

到了师傅的门口，那女人果然一见儿子就骂：“牛吃草让羊去撵，羊也就不回来了？！”

天狗说：“五兴就迷我那蝈蝈。”

女人拿指头点天狗的圆额角，说：“你什么时候才活大呀，三十六的人了，跟娃娃伙玩那个！”

天狗在这女人面前，体会最深的是“骂是爱”三个字，自拜师在这家门下，关系一熟就放肆，但这种放肆全在心上，表现出来却是温顺得如只猫儿，用手一扑扇就四蹄儿卧倒。

也似乎甘愿做她的孩子，有几分撒娇的腼腆，其实他比这菩萨仅仅小三岁。当下心里说：

“你怎么不给我物色一个呢，有了女人我就长大了。”

饭桌上，师傅吃得狼吞虎咽。这把式是硬汉子，在妻子、徒弟面前自尊自大，一边剥脱了上衣很响地嚼着菜，一边将桌上的两沓钱，一沓推给天狗，一沓推给女人，说：“给，把这收下！”口气漫不经心，眉眼里却充满了了不起的神气。女人就把钱捏在手里。五兴给娘说：“娘，这么多钱，给我买个游泳裤吧。”做老子的就瞪了眼：“算了算了，指望你还能成龙变凤，你瞧瞧，天狗跟我三天，四十八元钱也就到手了。”女人叹了一口气，给儿子拨了一些菜，打发到院里去吃。

天狗觉得没了意思，饭也吃着不香，虚汗湿了满脸。女人让天狗把衫子脱了，天狗不肯，女人就说：“这么热的天，是捂蛆呀？”硬要他脱下不可。

做丈夫的生了气，说：“你这人才怪！不脱就不热嗨，哪儿有你这样的人！”说罢也不看天狗。

女人尴尬，天狗更尴尬，三个人默默吃了一阵。女人直担心天狗要放下碗，就把菜往天狗的碗里拨，天狗忙起身说吃好了，和师傅说话。

“师傅，堡子南头来顺家的井几时去打呀？”

“人家没口信。”

“我夜里去问问。”

“罢了，他找上门再说。你回去，到时我来叫你。”

天狗起身走了，女人送到院门口，说：“早早歇着。”天狗说：“嗯。”女人又说：“没事了，就过来坐。”天狗还是“嗯”。走出很远回头一看，女人还站在门口。

天狗回到家里，夜里没有睡稳。无论如何，他是很感激这一家人的。师傅给了他赚钱的出路，师傅的女人又给了他体贴。对于一个健全的男人，天狗不免常会想着世上女人的好处，但一切皆缥缈，是怎么个好，好到如何程度，他缺少活生生的感受。到了现在，天狗急切切需要一个女人在他身边了，虽然他已经过了生理最容易冲动的饥饿年龄。

人一旦被精神所驱使，就忘却饥饿，忘却寒暑，忘却疲劳和瞌睡。这时的天狗就达到了这种境界。他的心、脑、血液和四肢都不肯安静，就从屋里走出来，提了他的蝈蝈笼子，走到街上，要做一种是悠闲也是无聊的夜游。

街上站着许多人，清一色的妇女。妇女是这个堡子最辛劳的人，往往在服侍了男人和孩子睡眠之后，她们还要纺织浆洗、收拾柴火，或者去河边挑水。但现在好多人家有了水井用不着再去挑水。这妇女手里又没有什么活计，却都拿了擀面杖往堡下的江边去。天狗猛地明醒了什么，拉住一个妇女问道：“要月食了吗？”

回答是肯定的：“可不，天狗要吞了月亮！”

“天狗吞月”这在当今城镇里的人眼里，只不过是平淡无奇的天文现象，这堡子里的人也多少知晓。但是，传统的民间活动，已经超越了事件本身的范畴而成为一种象征的仪式。这一现象并未失去神秘的色彩。从上古的时候起，堡子里的人都认为天狗吞掉了月亮，出门在外的人就会遭到不吉。于是妇女们就要在月亮快被吞掉之时，以擀面杖去江水里搅动，唱一种歌子，一直到月亮复出。如今堡子的男人已不再为躲债而背井离乡，也不再为逃匪乱而远走漂泊，但手艺人皆纷纷出去挣钱，家里的女人照例很注重这一天晚上的活动。

天狗看见了几乎所有手艺人的女人。

“师娘也在这人群中间吗？”天狗想着，看着妇女们走下堡子门洞，三百七十二个台阶上人影绰绰，天狗分辨不出。

门洞上的墙垣废了，荒草里有一块长条青石，天狗在上面坐下。三十六年前，堡子里一个男人出外逃丁，九月十二日夜正逢着今夜一样的月食，堡子里的活寡女人都去江边祈祷，那逃丁去了的妻子才到江边，肚子就剧疼，在沙滩上生下一个婴儿。这婴儿，就是现在的天狗。爹娘死后，差不多已经有了好多次月食出现，天狗每每看着女人的举动，只觉得好笑。今夜里，手艺人的女人们又去江边祈祷，保佑丈夫吉祥，已经做了打井徒弟的天狗，陡然间一种伤感袭上心头。

他死眼儿看着月亮。

月亮还是满满圆圆。月亮是天上的玉盘，是夜的眼，是一张丰盈多情的女人的脸。天狗突然想起了他心中的那个菩萨。

江边倏忽唱起了一种歌声。歌声是低沉的，不易听清每一句的词儿，却音律美妙。天狗觉得这歌声是从天上降下来的，从水皮子走过来的，心中好笑的念头消失去，充满了神圣的庄严的庙堂气氛。月亮开始慢慢地蚀亏，然后天地间光亮暗淡，以至完全坠入黑暗的深渊，唯有古老的乞月的歌声，和着江水缓缓地流。天狗默默地坐在石条上，闭住了呼吸，笼子里的蝈蝈也停止了清音。

一个人，站在了门洞下的石阶上，因为月亮的消失，她看不清走到江边的路，天狗也认不清失了路途的人的面目。这人在轻轻地唱着：

天上的月儿一面锣哟，
锣里坐了个女嫦娥，
有你看得清世上路哟，
没你掉进了老鸦窝，
天狗瞎家伙哟。

声调是那么柔润，从天狗的心上电一般酥酥通过。当她第二遍唱道“没你掉进了老鸦窝”，夜空里果然再不黑得浓重，明明亮亮的月亮又露出了一角，那人就轻轻地笑了一下。

“师娘！”天狗看清了这女人，颤颤地叫一声。女人似乎也吃了一惊，抬头看见了天狗，说：“天狗，你怎么在这儿？”

“我来看你乞月的。”天狗也学会了说巧话，说过倒慌了，补一句，“师娘，你唱得中听哩！”女人骂道：“天狗，你别说傻话！”

天狗看见这女人有些愠怒，而且还要再往江边去，就说：“师娘，月亮已经出来了，你还去吗？”女人迟钝地站住了。

江边的歌声渐渐大起来，台阶上的女人又和着那歌声反复唱，天狗一时便觉得女人很美。今夜心里太受活，见了师娘越发不能自控，竟使起小小的聪明，认为这些女人万不该到江边水里去乞月看月出，手艺人家里都打了新井的，井水里看月复出，那不是更有意思吗？也就接口唱道：

天上的月儿一面锣哟，
锣里坐了个女嫦娥，
天狗不是瞎家伙哟，
井里他把月藏着，
井有多深你问我哟。

台阶上的那个就不唱了，说：“天狗，天狗，你要烂舌头的！”石条上的说：“师娘，我也需要一个月亮呢。”下边的那个就走上来，站在石条边：“天狗，你可不敢胡唱，这是什么时候？你没有月亮我知道，我就是来给你师傅求的，也是给你求的。”天狗说：“师娘说的可是真话？”女人说：“说假话，让天狗把我也吞了！”说天上的天狗却与地上的天狗名字同了，女人觉得失口，不自在地说：“我都急糊涂了！”天狗却冲动得完全忘却了在这女人面前的腼腆，又唱道：

天上的月儿一面锣哟，
锣里坐了个女嫦娥，
天狗心昏才吞月哟，
心照明了好受活，
天狗他没罪过哟。

“天狗，你是疯了？”

“师娘说天狗疯了，天狗就疯了！”

女人立时正经起来，不理天狗，天狗就软了，恢复了驯服腼腆的样子。女人见天狗老实了，就把一些重要事托付给他。

“天狗，你师傅近来有些异样了。”

“怎么个异样？为甚事吗？”

“他心重得很。先前没钱，钱支配着他，现在有了钱，钱还是支配着他。夜里回家常唠叨，挣上九十九，还要想法儿借一个，凑个整数，就嚷道不让五兴念书……你是他徒弟，你也好好劝说劝说你师傅。”

“五兴的游泳裤还没买吗？他已经几天没去学校了？”

“没有。五兴刚才睡时还在哭，你师傅又骂了他一顿。”

“我给师傅说说。”

“你快回去歇着吧，打了几天井，也不乏？月亮已经圆了，我要走了。”

女人说罢，悄没声地走了，她汇在了江边乞月归来的妇人群里，不可辨认了。街道上一阵人声嘈乱后，堡子里又沉沉静静。天狗并没有听从师娘的话，他不回去，守着那天上的月亮，慢慢地在长条石上睡着了。

菩萨脸一样的月亮照着。笼子里的蝈蝈得了夜的潮润，鸣叫清音，天狗没有听到。

黄麦菅

“五兴，五兴？！”

天狗一上堡子门洞，就看见五兴在前面街道上走，走得懒懒的，叫一声，这孩子瞄见是天狗，竟不作答，转身钻到小巷去再不出来。天狗觉得奇怪，偏是个好事的鬼头，追进巷里，五兴面壁而站，拿指甲划墙。

“五兴，犯什么病，叔叫你也不理！”天狗拿手去扳五兴的头，五兴却把天狗的手推开，说：“天狗叔，你不要叫我，叫我我就要哭哩！”天狗就笑了：“你这没出息的男子汉，还是为你爹不给买游泳裤生气吗？你瞧瞧，叔拿的什么？”天狗手里亮的是一件艳红的游泳裤。

五兴却并不显得激动，抬脚就走，天狗一把扯住，知道一定有了什么事故，连声追问。五兴说：“这裤衩用不着了，我爹让我打井哩。”

天狗听了，就给五兴道着不是，怨怪自己还没有来得及完成师娘的重托，这井把式就专横独断了。“五兴，我给师傅说去，我和他打井能忙得过来，用不着叫你回来！”

五兴说：“我爹不会见你。”

天狗说：“这你甭管，师傅在家吗？”

五兴说：“爹不让我说给你。”

五兴虽小，却有他娘的德行，看着天狗，眼泪就流下来，天狗骂他“流尿水儿”。这孩子却说：“天狗叔，你以后还让我去你家玩蝈蝈吗？”天狗点了点头，取笑这小东西净说多余话，五兴却跑出巷再喊也不回头了。

天狗一脸疑惑，来到师傅的家门口，菩萨女人脸色有些浮肿，出来招呼他，当下心里着实慌了。说起五兴的事，女人长长出了一口气，一脸苦相。

“师傅呢，他怎么真的就不让五兴念书了？”

“他在来顺家打井，一早就走了。”

“师傅不是说要等来顺家请吗？”

“……”

“怎么没给我吭一声？”

女人看着天狗，说：“天狗，你一点儿还不知道？”

“出了什么事？”

“他现在不是你的师傅了。他说他好不容易学了打井这手艺，不愿意让外人和他在一个碗里扒饭，要挣囫囵钱，就让五兴替了你……”

“这是真的？”

女人说：“……昨日一早到今天，我就盼着你来，又害怕你来……”

天狗站在那里没有说话。他的眼睛避开了女人的脸，从口袋里摸出烟来点上，发现在太阳光的照射下，落在地上的烟缕竟红得像蚯蚓的血。

矮墙那边的邻家院子，媳妇在井上吊水，辘轳把儿发出吱扭扭的呻吟。

“你把那裤子退了吧，天狗，你也再不要来见他，你墙高的大人，有志气，也不是离了他就没的吃喝的……”

天狗看着女人的痛苦，反倒不感到自己受了什么沉重的打击，越发懂得了这女人的好心肠，就沉沉静静地对女人笑笑，说："师娘，这没啥，师傅这么做，我想得开，我不恨他。他毕竟还领了我一年时间。现在我要离开他了，只是担心让五兴停学去打井，这终不是妥事。五兴还小，总恋着这裤子，就留给他，我还是要常常来这边呢。"

女人很感激地送天狗出来，过门槛的时候，掉了几滴眼泪。槐树上的一只鹁鸽在叫，女人说："天狗，这鸟儿叫得真晦气，你将它撵了去。"天狗最后一次听师娘的吩咐，一石子将鹁鸽打飞了。鹁鸽飞在他头上的时候，撒下一粒屎来，落在他的肩上。女人一边替他拍去，一边说："你再找找别的什么事干干，男子汉要有志气，要发狠地挣钱，几时有了钱物色了女的了，过来给我说一句，我给你料理。"

天狗苦笑笑就走了，但他并没有回去，却极快地走过了街道。他害怕街道上的人看出他的异样，信步出了堡子，一直上了后山，睡倒在密密的黄麦菅草丛里。天狗长久地不动，想心思。

山梁上有割草的人，拉长声调在唱花鼓：

出门一把锁喂，
进门一把火喂，
单身汉子我好不下作喂。
床上摸一摸嘞，

摸出个老鼠窝嘞，
单身汉子我好不下作嘞。
锅洞里捅一捅哟，
捅出个大长虫哟，
单身汉子我有谁心疼哟。

天狗想，这单身汉子真恓惶，我天狗离了师傅，没有了惦我牵我的师娘。先前也是糊糊涂涂过了，好容易得到了一点儿女人的疼怜，从此失去，往后的日子怎么过呢？

山坡上起了风，风在草丛里旋转，天狗被黄麦菅埋着。草丛本来并不纷乱，根根纵横却来路清楚，像织就的一张网，网朝下是套住了他天狗，网朝上又套住了天。黄麦菅在风里全部倒伏之后，天狗就显现出来，他又在作想："钱真是个坏东西，没它的时候，它让人狼狈不堪；有了它，它又这么无情地害人。"想着，心里闷闷的，天狗不是有愁睡不着的人，恰巧相反，越愁闷越瞌睡，竟睡着了。

远处的天边有了沉沉的雷声。

但雨并没有落下来，天狗一觉醒来，听见了一片快乐的清音。原来，他的腿上、胳膊上、整个胸膛上，爬满了绿翼红肚的蝈蝈。蝈蝈是不生分他的，顺手捉了几只，装在口袋里。天狗静静立了一会儿，突然获得了一种豁达的心境，就自己给自己那么笑笑，完全又是一个往日的天狗了。

在天狗的屋子里，天狗是不缺吃的，也不缺喝的，他只是缺钱没能娶个女人。天狗虽然没读过小说，但小说作者编造的那些故事，也有些能在天狗的生活里发生。比如，当他在蚊帐里躺着，喷出一口烟去，蚊帐顶上的蚊子在烟里翻动，天狗也会把蚊子看作仙鹤，消受那翩翩飞翔的乐趣。这时候，他就想起许多事，甚至骂过师傅，虽然师傅已不是他的师傅，但天狗惦念的却是师娘。故隔三隔四，天狗仍要去那个家的。

天狗有一件宝贝越来越不能离身，这就是蝈蝈笼子。每每一到这家门口，就戳弄得蝈蝈吆吆地叫，喊“五兴，五兴”。喊的是“五兴”，跑出来的却是另一个人。

“天狗，又是什么好蝈蝈？”

“师娘又忙甚事了？”

师娘说：“天狗，玩蝈蝈可不是大人的事，你不会干点儿别的赚钱营生吗？”

天狗又总是腼腆地笑笑，心里却说：“蝈蝈不是大人玩的，有做了孩子娘的却爱看嘛！”

“师娘，你要我干什么营生呢？”

“你是男人，你倒问我？！你攒不下钱，就是攒下了，就这么浪荡上了心，看哪个女的嫁你，女人最小瞧浪子呢！”

这话说得正经八百，天狗就不言语了。

天狗十天里再没到师傅家来。他睡在自家的土炕上，百无聊赖，唱堡子里流传了几代的一首情歌：

> 庭当门上一树椒吔，繁得股股儿弯了腰，我去摘花椒。
>
> 长棍短棍打不到吔，脱了草鞋上树摇，刺把脚扎了。
>
> 叫声姐儿来把刺挑吔，狠心的拿来锥子刨，实实痛死了。

这歌子不能说是给师娘唱的，但也不能说不是给师娘唱的，反正天狗下了决心，要正经地干样营生。他去拜木匠为师，木匠拒绝了；去拜泥瓦匠，泥瓦匠也不收他。匠人们有自己的儿子和女婿。

在现今的农村，他们要保护和巩固他们自家长久得以富裕的手艺。

于是天狗索性带了全部积存上省城去了。

在堡子天狗是能人，能说能道能玩；到城里，天狗则不行。街道宽宽的，天狗却贴墙根走，街上谁也不认识他，他也眼睛羞羞地不敢看别人。师娘老说他是白脸子，在这里，天狗的脸就算不得白了。在城里人的眼光里，天狗是个十足的“稼娃”。

当然，这一切袭来的惊恐和羞耻，主要来自他天狗自身。他也意识到了自己来到这个地方，首要的是自己得战胜自己。天狗可不是一名哲人，这种思考却大有哲学意味。

“城里的女人都是仙人。”天狗夜里睡在旅馆，脑子里充满了白天的见闻。“师娘才是一个女人。”这鬼念头一占据头脑，天狗就有天狗的逻辑，“仙人是在天上的，供人敬的拜的，女人才是地上的，是水，是空气，是五谷粮食。”天狗需要的是师娘这样的女人。

那一张菩萨脸是他心上的月亮，他走到哪里，月亮就一直照着他。第三天里，他看见许多人都在一家商店抢购一种衬衣，衬衣极其便宜，他便想到若买一批回去，一件加二元钱，堡子里的人也会一抢而空。天狗凭着山里人的力气，挤到了柜台前，但掏钱的时候，才发现钱被人偷去了。

天狗痴了，坐在车站独自流泪。无钱做营生，无钱买返回的车票，而且肚子饥得前腔贴了后腔。饥不择食，天狗沦落到去附近的食堂吃人剩饭。食堂服务员恶语相赶，他道了原委，一个女服务员才同情了他。

“那你怎么回去呀？”

“我不知道。”

“你愿意在这里帮忙刷碗吗？一天付你二元钱。”

天狗的命好，又遇到了菩萨女人，他于是做了临时工。

天狗干活是不偷懒的。但刷洗用的是抹布，连个刷子也没有。

问起女服务员，回答说，城里什么都有，就是缺这玩意儿。天狗就笑笑，认为城里还是有不如山里的地方——那堡子后边的山上，满是黄麦菅草，将草根扎成一束，他们世世代代就用它刷洗锅碗。但天狗没说出口，怕人家笑话。夜晚，食堂关门，别人下班，天狗就睡在车站候车室椅子上。

这天食堂关门之前，天狗以挣得的钱买了酒喝，喝醉了，趴在桌上成了烂泥。店里的人都怨怪这山里人。那女服务员则一一劝说，末了一个人守着店门等他醒来，因为让一个临时帮小工的夜宿店里，店规是不允许的。

天狗醒来，已是半夜，他已躺在了三个长凳拼成的床上，床边坐着一个娇小的女人。

“师娘！”天狗叫。

“还没醒吗，又说醉话！”

天狗立即就全醒了，从床上坐起来，悔恨交加，不敢看女服务员。

“这下醒了吗？”

“真对不住你……”

“醒了就好，你到候车室去吧，我也该回去了。”

女服务员锁了门。对于她的温柔、宽容、同情，天狗非常感激，同时也感到自己作为一个男子汉的无能、龌龊、羞耻。

“我明日该回去了。”天狗说。

“车钱够了吗？”

“够了。”

“回去也好，你往后寻个事干吧，喝什么酒呢，你走吧。”

天狗却并没有走，木木讷讷地要说什么，却说不出来，天狗突然拙口了。女服务员已经走远，他才发急地叫了一声："我还想来的！"女服务员回头说："还来？"他说："你不是说城里缺锅刷吗？我们那儿满山都是黄麦菅，甩根做刷子好使着哩，我回去做一担来卖，行吗？"女服务员眼里放光了："这倒是门路，光城里饭店就需要得多了，天狗寻着钱路啦。"

天狗回到堡子，当真就在后山上挖黄麦菅。山上的草窝是养天狗的心的。他可以打滚，可以赤着身子唱，还有在他身前身后飞溅鸣叫的蚂蚱、蝈蝈。

一担刷子，果然在城里卖了好价钱，城里人不知这是什么原料做的，问天狗，天狗不说。再一次回到堡子，又是在后山上刨草根。

山上来了好多孩子捉蝈蝈，五兴也来了，他当了小小的手艺人，说："天狗叔，你好久不去我家了。""我进城了。""进城要花钱，你有钱了？""我也是手艺人。""什么手艺？""编刷子，一个卖二角钱。""天狗叔有钱了，就不到我家去了。"

天狗听了，心里就隐隐作痛，问道："五兴，你娘好吗？"五兴没听见，跑到一座坟头上嚷叫发现了一只红蝈蝈。

天狗突然很想五兴的娘，是这菩萨的话，才促使他天狗到城里寻了活路。当他再一次从城里返回时，就去了师傅家。

井把式并没有不好意思，因为天狗现在也是手艺人了，也挣了钱，做师傅的心里也就不存在内疚不内疚。女人是喜欢的，多少显出些轻狂，待天狗如贵宾，吃罢饭锅也不洗，坐在炕沿上和天狗说话："天狗，城里是什么鬼地方，烂草根也能卖了钱！"

"师娘，明日你也去刨黄麦菅根吧。"

"我的爷，你好不容易寻了一个钱缝，我就挤一条腿去？"

"山上有的是草，城里需要得又多，我还怕你夺了我的饭碗？"

把式脸上就不自在了，喊五兴去打井水给他擦身，五兴趴在炕上正看一本书，听见了装着不理会。天狗说："五兴这孩子是个慧种，我还是我那老话，让他去念书的好。"

把式说："已经停学这段时间了，还念什么书？你瞧瞧，你现在也成了手艺人，钱挣那么多，我父子俩怕也顶不住你，还敢剩下我一个人？"

女人见天狗也说不通男人，就问城里的孩子都干什么，末了说："五兴脑子是灵，只是有些慌，孩子或许将来能干个大事，现在只好在地里打窟窿了。"

把式是听不得作践打井手艺的，何况在一个新发财的外人、自己原先的徒弟面前，就骂女人："打窟窿咋啦，就这打窟窿可以打一辈子，是给五兴留的铁打一样的饭碗！"骂过了，不屑地对天狗说："天狗，你说是不？我这手艺长久，还是你那生意可靠？"

天狗说："当然师傅的长久，我这是抓个便宜现钱。可我也是没了办法，要是我天狗有文化，我肯定去育蘑菇了。你听说过吗，东寨子的王家育鲜蘑菇，存了三万元了。人家就是高中生，他弟弟又是医学院毕业的，提供技术，搞的是科学研究哩。"

井把式就不再吱声，吸了一阵烟，圪蹴到院中的捶布石上想心事去了。

女人极快地给天狗挤挤眼，天狗懂得这女人眼里的话，也就到院里，把五兴叫出，说："五兴，你说想上学还是不想上学？"五兴说："想。"井把式却冷冷地说："我知道了。你去吧，咱家的井水浅了，下去淘一淘，淘出沙我在井上吊，水不到腿根，你不要上来。"

女人的脸都变了颜色，说："你是疯了，他一个人能淘了井？"井把式瞪了一眼，只是对五兴说："下去！"五兴不敢不下去。

这家人地处居高，井是深到二十二米才见水的，固井底是响沙石，水浸沙涌，水就不比先时旺。五兴脱了衣服，只留下裤衩，手脚分开，沿湿漉漉的井壁台窝下去，就像被吞食在一个巨兽的口里。

三个大人站在井台，望着那地穴中的一潭水亮，看黑蜘蛛一般的孩子站在水里，一切都处于幽幽的神秘中。水声、吭哧声，即从那里传了上来。

辘轳将井绳垂下去，拉得直直的，它在颤抖中变硬，井把式把一筐沙石吊上来，井绳再垂下去。一筐，二筐……十筐，二十筐。井下的喊："爹，有一块大石头。"井上的说："淘出来！""石头太大，我装不到筐里。""装不进也要装！""爹，我手撞破了。""手离心远着哩。"井上的还说，"好好淘，把嘴闭上！""我闭上了。""闭上了还说话？！"

做娘的不忍心了，扳住辘轳说："你要失塌了五兴？"男人把她推开了。

井台边已吊上了老大一堆沙石，把式的腿也站酸了，胳膊摇辘轳也乏了，坐下来吸烟。五兴还在井下干着，井壁上一块沙土掉下去，正好砸在他的腿上，五兴终于受不了，在下边呜呜地哭起来。天狗说："师傅，让我下去淘吧？"把式没言语，黑封了脸，让五兴上来，上来的五兴成了怪胎，坐在那里是一丘泥堆。

井把式说："五兴，知道了吧，打井不是容易的事，你要念书，你就去把墨水狠狠往里倒，若念不好，你就一辈子吃这碗饭！"

女人背过身抹了眼里的泪水，就钻进厦房的锅台上去刷碗。刚跨进那门槛，就听她锐声喊天狗来厦房地窖里舀苞谷酒。天狗跑进去，见女人满脸生辉，就说："要喝庆贺酒啦，是谢师傅还是谢我？”

女人说：“你说呢？”天狗揭了窖盖，要下去了，女人点着灯交给他，说：“你瞧瞧，你这师傅，要说坏他也坏，要说好他也好。”天狗说：“师傅是坏好人。”一缩身，钻进窖里去了。

秋 天

九月三日，是天狗的生日。天狗属鼠，十二属相之首。三十六岁的门槛年里，却仍是一种忌讳影子般摆脱不掉，干什么事都提心吊胆。

说起来，天狗在这事上够可怜的。王家的里亲外戚，人口不旺，正人也不多，爹娘下世后，大半就断绝了来往，小半的偶有走动，也下眼看天狗不是个能成的人物，情义上也淡得如水。他是舅家门上最大的外甥，舅死的时候，他哭得最伤心，可给舅写铭旌，做第一外甥的天狗，名字却排不上。已经死去的三姨的儿子在县银行当主任，有头有脸有妻有子，竟替换了天狗，天狗那时很生气，人没了本事，辈数也就低了。于是又跪倒在舅的坟前哭了一场，从此只和大姨感情笃。

大姨是天狗娘的姊妹里唯一幸存者，该老的人了，没老，她说是“牵挂天狗”的原因，牵挂天狗，最牵挂的是天狗的婚姻。眼看着天狗三十五岁上婚姻未动，就更恐慌三十六岁这门槛年，便反复叮咛这一年事事小心，时时小心。并一定要天狗在生日这天大过，以喜冲凶，消灾免祸。

给天狗过生日的，不是别人，却是师娘。她前三天就不让师徒二人去打井，九月初三里七碟子八碗摆了酒席。席间，大姨从江对岸过来。她先去天狗家里未找到天狗，来这里看着席面，倒说了许多感恩戴德的话。当时就将所带的挂面、面鱼放在柜上，又将一件衫子、一个红绸肚兜、一条红裤带交给天狗。这种以婴儿过岁的讲究对待三十六岁的天狗，天狗当场就笑得没死没活。大姨一走，他就要将这些东西让给五兴，师娘恼了脸，非叫他穿上不可。那神色是严肃的，天狗就遵命了。

现在，危险的一年即将完结，大姨又从江对岸过来，见天狗四肢强健，气血红润，念佛一般喜欢，说：“看来你是个命壮的人，门槛年里没出大事，往后就更好了。”大姨说到快活处，就唠叨这王家总算没有灭绝，想起早死的姊妹，眼圈儿就红了。

“天狗，生日一过，就要动动你的婚姻了。阎王留姨在人世，姨不看着你成亲，姨就不得死去。你给姨说，这一年里还没有物色着一个吗？”

天狗说：“没有。”

姨说："姨给你瞅下一个是个二婚，人倒体体面面，又带一个三岁娃娃，是春天离的婚，不知你可中意？"

天狗说："姨也糊涂了！我还见都没见过这人，怎么好说愿意不愿意？"

姨说："那你说说，你要啥样的女人？"

天狗支吾了半天，还是说不出口。大姨就拧了他的耳朵："这羞什么口。三十六七的人了，提说女人还脸红，心窍不开！"天狗在心里直笑大姨，天狗有什么不知道的！但听了大姨的话，却越发做出不好意思的样子，表明天狗是心实的人。不想弄巧成拙，大姨倒长吁短叹，再不问他。天狗终于耐不住了，说："姨，有五兴娘好吗？"

说完就屏住了气。

大姨说："没五兴娘的性儿软，却比五兴娘要年轻呢。天狗，你不懂女人，栽红薯要越大越好，讨女人是越小的越金贵哩。"

天狗做出没听懂的样子。

大姨就扳过天狗的肩，发现肩背的衣服裂了一个口子，拿针缝着，说："那寡妇有个娃，有娃也好，不是亲养的也不见得对咱不孝。我对那寡妇提说了你，人家倒愿意，只是说她娘家有个老娘和一个小兄弟，平日靠她养活。她要再嫁，得给娘家出些钱。你现在手里攒了多少？"天狗说："有三百。"大姨说："那是老虎嘴里的一个蝇子！你还要好好攒钱哩。”天狗心就凉了，说：“既是这样，也就算了。”大姨倚老卖老，说：“算什么着？这事你要不失主意！你是不吃糖不知糖甜，女人好处多哩，白日给你做饭，夜里给你暖脚，给你做伴说话、生儿育女，你敢再打马虎？几时我来领你去相看人家，把人先定下，钱你慢慢攒。”

三天后，天狗去见了那寡妇，人虽不是大姨说的光彩照人，却也整头平脸。回来将这事说给五兴娘，菩萨欢喜异常，说：“这总算有了着落，天狗，你咬着牙，这几个月多出些力，手头把自己吃喝刻苦些，好生攒钱。”天狗说：“那女的就是心太重，她不是为着找男人，倒是寻债主的。”女人说：“哎，做妇道的，就是眼窝浅；可也难怪，啥事妇道人家都得前前后后地想得实在啊。”天狗说：“师娘就不是这样！”师娘就笑了，骂一声“天狗贫嘴”。天狗是贫嘴，天狗不会文绉绉说甜蜜话，冷不丁就冒一句“酸话”，冒过了龇着白厉厉的牙笑。天狗又说：“我跟她怎么总热火不起来？”女人瞧他说得认真，用白眼窝瞪着天狗：“你嫌人家是寡妇？”“这我倒不嫌弃。师娘，就是有比她再大的，只要人好，我还愿意哩！”话一出口，女人变了脸，天狗也觉得说漏了，两个人很是一阵别扭。女人就说她要去后山割黄麦菅晒柴，天狗也便起身走了。

临出门，女人叫住天狗，说：“天狗，夜里你擦黑就来，我给你擀长面吃。”

天狗说："哟，日子真是过富裕了，晚上也吃长面？"

女人说："不光长面，还有红鸡蛋呢！你想想，明日是什么日子？"

天狗猛地记起明日是自己的生日，脸就红了，说："师娘，我天狗没爹没娘，只有你记着我的生日，天狗不知怎么谢你呢！"

女人说："瞧瞧，贫嘴又来了，天狗学会了不实在！"

天狗说："我说的没一句不是心上来的。师娘，只要有你这一句话，天狗什么都够了。天狗能活九十九！至于过生日嘛，我看算了，现在既然已经不是师傅的徒弟了，还要你操心？"

女人说："哟，媳妇八字还没一撇，就跟我说起外人话来了？怕也是我给你过的最后一个生日，等你成了家，明年我清清净净去你家吃那妹子擀的长面哩！今日无论如何要来，门槛年完了，也给你贺一贺！"

女人说着，眼里就媚媚地动人。没出息的天狗最爱见这眼光，也最害怕，他是一块冰做的，光一照就要化水儿了。

天狗回到家里，情绪很高。在屋檐下站着看了一阵嘶鸣的蝈蝈，就想着师娘的许多善良。想到热处，心里说，这女人必是菩萨托生，每个人来到世上都是有作用的，木匠的作用于木，石匠的作用于石，他师傅生来是作用于井，我天狗生来是作用于黄麦菅，而这女人则是为了美，为了善，恩泽这个社会而生的。天狗如此一番的见地，自己觉得很满意。忽然又想，菩萨现时要到山后去割草晒柴，那么细脚嫩手的人，能割倒多少柴火，我怎么不去帮她？就拿镰往后山走去。

后山上的草遍地皆是，将近深秋，草叶全黄了。黄麦菅一成熟就变得僵硬，黄里又透了金的重色，风里沙沙沙作响。天狗站在草丛中，四面看着，却没见那女人出现，就弯腰砍割了一气，把三个草捆子扎起来立栽在那里了，他想等女人走来，出其不意地从草捆后冒出来，吓一吓她。

可是菩萨没有来。

天狗就拿了镰，走到一个洼子里的小泉边磨。水浅浅的，冲动着泉边的小草颤颤地抖，几只蛐蜒八脚分开划着水面，天狗的手已经接近了，它们还沉着稳健不动，但才要去捉，它们却影子一般倏忽而去。天狗用镰在水里砍了几砍，就倒在泉边的草窝里。看着一面干干净净的天，想着丹江对岸那个白脸子小寡妇，想着耸着奶子正在家擀长寿面的菩萨，心里就又一阵美，像是坐了金銮殿充皇帝老儿。天狗这些年里有了爱唱的德行，这阵心里便涌涌地想唱，便唱了：

想姐想得不耐烦哪，四两灯草也难担哪。

隔墙听见姐说话吔，我一连能翻九重山哪。

天狗唱完，兴致未尽，就又作想：这歌声谁能听到？于是就想起另一位，拟着口气唱道：

郎在对门喊山歌，
姐在房中织绫罗，
我把你发瘟死的早不死的唱得这样好哟。
唱得奴家脚跛腿软腿软脚跛，
踩不动云板听山歌。

唱过了，天狗也累了，一边拿眼看山下的路，路上果然跑过来一个人，天狗认出那是师娘，偏不起身，只是拿歌子牵她过来，那女人也就发现了他，立着大喊："天狗，天狗！"

声音有些异样，天狗就站起来了。

女人也看见了天狗，就用哭腔喊叫："天狗，快来呀，你师傅出事啦！"

天狗立时停了歌声，也停了笑，拔脚跑下去，女人说："你怎么到山上来了，到处找不着你！你师傅打井，井塌了，一块大石头把他压在下边，人都没办法救，你是打过井的，你快去救他啊，他毕竟做过你的师傅，天狗！"

天狗的血轰地上了头，扭身往堡子跑。女人却瘫在地上不能起来。天狗又过来架着她，飞一样到了刘家。刘家的院子里拥满了人，原来井打到二十五丈，出现一块巨石，师傅用凿子凿了眼，装炸药炸了，二次返下井去，石头是裂了，却掏不出那一块大的，便从旁边挖土，土挖开了，只说那石头还是不动，就在下边用撬杠撬，不想石头塌下去，将他半个身子压住了。井上的人都慌了，下去又不敢撬石头，害怕石头错位伤了把式的性命，消息报给五兴娘，女人就四处找天狗。

天狗当即下井，师傅已经昏死过去了，石块还压在下身。他一边喊着“师傅”，一边刨师傅身下的土，又急，又累，又害怕稍不小心石头再压下来，好不容易把师傅拉出来，血淋淋地背在身上爬上井台。

几天几夜的抢救，井把式的命是保住了，保不住的却是他腰以下的神经。一个刚强的打井手艺人，从此瘫在了炕上，成了废人。

做农民的，什么都不怕缺，就怕缺钱；什么都应该有，就是不敢有病。天狗的师傅英英武武打了几年井，如今打到这一步，这家人就完全垮了。女人在医院侍候了丈夫三个月，伤心落泪，眼睛肿烂，口舌生疮。天狗没有吃上那生日的长寿面，在后山上割倒的黄麦菅柴火也让谁家的孩子背走了。他再没有上山刨黄麦菅根，当然也再没有进省城。为了师傅的伤病，天狗和师娘背了把式住国营的医院，也找了民间的郎中。井把式还是站不起来。师傅的心也灰了，在炕上老牛似的哭，拿头往墙上撞。好说好劝，这要强心重的汉子才没有自尽，却日夜伤心悲观，把脑子也搞坏了，显得痴痴呆呆的。

几个月的折腾，女人就失去了往常的光彩，形容憔悴，气力不支，蹲下干一阵起来，眼前就悠悠地浮一片黑云。更使她备受折磨的是家里的积蓄流水似的花去，日渐空虚，又不敢对丈夫半句高声，常在没人处哭。

天狗看着，心里如刀扎，想自己不能代替了师傅。师傅是有长久手艺的人，能代替他瘫在炕上，这个家就不会这般受罪；看着师娘如此可怜，比天狗自己瘫在炕上还要难受。可天狗不是这家的人，只能在炕头劝说师傅，在院里安慰女人。帮着种地、喂猪、出圈粪；出外请医生抓药，就拿自己的钱来支应。

一场事故，把人囫囵地改变了性格。井把式褪了专横，女人变得刚强，天狗说过“有了女人就长大了”，现没个伴他的女人，天狗也长大了。

这天，天狗又割了几斤肉和豆腐提来，女人说：“天狗，你要总是这样，我也就恼了！这家里成了无底的黑窟窿，你有多少积存能填得满？！”天狗说：“师娘，现在就不要说这些话，我一个人毕竟好将就。”

女人说：“你也不是有金山银山，这么长时间也没去做刷子卖，你是另有什么手艺不成？你把钱花光了，那江对岸的女的怎么娶得回来？”

天狗没有给师娘说明。前天夜里，大姨又过江来找了他，说是那小寡妇有了话，问这边钱筹得怎样，若月底还是拿不出一千元，她就不再等了，有钱的几个光棍都在托媒了。天狗生了气，说："看谁钱多让她跟谁去。我有一千元，一千元我天狗可以买十头猪给师傅补身子哩！"话说得难听，大姨好生骂了一顿，问他想不想要个儿子。天狗说得更粗野："我一千元放在那里，生的也是钱儿子！"大姨气得脸色煞白，吵了一夜，不欢而散。

师娘当然不知道这件事，还是说："天狗，眼看就是三月三乡会了，女婿都走丈人，你虽说没结婚，却也该到对岸那家去。这肉既然买回来，咱就不要吃，我夜里再蒸二十个馍，你明日提前去走走吧。"

天狗听了，一时心火上攻，竟忘记了自己是在这苦难的菩萨面前，焦躁地说："我不去！"

女人说："你敢胡说！"

瘫了的师傅在上屋土炕上全听见了，就敲着炕沿叫天狗，天狗进去，师傅说："你怎能不去？你想老死了做绝鬼？！"说罢拉天狗坐下，缓了口气又说："师傅现在是没用的人，别的话你可以不听，只要你听一句，明日乖乖去江对岸，这身上衣服也成油匠穿的了，夜里让你师娘洗一把，咹！"

天狗这才说了实话："人家早不成啦！"

说完也不再解释，走出门，一直从院子里走出去了。

井把式和女人倒一时愣了，末了女人就哭出声来。

夜里师娘来到天狗的家里，问清了原委，知道一切因自家的拖累所致，就连连叫“造孽”！骂天狗不该为她家花了积存，又骂小寡妇认钱不认人，下贱坯子。天狗见女人骂自己，越发觉得这女人贤惠可敬。女人骂着骂着，就骂了自己，哭泣不止。

天狗立在那里倒真像个手足无措的孩子。

女人说：“天狗，是我家害了你，这我和五兴爹一辈子有赎不完的罪。事情落到这田地，我家里是空了，你也空了，即使你天狗还有分文，我也不让你再往我家里贴赔。可这个家，有出的没入的，啥事都要钱，我思谋了，还是让五兴回来干干别的事吧。”

天狗说：“师娘，这使不得。五兴先头耽误了几天学习，好不容易让他又复了学，就是再穷再苦，也不敢误了五兴的学业。”

女人怎不明晓这层道理。可妇道人家是一副软心肠，经天狗一番道理之后，同意了不让五兴停学。可回到家里，一进屋，眼看着狼狈不堪的丈夫，一颗心又转了。这对中年夫妇一夜没有睡好，一会儿决定让五兴停学，说停学好；一会儿又不让停学，说不停学好。拉屎撒尿做不了主，井把式就大声吸着鼻子，哭了：“这都是我害了你们娘儿俩，害了人家天狗，我怎么就不死呢！你给我买包老鼠药来，让我喝了，反正活着没用，也不花钱吃药了！”女人听了这话，两股眼泪流下，说道：“他爹，你别说这话，家里人嫌弃你了吗？你就是睡在这里任事不干，你也是这一家的定心骨。你要再说这话就是拿刀子杀我。你是还嫌我心没伤透吗？”男人就不再作声。

夫妇俩自结婚以来说了这最多的一场话，才各自深深体会到对方的温暖。生活的苦绳拴住了一对蹦跶的蚂蚱，他们谁也离不得谁。夜深了，油灯在界墙的灯窝里叭叭地响过一阵，油尽灯灭，女人重要点灯，男人说：“算了。”为了省下一根火柴和一盅油，黑夜里泪眼在闪着光，男人被按着睡下了，失去知觉的双腿日渐萎缩，女人在被窝里为他揉搓，活动血脉，在扳着下身为男人翻了几次身后，女人就脱得光光的猫儿似的偎在丈夫的身边睡着了。睡到四更，女人突然被男人摇醒，她叫道：“你咋没瞌睡？”男人说：“我睡不着，我有一件事想给你说哩。”女人就坐起来，拥着被子，被子的一角湿漉漉的，是男人流下的眼泪。月光从窗棂里昏昏地照进来，女人看着丈夫一张被痛苦扭歪的脸。

男人说：“我好强了一辈子，也自私了一辈子。和你做夫妻了十几年，我没有好好待你，这是我现在一想起来就心愧的事。我现在是完了，到死也离不了这面土炕了。人常说：‘病人心事多。’我是终日在想，啥事都想过了，想过死。你骂了我，你骂是对的，我也没脸面再去死，我就活着吧。可咱家里，总不能这样下去啊，五兴他娘！因此我就思想，你可以不离开我，我还是你的男人，但世上都是男人养活女人，女人怎能养活了男人，那南北二山都有‘招夫养夫’的……”

女人静静地听男人叙说，越听越有些害怕，听到最后，一把将井把式的口捂住了，说：“我不听，我不听，你睡在炕上胡想了些什么呀！”眼泪吧吧地掉在被面上。

招夫养夫，深山里是有这种习俗的。平日里菩萨女人也听说过这种事例，只当是一种新闻、一种趣谈。现在丈夫竟要她充当这事例中的角色，她浑身痉挛，抖得像筛糠。

男人见女人如此悲凄，自己也裂心断肠，长吁短叹，说：“我这样说，是我这男人的羞耻。可你不让我死，又不这样，你是让我睡在这里看你受苦受难，我不死在绳上药上，也会用心杀了我自己！”

女人就扑在男人身上，悲不成声：“只要为了你，我什么都可以做得，可你让我招夫，我到哪儿去招？哪个单身男子肯进咱的门？就是有人来，好了还罢，若是个坏的，待你不好，那我哭都没眼泪了！”

夫妇俩抱头哭到天明。天明的时辰，听见远远的后山上有狼的嗥声，犹如人在呼号。

清早，女人又要去后山割草、晒柴，男人叮咛说到阳坡割，不要去阴洼，若遇见什么狗了，先“狼，狼”叫喊试探，以防中了狼的伪装；若不慎惊撞了马蜂，万不要跑，用草遮了头脸就地装死。女人一一记在心上，走了。男人见女人一走，就在家大放了悲声，惊动了街坊。有人进来，他就求人去把天狗找来，说他有话要叙说。

天狗苦苦闷闷窝在家里，什么事也慌得捏不到手里，就无聊地编织起蝈蝈笼子来。三月的蝈蝈还没活跃，没有清音排泄他的烦愁，就痴痴看着空笼出神。他到了师傅的炕边，以为师傅又要说让五兴退学的事，便说："师傅，有我天狗在，我天狗就永远是你的徒弟，我不是那喂不熟的狗，我天狗是没大本事的，可我不会使师傅这一家败下去，无论如何，五兴要让他好好念书。"

师傅说："天狗，也怪我先前瞎了眼窝，没让你跟我继续打井。人就是这没出息的，只有出了事，才会明白，可明白了又什么也来不及了。你给师傅说，江对岸那小寡妇真的吹了？"

天狗说："吹了，那号女人只盯钱！甭说她不愿意了，就是她那德行，十七十八的开的是一朵花，我走过去拾一片瓦盖了理也不理。你想想，要是师娘也是那样的人，她不知早离开你多长日子了。"

师傅说："唉，你师娘是软性子，受了我半辈子气，可她心善啊，逢着这样的老婆，我李正也就满足了。可如今，她受的苦太重，毕竟是一个妇道人家，地里没劳力，里外没帮手，不让五兴退学吧，要吃要喝又要花钱，还加上侍候我这废人，一想到这，我心就碎了。天狗，我想让她走一条招夫养夫的路，你实话对我说，使得使不得？”

天狗听了，心里不禁一阵疼。伤残使师傅变成了另一个人。做出这般决定，师傅的心里不知流过了多少血。不行，不行，天狗摇着头。可不走这条路，可怜的师娘就跳不出苦海，天狗头又摇起来。天狗没有回天力，只是拿不定主意地摇头。两人沉默了半天，天狗说：“师傅，这事你给师娘说过？”

师傅说：“说不通。可从实际来看，这样好。这又不犯法，别人也说不上笑话。你说呢？”

天狗说：“那有合适的人吗？”

做师傅的却不做回答，为难了许久，拉天狗坐近了，说：“作难啊，天狗，谁能到这里来呢？你师娘一听我说这话，就只是哭。我想，你师娘那心肠你也是知道的，这堡子里也没几个能赶上她的。虽说是快四十的人了，但长相上还看不出来……”说着就直直地看天狗的脸。

天狗并不笨，品得出师傅话里的话，心里别地一跳，将头低下了。

屋子里沉沉静静。

天狗从炕上溜下来，坐在了草蒲团上。院子里，女人背着高高的一背篓柴火进来，在那里咚地放了。院墙的东南角上，积攒的柴草已俨然成山。女人一头一脸的汗，头发湿得贴在额上，才要坐下歇口气，瞧见天狗从堂屋走出来，就叫了一声：“天狗！”

天狗痴痴地从院子里走出去，头都没有转一下。

三天里，丹江岸上的堡子，沉浸在三月三乡会的节日里。农民们在这几天停止一切劳作，或于家享乐，或频繁地串亲戚。未成亲的女婿们皆衣着新鲜，提四色大礼去拜泰山泰水。泰山泰水则第一次表现出他们的大方，允许女儿同这小男人到山上去采蕨菜。三月里好雨水，蕨菜嫩得弹水。采蕨人在崖背洼，在红眼猫灌丛，也采着了熟得流水的爱果。天狗家的后窗正对着山，窗里装了一幅画儿，就轻轻唱出了往年三月三里要唱的歌：

远望乖姐矮陀陀噢，
背上背个扁挎箩哟，
一来上山去采蕨噢，
二来上山找情哥哟，
找见情哥有话说。

唱完了，天狗就叹一口气，把窗子关上，倒在炕上蒙被子睡了。天狗从来没有这样恍惚过，他不愿意见到任何人，直到夜里人都睡下了，天狗就走到堡子门洞上的长条石上。

旧地重至，触景生情，远处是丹江白花花的沙滩，滩上悄然无声。今晚的月亮再也不是天狗要吞食的月亮，但人间的天狗，三十七岁的童男，心里却是万般感想。师傅的女人，师娘，菩萨，月亮，使天狗认识到了一个实实在在的女人。在一年多徒弟生涯里，在十几年一个堡子的邻里生活中，天狗喜欢这女人。女人的一个腰身、一步走势、一个媚眼，都使他触电一样地全身发酥，成百上千次地回忆着而生怕消失。他天狗曾怀疑过和害怕过自己的这种感情，警告过自己不应该有这种非分之想。但天狗惊奇的是，对于这个女人，他只是充满着爱，而爱的每次冲动却绝对地逼退了别的任何邪思歪念。天狗不是圣人，他在这女人面前能羞耻，能检点，也算得是圣人了。所以，天狗也敢将这种喜欢和爱，作为自己的生命所需，变成一副受宠的样子，在这菩萨面前要做出孩子般的腼腆和柔顺。

月食的夜里，女人在这里为丈夫和另一个小男人祈祷而唱乞月的歌，天狗也为女人唱了两首歌。歌声如果有精灵，是在江水里，还是在草丛里？

“现在要我做她的第二个男人吗？”

说出这话的，不是他天狗，也不是他天狗爱着的师娘，竟是自己的师傅，女人的真正的丈夫！天狗该怎么回答呢？“我愿意，我早就愿意。”天狗应该这么说，却又说不出口。她是师娘，是天狗敬慕和依赖的母亲般的人物，天狗能说出“我是她的男人”的话吗？天狗呀天狗，你的聪明不够用了，勇敢不够用了，脸红得像裹了红布，不敢看师傅，不敢看师娘，也不敢看自己。面对着屋里的镜，面对着井底的水，面对着今夜头顶上明明亮亮的月亮，不敢看，怕看出天狗是大妖怪。

第四天，是星期天。五兴从学校回来，到江边的沙地上挖甘草根。

天狗看见了，问：“五兴，你掘那甘草作甚？”

五兴说：“给我娘采药。”

天狗慌了：“采药？你娘病了？什么病？”

五兴说：“我从学校回来，娘和爹吵架，娘就睡倒了，说是肚子鼓，心疼。爹让我来采的。”

天狗站在沙地上一阵头晕。

“天狗叔，你怎么啦？”

“太阳烤得有些热。五兴，念书可有了长进？”

“天狗叔，我娘又不让我念了。”

“不是已给她说好不停学了吗？”

“我娘说的，她跪着给我说的，说家里困难，不能老拖累你，要我回来干活儿。”

天狗默默回到家里，放声大哭了。他收拾了行李，决意到省城去，从这堡子悄悄离开，就像一朵不下雨的云、一片水，走到天外边去。但是天狗走不动。天狗在堡子门洞下的三百七十二台石级上，下去三百台，复上二百台。这时的天狗，若在动物园里，是一头焦躁的笼中狮子；若在电影里，是一位决战前夜地图前的将军。

天狗终于走到了师傅家的门口。

“师娘，我来了，我听师傅的！”

正在门口淘米的女人愣住了，极大的震撼使女人承受不了，无知无觉无思无欲地站在那里，米从手缝里流沙似的落下去，突然面部抽搐，泪水涌出，叫一声：“天狗！”要从门槛里扑过来，却软在门槛上，只没有字音地无声地哭。

堡子里的干部，族中的长老，还有五里外乡政府的文书，集中在井把式的炕上喝酒。几方对面，承认了这特殊的婚姻。赞同了这三个人组成一个特殊的家庭。当三个指头在一张硬纸上按上红印，瘫子让人扶着靠坐在被子上，把酒敬给众人，敬给天狗，敬给女人，自己也敬自己，咕嘟嘟喝了。

五兴旷了三天学，再一次去上学了。这是天狗的意志，新爹将五兴相送十里，分手了，五兴说：“爹，你回去吧。”天狗说：“叫叔。”五兴顺从了，再叫一声“叔”，天狗对孩子笑笑。

饭桌，别人家都摆在中堂，井把式家的饭桌却是放在炕上的。

原先在炕上，现在还在炕上。两个男人，第一个坐在左边，第二个坐在右边，女人不上桌，在灶火口吃饭，一见谁的碗里完了，就双手接过来盛，盛了再双手送过去。

麦田里要浇水，人日夜忙累在地里，吃饭就不在一块儿了。女人保证每顿饭给第一个煮一个荷包蛋在碗里，第一个却不吃，偷偷夹放在第二个碗底里。天狗回来了，坐在师傅身边吃，吃着吃着，对坐在灶火口的女人说："饭里怎么有个小虫？"把碗放在了锅台上。女人来吃天狗的剩饭，没有发现什么小虫，小虫子变成了那一个荷包蛋。

茶饭慢慢好起来，三个人脸上都有了红润。

几方代表在家喝酒的那天晚上，第一个男人下午就让女人收拾了厦房，糊了顶棚，扫了灰尘，安了床铺，要女人夜里睡在那里。女人不去。天没黑，第一个男人就将炕上的那个绣了鸳鸯的枕头从窗子丢出去，自个儿裹了被子睡。女人捡了枕头再回来，他举着支窗棍在炕沿上发疯地打。

女人惊惊慌慌地睡在厦房。一夜门没有关。一更里听见了狗咬，起来把门关了；二更里听见院外有走动声，又起来去把门闩抽开，睡在床上睁着眼；三更里夜深沉，只听蛐蛐在墙根鸣叫；四更里迷糊打了个盹；五更里咬着被角无声地哭。天狗他没来。

这天狗，想当初，精刚刚，虎赳赳，一天到晚英武不够。

自从人招来，今日羞，明日愁，一下成个泪蜡烛，蔫得抬不起头。

这女人，想当年，话不多，眼不乱，心里好像一条线。

自从招来人，今日愁，明日羞，一下成个烂门扇，日夜合不严。

日月过得平平淡淡、拘拘谨谨。过去的一日不可留，新来的一日又使人愁。又是一次吃罢晚饭，两个男人在炕上吸烟，屋外淅淅沥沥下雨。下了一个时辰，烟袋里的烟末吃完了，天狗站起来，去取柱子上挂着的蓑衣。为大的就说："天狗，你……"天狗装糊涂，说："不早了，你歇下吧，明日一早雨还要下，我给咱叫了自乐班来，咱家热闹热闹。"为大的发了怒，将支窗棍咚地磕在炕沿上，说："你要那样，我就死在你面前！"天狗木然地立在那里，恭敬得像个儿子，叫道："师傅……"末了还是默默地走了出去。

雨下得哗哗哗的，越发大了。

蝎　子

暑假，五兴从学校回来。近半年的新式家庭生活，孩子也日渐鬼灵地开窍了许多事理。地里的活儿，天狗一揽子全包了，不让他插手，他就协助着娘忙活家务，忙毕，搬炕桌在把式爹身边坐定，用了心地读书。把式现在有时间，静心看读书人的举动，心里就作美，五兴一抬头，见爹正含笑看他，忙回爹一笑，爹的脸又冷却了。把式养的狗，知道狗的脾性，常冷脸待五兴，不让他轻狂、顺杆子往上爬。天狗锄完苞谷地回来，脚步声谁也没听到，把式就听到了，说："五兴，给你爹打水去！"

五兴怕亲爹，听见吩咐，就忽地下炕去了。院里并没有小爹的影，吱扭扭把水绞上井，天狗果然进了院，五兴兴冲冲叫一声："果真是爹！"

做爹的这个并不应，放下锄说："五兴，书念过了？"答说："念过了。"便从后腰带上取下两件宝，一件是竹根烟袋，一件是蓖麻叶，烟袋叼在口里吸，蓖麻叶里包着三只绿蝈蝈。说声："给！"蝈蝈却从叶里蹦出来，一只公鸡猛见美食，上前就啄，五兴急得脚踏手拍，三只蝈蝈却跳在鸡背上，吱吱地叫。五兴就势捉了，装在竹笼里。三只蝈蝈一叫，厦房屋檐下的蝈蝈笼里，一个一个都歌唱起来，满院清音缭绕。

五兴喜欢这个爹，这爹不板脸，脸是白的，发了怒也不觉惧怕。又能和他玩蝈蝈，故叫这个"爹"倒比叫那个"爹"口勤。

家里小的爱蝈蝈，来了个大的也爱蝈蝈，这家人的爱欲也就都转移了。往日五兴去上学，天狗去下地，女人头明搭早出来开鸡棚，蝈蝈笼也就挂在厦房檐头下。天要下雨，炕上的瘫子先听到雨声，就说："他娘，快把蝈蝈笼提进来！"蝈蝈吃的是北瓜花，院墙四角都种了瓜，于是种瓜不为吃瓜，倒为了那花。花开得黄艳艳、嫩闪闪。

地里的苞谷旺旺地长，堡子里的人该闲的就闲下，闲不下的是手艺人，都出去揽生意了。有好几家，造起了一砖到顶的新屋，脊雕五禽六兽，檐涂虫鱼花鸟。有的人家开始做立柜，刷清漆，丑陋肥胖的媳妇手腕上已不戴银镯，换了手表，整个夏天里不穿长袖。看着四周人家的日子滋润，天狗心里很是着急。好久没去城里干他那独门的生意了，就和五兴去后山挖了几天黄麦菅根，女人就点灯熬油在家扎刷子。瘫了的人腿不能动，手上有功夫，夜里便让大家都去睡，他来扎刷子。天狗又起身回他的老屋去，为大的就不言语，却要五兴一定跟他睡。五兴要去关院门，把式不让关了。

五兴睡着了，把式还坐在炕上扎刷子，扎好了一筐，一夜却听不到院门响，也一夜叹息不止。夜半子时，女人出来小解，听见屋上男人的叹息，跑上来问："哪儿不美？"见这可怜的瘫人却还在扎锅刷，倒气得一把夺了："你真个不要命了！""我白日把觉睡了，我没瞌睡。""……""现在几时了？""正半夜了吧。""他还没来？"女人点着头。"我把这天狗……"叫起天狗啊，爱你还是恨你，说你是好人还是坏人，害得师傅夜夜睡不着。井把式说过这话，心里一股黑血流过，脸上却强露了笑，女人最怕的就是瘫人的这种笑，恨天狗忠于师傅，忠于师娘，却忠得愚蠢，忠得千不该万不是！瘫人说：“五兴娘，这事你让我怎么个说！你，你也该……”瘫人喘得说不下去。女人一下子附在了男人的身上，泪脸对着泪脸，让他的胡子扎扎她的腮。男人说：“你要权当我是死了！”说完，脸转向炕里去。

但天狗太执意，女人也没办法。世上的水太清了，水就养不了鱼；完全的黑暗是看不见东西的，完全的光明也是看不见东西的。天狗不知这道理。

天狗领了五兴到省城里，又见到食堂那个女服务员。五兴第一次进城，无知也就无畏，到处钻动，见啥问啥，又一口一声叫“爹”答。女服务员说：“你年纪不大，孩子这么大了？！”天狗应一声，脸就绯红，装着解衣领，说天热。食堂的锅刷还有积存，天狗让五兴在食堂待着，他挑了担子去叫卖。女服务员就逗起五兴说闲话：“叫什么名？”“李五兴。”“你爹姓王，你倒姓李？”“我跟我娘姓。”“你娘多大了？”“四十了。”“你爹才三十七，你娘倒四十？”“我娘是虚岁。”“你长得可不像你爹！”五兴不回答了，装得傻傻的，问食堂要不要蝈蝈，他养有四十只蝈蝈。

半下午，天狗回来了，一担锅刷只卖了五分之一，脸上气色很不好，说：“这生意做不成了，五分钱一个也没人要了。”父子俩当下没了话。天狗看着五兴也知愁，脸上就做出笑来，说：“挣钱不挣钱，先落个肚肚圆，五兴，咱去吃一顿！”买饭时，五兴说：“爹，我想吃素面。”爹却偏买了炒肉，肉端上来，天狗吃着吃着就发痴，筷子不动了，定眼看五兴，五兴也不吃。他就又笑着说：“吃呀，多香哩！”自个儿带头大口吃。

从城里回来，天狗什么也没买，只给五兴买了一套课外复习材料，对女人说：“钱难挣了，这门生意做不成了。干脆我再给人打井去。”

一说打井，女人就发神经，嘴脸霎时煞白，说：“天狗，什么都可做得，这井万万打不得，这家人就是去喝西北风，我也不让你去干这鬼营生！”

天狗听女人的，也不敢多说，抱脑袋蹴下去。女人看着心疼，就又劝道：“钱有什么？挣多了多花，挣少了少花，一个不挣，地里有粮食吃，也不至于把咱能穷逼到绝路上去。”

做男人的本是女人的主事人，天狗却要叫女人宽慰，天狗这男人做得窝囊。但办法想尽，没个赚钱的路，免不了在家强作笑脸，背过身就冷不丁显出一种呆相。

女人敏感，没事睡在炕上的那个更敏感，见天狗一天天消瘦下去，也不唱山歌和花鼓了，两人明里说不得，暗里却想着为天狗解愁。

这一天天狗进院听见师傅在上屋炕上唱花鼓，师傅从来没唱过，天狗就乐了，进来说："师傅行呀，你啥时学会了这手？"

师傅说："我年轻时扮过社火芯子，学了几句花鼓。"难得师傅心绪好，天狗就说："师傅，你再唱一段吧。"瘫人就唱了：

树不成材枉占地哋，
云不下雨枉占天哋，
单扇面磨磨不成面哟，
一根筷子吃饭难。

瘫子唱毕，女人说："今日都高兴，我也唱一段。五兴，去把院门关了，别让邻居听见了笑话！"

五兴飞马去将门关了，听娘用低低的声音唱：

日头落山浇黄瓜哎，
墙外有人飘瓦碴儿，
打下我公花不要紧哎，
打了母花少结瓜。

唱完，瘫人又说："天狗，把蝈蝈都拿来，让我看看斗蝈蝈，谁个能斗过谁呢！"

只要师傅高兴，师娘快活，天狗干什么都行，就拿蝈蝈上炕，放在一个土罐里斗。一只红头的脚粗体壮，气度不凡，先后斗败了所有的对手，一家人正笑着看，屋梁上掉下一物，不偏不倚正好落在蝈蝈罐里。一看，是一只蝎子。

蝎子冷不丁闯入，蝈蝈吃了一惊不再动，蝎子也吃了一惊不再动。五兴急着去拿火筷来夹，天狗说："这倒好看，看谁能斗过谁？"

看过一袋烟时辰，两物还都惧怕，各守一方。天狗要到地里去干活儿，说："五兴，就让它们留在罐里，晚上吃饭时再来看热闹。"说完就盖了罐子放在一边。晚饭后揭盖一看，一家人就傻了眼，英雄不可一世的红头蝈蝈，只剩下一个大头一条大腿，其他的全不见了，蝎子的肚子鼓鼓的，形容好凶恶。

天狗说："哈，玩蝈蝈倒不如玩蝎子好！五兴，明日咱到苞谷地去，地里有土蝎，捉几只回来，看谁能斗过谁？"第二天果然捉了三只回来。

这蝎子在一块儿却并不斗，相拥相抱，亲作一团。五兴的兴趣就转了。将竹笼里的蝈蝈每天投一只来喂，没想玩过十天，蝎子不但未死，其中一只母的竟在背部裂开，爬出六只小蝎。一家人皆很稀奇，看小蝎一袋烟后下了母背，遂不认母，做张牙舞爪状。从此，家人闲时观蝎消遣，也生了许多欢乐。

这期间，井把式突然觉得肚子鼓胀，先并不声明，后一日不济一日，茶饭大减才悄悄说知于女人。女人吓得失魂落魄，只告知天狗。天狗忙跑十三里路去深山背来一位老中医看脉，拿了处方去药房抓药，不想药房药不全，正缺蝎子，天狗说："蝎子好找，我家养的有。"药房人说："能不能卖几只给我们？一元一只，怎么样？"天狗吃了一惊："一只蝎子值这么多？"药房人说："就这还收不下哩。你家要有，有多少我们收多少。"天狗抓了药就往家跑，将此事说给家人，皆觉惊奇。天狗就说："咱不妨养蝎子，养好了这也是一项大手艺哩！"女人说："蝎子是恶物，怎么个养，咱知道吗？"炕上的瘫人说："咱试试吧，这又不摊本，能成就成，不成拉倒，权当是玩的。"于是蝎子就养起来了。

天狗在地里见蝎子就捉，捉了就用树棍夹回来。女人在堡子门洞的旧墙根割草，也捉回来了几只。拢共十多只了，就装在一个土瓦盆里。五兴见天去捉蝈蝈来喂。几乎想不到，这蝎子繁殖很快，不断有小蝎子生出来。

天狗想，这恶物是怎么繁殖的，什么样是公，什么样为母，什么时候交配？若弄清这个，人为地想些办法，不是就可以繁殖得没完没了吗？

五兴上学去了，他让五兴去县城书店买了关于蝎子的书回来。书是好东西，上边把什么都写了，天狗就认得了公母，成对成双搭配着分装在大盆小罐里。整整三天，一早起来就将盆罐端在太阳下，看蝎子什么时候交配，如何交配。终在第三天中午，两只蝎子突然相对站定，以触器相接良久，为公的就从腹下排出一个精袋在地，然后猛咬住母的头拉过来，将腹部按在精袋上，又是良久，精袋被生殖腔吸收。这么又观察了三天三夜，就总结出蝎子交配要在正午太阳端时，而且温度要不可太热，也不可太凉。他鬼机灵竟买了个温度计，记下是二十摄氏度。天狗大喜，于是将蝎盆蝎罐早端出晚端回，热了遮阳，冷了晒日，果然不长时间，数目翻了几番。

天狗捉了二十只大蝎去药房，第一次获得了二十元。他并没有回家，径直去了江对岸的商店，给师傅买了一盒高级香烟，给女人买了一件卡其衫子，给五兴买了一双高靿雨鞋，孩子雨天去上学，就用不着套草鞋了。

女人当即将新衣穿上，问炕上的人："穿着合不合体？"炕上的就说："人俏了许多！"女人就又问天狗："这么艳的，我能穿得出去？"天狗说："这又没花，色素哩。"一家四口，三口就都欢心，师傅说："天狗，你给你买了什么？"天狗说："只要蝎子这么养下去，还愁没我穿的花的吗？"

天狗养蝎上了心，就亲自去书店买书来看。天狗喝的墨水没有五兴多，看不懂就让五兴做老师。饲养方法科学了，养蝎的气派也就更大了。院子里高的瓮、低的盆、方的匣、圆的罐，一切皆是蝎，而公的母的大的小的又分等分类，从此，堡子里的人叫天狗，也不再叫名，直呼“蝎子”！

到年底，这家又成了大手艺户，恢复了往日的荣光。一家人吃起香来，穿起光来，又翻修了厦房。县城里一家要养蝎的人，知道了天狗的大名，跑来叫天狗“师傅”，要请教经验。天狗亲授了一个通宵。临走时徒弟要买蝎种，一次买六百只，一只种蝎一元二角，收入了七百多元，天狗把钱交给女人，女人颤巍巍捏着，将钱分十沓，分在十处保藏。

女人是过日子的，没有钱的时候受了恓惶，有了钱就不显山露水，沉住气合理安排，以防人的旦夕祸灾。

下了一场连阴雨，丹江里发了水，整日整夜地呼呼。堡子南头的崖土垮了一角，压死了一个孩子和一头猪。天狗的老屋是爷们多年前盖的，木头朽了许多，女人就担心久雨会出什么意外，让天狗过来睡。天狗说没事，睡在那边，一是房子哪儿漏雨可以随时修补，二是防着不正经的人去偷摸东西。女人不依，于是天狗的家产全搬过来，窖里搬不动的一家四口人的红薯、洋芋都存在那里。

雨停了，天又瓦蓝瓦蓝的。女人将蝎子盆罐抱出来在院子里晒太阳，就出门到地里看庄稼去了。天狗也不在家。太阳一照，泡湿了的土院墙就松了，砰地倒下来，把三个蝎子瓮砸碎了，又砸倒了鸡棚。井把式听见响声，隔窗一看，吓得半死，连声喊人。没人应，眼见得鸡从棚子里出来，到处啄吃逃散的蝎子。他就大声吓鸡。鸡是不听空叫的，把式就把炕上的所有物什都丢出来撵鸡。末了就往出爬，从炕上掉下来，硬用两只手，支撑着牵引着瘫了的身子爬过中堂，到了门口，总算把鸡打飞出院墙，但一只逃散的蝎子却咬了他的肩，把式“哎呀”一声疼得昏在台阶上。

女人在地里察看庄稼，心里突然慌得厉害，返回一推门，失声锐叫，把男人背上炕，就在院子里四处抓蝎。等天狗回来，一切皆收拾清了，女人坐在门槛上哽咽着哭。

没了院墙，夜里女人睡在厦房觉得旷，给天狗说了，天狗回答道：“我到窑上把砖货已订下了，等这一窑烧出来，咱买回来就垒墙。”女人就不再说什么，把一口唾沫咽了。

蝎子还要每天中午端出来晒晒，天狗不时用手去拨拨，不让恶物纠缠。天狗的手已经习惯了，不怕蜇，要看蝎子就用手捏，吓得别人嗷嗷叫，他却轻松得很。这回趴在蝎罐看了一会儿，瞥见女人坐在厦房门口纳鞋底，金灿灿的太阳光洒落她一身，样子十分中看，天狗心里毛毛的，想和她说说笑话。

“这做的是谁的鞋，师娘。”

“谁是你师娘！”

天狗笑了一下，忙又去看蝎子，心里怦怦直跳，过了一会儿，天狗又忘了一切，满脑子是蝎子了，说：“你快来看呀，这一罐不长时间就要分作两罐啦！”

女人捏着针过来，蹴在蝎罐边，她闻到天狗身上的烟味汗味，说："哪儿就多了，还不是昨天的数吗？"

天狗说："原数是原数，可瞧它们正欢呢。"

有三对蝎子，正在罐内面对而趴，触器相接，做爱的挑逗……

女人悄声说："天狗，蝎子是咋啦？"

天狗说："这是交配呀。"

女人说："虫虫都知道……"

女人是明知故问的，女人说完，便脸色绯红，反身看天上的一朵云。天狗能是能，这次却不经心失了口，自己也就又羞又怕，竟也显出那一种呆相。女人回过头来，用针尖扎了天狗的腿，天狗"哎哟"一声，炕上的把式听到了，忙问道："天狗，你怎么啦？"天狗说："蝎子把我手蜇了。"

第五天，院墙修成了砖院墙。天狗又请来了泥水匠，一定要扳倒原先的土门楼，要造个砖柱飞檐的。把式说："天狗，算了吧。"天狗说："师傅，门楼好坏当然顶不了吃穿，可是个面子上的事。咱把它修得高高的，也是让人瞧瞧咱家的滋润！"做师傅的再没阻拦他，却把女人叫到炕上，说："他娘，咱现在手里有多少钱？"女人说："一千三。""数字还真不少。""亏了天狗撑住了这个家。"两个人下来却没了话。过了一会儿，把式说："他娘，现在日子顺了，你也要把自己收拾清净些。你毕竟比我年轻，人也不难看，可三分相貌七分打扮，衣服穿新了，头梳光了……"男人没说下去，女人便低了眼，无声地去做饭了。

女人果然注意了收拾，浑身添了光彩。中午太阳出来她洗头，让天狗提了壶给她头上浇水，又让天狗打碎一块瓷片儿：“我要刮刮额头荒毛。”天狗到底是天狗，不是木头，不是石头，看见女人容光美妙，心里生热，但这个时候，天狗就走了，走到蝎子罐前看蝎子。

一个初六的下午，天狗在地里浇麦地二遍水，女人也去了，两人天擦黑同来，院门掩着，堂屋的门却上了锁。女人以为瘫人是爬出去了，隔窗看时，把式正躺在炕上，手里拿着门上的钥匙睡着了。才明白可怜的人一定是叫隔壁人来锁了堂屋门，要让天狗和她回来单独在厦房里吃饭……

女人站在那里，把瘫人足足看了一袋烟的时间。

天狗说：“师傅他……”

女人说：“他……”

女人眼里红红的进了厦房做饭。天狗也坐下抱柴生火。两人没有说话，上面是擀面杖的磕撞声，下面是拉动的风箱声。饭做熟了。天狗盛了一碗，寻钥匙开堂屋门给师傅端。女人说：“他睡着了，钥匙在他手里，叫不醒他的，咱们吃吧。”一个坐在灶火口吃，一个立在锅后吃。饭毕，天狗说：“你歇着吧，我刷洗。”女人说：“这不是男人干的活儿。”天狗就站在旁边看了她洗。院墙外边有猫叫春，叫了好一会儿，天狗这时是木了、麻了，不知接下来该怎么办，为难得要死。女人擦了碗，又去擦盆子，擦缸子，不该擦的都擦了，还是要擦，把手占住，把眼占住，但心占不住，说：“你累了？”天狗说：“累，也不累。”却加一句：“歇下吧。”就要出门，女人把他叫住了。

女人说：“天狗，我有话要给你说呢。”

天狗一脚在门槛里，一脚在门槛外，说：“什么事？”

女人拉过一条凳子让天狗坐了，一边替天狗拍打肩上的土，一边要说话，却也好为难：“天狗，他近日又添病了哩。”

天狗说：“师傅吗？怎么不早对我说，我就发觉他饭吃得少了。”

女人说：“你哥他……”她第一次对天狗称瘫人是“你哥”，不是“师傅”，自己倒再也启不开口了。

天狗说：“明日我去请医生。”

女人就抬起头来，泪眼婆娑：“天狗，你是真的什么都不懂，还是和我打马虎眼？”

天狗有什么不懂的，自进这家门，他就时时预备着女人要说出这样的话来，天狗本性是胆小的。

女人说：“天狗，是不是我人不人，鬼不鬼的……”说着就趴在了床沿上，拿了牙咬嘴唇。

天狗知道糊涂是装不得了，就过去扶起了女人。女人软得像一摊泥，天狗扶她不起，自己也跪下了，说：“我，我……”又急又怕又窘，支吾不清。女人抬起了头，一双抖抖的手，托住了天狗的脸。

“师娘！”

“谁是你师娘？法院让你叫我师娘？街坊四邻让你叫我师娘？”

“……姐！”

天狗叫出了一个深埋在心底里的“姐”，女人突然软在了天狗的怀里。

外边的夜黑严了，黑透了，不是月食的夜，天空却完全成了一个天狗，连月亮、星星、萤火虫都给吞掉了。屋里灯很亮，灶火口的火炭很红。夜色给了这两个人黑色眼睛，两个人都看着亮的灯和红的炭，大声喘气。天狗抱着女人，女人在昏迷状态里战栗。天狗的脑子里的记忆是非凡的，想起了堡子门洞上那一夜的歌声，想起了当年出门打井时女人的叮嘱。过去的天狗拥抱的是幻想，是梦，现在是实实在在的女人，肉乎乎软绵绵的小兽，活的菩萨，在天狗的怀里。天狗怎么处理这女人？曾经是女人面前的孩子的天狗，现在要承担丈夫的责任了吗？天狗昏迷，天狗清白，天狗是一头善心善肠的羊，天狗是一条残酷的狼，他竟在女人头发上亲了一口，把战栗的菩萨轻轻放在了凳子上。

女人在黑暗里睁大了一双秀眼。

“天狗，你还要到老屋去吗？”

“我还是去的好。”

“我知道你的心，天狗，可我对你说，我和他都了解你，你却不了解我，也不了解他。我是老了，我比你大三岁……”

“姐，你不要说，你不要说！”

“你让我把话说完。天狗，这一半年里，咱家是好过了，怎么好的，我也用不着说出来。你既然不这样，我也觉得是委屈了你，我将卖蝎的钱全都攒着，已经攒了一千三了，我要好好托人给你再找一个，让你重新结婚，就是花多花少，把这一院子房卖了，我也要给你找一个小的。兄弟，五兴他爹，我和你哥欠你的债，三生三世也还不完啊！我不知道我怎么才能报答你，看着你夜夜往老屋去，我在厦房里流泪，你哥在堂屋里流泪……他爹，你怎么都可以，可你听我一句话，你今夜就不要过去，我是丑人，是比你大，你让我尽一夜我做老婆的身份吧。”

“姐，姐！”

天狗痛哭失声，突然扑倒在了尘土地上，给女人磕了三个响头，随即疯了一般从门里跑出去了。

第三天里，打井的把式死在了炕上。

把式是自杀的。天狗和女人夜里的事情，他在堂屋的炕上一一听得明白，他就哭了，产生了这种念头。但把式对死是冷静的，他三天里脸上总是笑着，还说趣话，还唱了丑丑花鼓。但就在天狗和女人出去卖蝎走后，他喊了隔壁的孩子来，说是他要看蝎子，让将一口大蝎瓮移在窗外台上，又说怕瓮掉下，让取了一条麻绳将瓮拴好，绳头他拉在手里。孩子一走，他就把绳从窗棂上掏进来，绳头绾了圈子，套在了自己脖上，然后背过身用手推掉大瓮，绳子就拉紧了。

天狗回来，师傅好像是靠在窗子前要站起来的样子，便叫着："师傅，师傅！"没有回音，再一看，师傅的舌头从口里溜出来，身上也已凉了。

把式死了，把式死得可怜，也死得明白。四口之家，井把式为天狗腾了路，把手艺交给了天狗，把家交给了天狗，把什么都交给了天狗。他死得费劲，临死前说了什么话，谁也不可得知。天狗扑在师傅的身上，哭死了七次，七次被人用凉水泼醒。后悔的是天狗，天狗想做一个对得起师傅的徒弟，可是现在，徒弟对于师傅除了永久的忏悔，别的什么也说不出了。

堡子里的人都大受感动。

埋葬把式的那天，天狗虽不迷信，却高价请了阴阳师来看地穴，天狗就打了一口墓，墓很深，深得如一口井。他钻在里边挥镢挖土，就想起师傅当年的英武，就想起那打井前阴阳师念的"敕水咒"。

堡子里的人都来送葬。这个给堡子打出井水的手艺人，给家家带来了生存不可缺少的恩泽。他应该埋到井一样深的地方，变成地下的清流，浸渗在每一家的井里。

棺木要下墓了，女人突然放声号啕，跳进了墓坑，乞求着埋工说：“让我给他暖暖墓坑，让我给他暖暖啊！”

天狗也跳进去，解开了怀，将胸膛贴在冷土上。

时光荏苒，转眼到了把式的“百日”。这天，堡子里来了许多悼念的人，这一家人又哭了一场，招呼街坊四邻亲戚朋友吃罢饭，天狗就支持不住，先在师傅睡过的炕上去睡了。他做一个梦，梦见了师傅，师傅说：“天狗，这个家就全靠你了！家要过好，就好生养蝎，养蝎是咱家的手艺啊！”天狗说：“我记住的，师傅！”就过去扶师傅，师傅却不见了，面前是一只大得出奇的蝎子，天狗醒来，出了一身汗，梦却记得清清楚楚。翻身坐起，女人正点着灯，在堂屋察看着蝎子盆罐。地上还有一批小瓦罐，上边都贴了字条，写着字。

天狗说：“五兴呢？”

女人说：“刚才把这些字条写好，看了一会儿书，到厦屋睡了。”

“蝎种全分好了？”

“好了，每家五只，除过五十家匠人顾不得养外，拢共是七百五十只，你看行吗？”

堡子里的人都热羡着这家养蝎，但却碍于这是这家的手艺，便不好意思再来学养。天狗和女人商量了，就各家送些蝎种，希望全堡的人家都成养蝎户，使这美丽而不富裕的地方也两者统一起来。

天狗听女人说后，就轻轻笑笑，说："明早咱就送去。中午去药房再卖上几斤，五兴再过十天就要高考了，要给他买一身新衣哩。"

女人说："五兴考得上吗？"

天狗说："问题不大吧。"

女人揭开那个大瓮，突然说："天狗，你快来看看，这个蝎子好大！我还没见过这么大的，怎么长得这么大呀！"

天狗走过去，果然看见蝎子很大，一时又想起了师傅，心里怦怦作跳，就坐回炕上大口喘气。

白　朗

一

这一日天上的太阳毒得如一只滚动着的刺猬，光芒炙烧尖锐，满空的云朵就流出了血似的赤红，地上虚土浮腾，惨白得又像是大火后的灰烬，行走在赛虎岭官道上的一队散乱的人马，差不多只要在一个兵卒的后腿弯撞一下，这个兵卒就要倒下去，整个的队伍也便要倒下去，永远也不想爬起来了。原本是前排的乐队在高一声低一声热闹吹打，马也有精神，队形也整齐。现在，吹鼓手的眼睛已经白多黑少，呼吸着的空气火一样辣，蜇着鼻孔，那吹奏唢呐的凸腮和暴了青筋的粗脖就在一声软似一声里陷了下去，最后，乐响变成一种呻吟，一种喘息，几乎在同一刻里熄灭了，唯有一个年幼的小卒还勉强“嘟”地吹动一下，成为沉寂中的一声余音。这是一队衣着不整老幼参差的乌合土匪。

以往变化无常的流浪生活和近日连续的奔跑，又进行了一场残酷的搏杀，他们的面孔全都变得丑恶狰狞，得胜之后的狂热使他们在返回营寨的路上欢声如雷，但狠毒的太阳使他们消耗了最后的活力。当听到最后一声滑稽的唢呐余音，俱被逗乐，这乐声却没有从口中发出，笑容在脸上纵横了一下皱纹即便消失。而恰在这时，有了一声很爆的笑声，朗朗的震响，遂使每一个兵卒掉过头来，刹那间都张口不能合起地木呆了。

笑声是从那一匹银鬃马背上的做了战俘的白朗口中发出的。这位狼牙山寨的大王、一代巨匪枭雄，被护颈短枷铐了双手，身上又缚了绳索，他竟还有这么清朗的笑声！致使身子俯仰，将青光头顶上的一排受过戒的香火烫印的蓝痂闪动，无法看清那戒印是十二个还是二十个，哪些是戒印哪些是太阳烤炙而成的紫血水泡。汗水就从他的脸上摇散下来，滴在鞍鞯上又溅落地上，尘土里噗噗腾起几缕细烟。

笑声自然使队伍骚乱了，甚至使每一个兵卒感到害怕，想起了这一位美若妇人的白朗大王，他的俊秀的眉目和清朗的笑声并不是可以让你勾联起一种色相的愉悦。黎明里他在酒的沉醉中被七条绳索捆住，因那缚腿的小卒动作稍不麻利，或许是看见了这一张白皙的面孔，光洁的有着戒印的头颅，错觉是尼姑庵的小尼，忍不住动手捏了一下他的脸蛋儿。白朗一脚踢出正中小卒腹下的恶根上，他就当即倒地死了。他们更听到过有关白朗的英武，每每与官兵作战总有一些人淫笑着向他扑来，他并不动的，只将那一柄短枪抛上抛下如羹匙似的玩，忽一扬手瞄也不瞄地喝一声“左眼”！百米外的对手们的左眼就老鸦啄过一样成一窟窿，他就笑笑地走过去，用短刀剖开死者的衣裤割掉尘根撬塞进各自的口里了。于是，这些兵卒们都紧张起来，下意识地将手按在了腰间的挎刀上，甚至使抬着滑竿的土匪膝盖僵硬，一步在石头上踏空，险些将滑竿上的黑老七掀跌下来。

“怎么啦？”黑老七睁开了不满的睡眼。

“回禀寨主，他是在笑哩！”抬滑竿的小匪指着白朗。

黑老七在睡梦中似乎也听到了笑声，回转头来，看见白朗大笑之后笑容仍在脸上保留，而自己的部下全都惊慌失措的神色，不禁恼羞成怒了。吼道：“和尚雏儿，你在笑什么！你以为你是坐在狼牙山寨子里吗，面对着是你的大小喽啰吗？！”

白朗看着黑老七，说：“是吗，真要是你讲的那样，白某就该笑了。”果然又笑了一下。

黑老七几乎在咆哮了：“可你现在是我的战俘，我押解的囚徒！”

白朗说：“那你也就笑一笑吧，我还没见过黑寨主的笑脸呀！在七星镇的局子里你呼红叫绿地赌掷，输了筹片不付钱，债主向你讨要你不言语，一巴掌原本要扇出你的话来却扇出你口里的一枚铜板，你那时没有笑过的。你做了寨主，抬着虎皮鹿肉来狼牙山朝拜，我让你坐在那一块冷木墩上，你也是没有笑过的。散发纸烟偏又不散发给你，我记得你那时还是没有笑过的。今日你报了木墩纸烟之仇，你真是该笑一笑了吧？”

白朗说着的时候，声音还是那么柔脆，美目飞动，和颜悦色，甚至说完了将头偏向一边，看着乐队中的那个吹奏了唢呐余音的年幼的吹手，为他头上戴的干枯了的柳条帽圈和额上贴的薄荷叶片所乐，便把一只好看的右眼那么一眣。年幼的吹手静静地听了白朗的话，他已经不觉得这个枭雄白朗，不，都叫着是“白狼”的恐怖，反觉他和蔼可亲了。他是听得懂白朗的话的，知道赛虎岭十二个山大王最厉害的一个大王在攻克了官府管辖的盐池后于狼牙山摆酒宴的情景，那时候，他跟随着他们的寨主最早一个上的狼牙山，却等待着另外十个山主都到齐了坐在熊皮圈椅上，而他山主却只坐了一个木墩。那一阵的白朗武功是多么卓著，第一个在赛虎岭竖起王旗，又独自一家攻克了盐池，谁不在欢呼着他王中之王呢？可他出来接待众山之主，着的是一件白色的团龙长衣，蹬的是一双白色的深面起跟鞋，持的是一把白绫竹扇，他愈是把自己打扮成素雅的风流倜傥的秀才模样，愈使所有的人为上天偏把一身超群的武功和一副绝伦的容貌造就成一人而感叹了！白朗哈哈大笑，他并不回礼众王，亦不设了烟灯烟具让来宾过足一顿烟泡的瘾，而是朗声高叫说他得到了盐监官的香烟，要让各位开开眼界，尝个新鲜。众山主是听说过这种香烟，但未见过更未吸过，一齐睁开了双眼等待狼牙山寨主来发散了。白朗却没有走过去，依然站在高石台上，手一扬，空中数道白光，一根二根纸卷的、两头一般粗细的烟支竟端端立栽在各人面前的桌子上。在座的十一个山主站起来十个拱拳致谢，唯独黑老七没有站起，因为黑老七面前的桌子上没有香烟，一张油汗的肥脸由红到白，由白到黑，末了将一口唾沫吐出来，唾沫里有了一颗咬碎了的牙齿。作想着这一幕的年幼的吹手此时万没想到这做了囚徒的白朗，现在仍高傲不逊，气宇不减，这才是大英雄的风范，做人就该做这样的人杰！遂也以右眼映眨来回报了马背上的那一位白面和尚了。

黑老七看见了两人的动作，他愤怒着喝令年幼的吹手到他的滑竿前来，一伸手啪地扇去个耳光，同时叫道："把绳拉紧！鼓乐齐鸣，让赛虎岭所有的山头都瞧瞧，谁个才是王中之王！"

银鬃大马左右的四个兵卒同时努力，那缚在身上的四条大绳即被扯紧，纵然马能被他双腿暗中加劲倏乎脱奔，绳索亦会扯石夯一样拉他下来。立时白朗像一截木桩被四方的力量固定在马上，一丝也不能动了。

队伍继续前行，僵着身子高坐在马背之上的白朗被夹在队伍的中间。他们经过了赛虎岭上最高的一段山梁道，队形就衬印在火红的天幕上形成巨大的剪影：使得散居于沟岔的山民，远处以石以木所修造的寨堡上远眺的土匪，都产生了这支队伍统帅并不是黑老七而是狼牙山寨主的感觉。最后，这种感觉连白朗自己也有了。多少年里，在百里方圆的山地上，他和他的一帮大小兄弟踏遍了每一条沟汊里的每一块石头，杀恶人，劫豪舍，突然地敲开某一家财东的双环大门，便将雪光锃亮的钢刀扎在桌面上，看着那主人从夹墙里地窖里搬出铜银细软，尤其是摘下了主人的茜红色的包巾，剥下姨太们的绣花小鞋，出得门来连同那一半的银铜沿村街天女散花般地向穷人撒去，那是多么痛快的事体！而又在某一个风高云低的黎明，大块地吃了肉，大碗地吃了酒，领人层层喝开寨栅，趟出围墙，下山岗，突袭到官府驻扎的众小校营房布幔，见人杀头，遇马砍腿，让污血噗噗地溅满一身，而刀挑了用铁丝穿起的二三十个耳朵在山坡上论功行赏，那场景是多么辉煌奇艳！可是，那时候竟疏忽了观赏这壮丽的赛虎岭的风光，甚至连这么想过也不曾有。现在于马背上看万山起伏，深若大海，赤日的腐蚀之下，红如炉铁，那沟沟汊汊滴流的溪水又如血道，白朗的脑子里就要浮现起魏家坪姚大掌柜脖子上的红蚯蚓了。是的，那也是这么一个晌午，家财万贯的姚大掌柜正纳一房小妾，一顶花轿才抬进门，他便领着人马踏进去，瞧见了花轿里坐着的是一位何等娇艳的少女。而姚大掌柜却是满口没齿的枯丑老头儿，不知出于一种什么原因，他白朗冲上去先一巴掌扇了老朽在地，再提起来逼要起财物，看见了吓得惊叫一声就昏过去的少女竟产生了无尽的同情，说：“把她抬到后房吧！”奸诈的姚大掌柜一面捣米鸡似的伏地磕头，一面却暗示了家人偷溜出去通告镇上的防守官兵，财物还未到手，村口的众兄弟就与官兵血刃起来。他那时怒从胆生，令把姚家十二口男女杀得一个不留，再拿刀慢慢割姚大掌柜的脖子，那血就红蚯蚓一般往下流了。那景象好是刺激，以致多少年里在睡梦中看见，醒来也激动得浑身颤抖。也就在杀了姚家，开仓放粮，扬扬得意欲回山寨时，刘松林，他结拜的兄弟，狼牙山的二寨主，却从后房提出来了那被纳的小妾，说：“大哥，这个就归你了！”他白朗又看了一眼少女，少女实在美不可言，但他把手挥了：“她从哪儿来，让她回到哪儿去。”刘松林叫道：“那你把她放到后房干什么？知道了。大哥是和尚，不要女人，兄弟就拾掇了！”他训道：“我说过了，让回去就回去！”三寨主陆星火跳过来大叫：“这么个好东西咱不要也不能让别人享受了去，我一刀劈了也痛快！”一把便撕开了少女的上衣，将半身雪白如凝的肌肤暴露出来，刀尖已要划开她的腹乳了。白朗是一茶壶击过去，打落了陆星火的刀，说道：“咱虽是土匪，杀人也不能乱杀，她是姚家抢来的妾，可现在还不算姚家的人！”竟一手牵了陆星火就往外走。可是，就为了这一场事，刘松林和陆星火埋怨了他数年，甚至讥笑他是和尚出身不娶女人，又面如美妇，对女人就下不了手了！可是，又有谁能想到在多少年后，又是为了女人的事坏了他们兄弟的大业，将一个好端端的威武不可一世的狼牙山毁掉呢！

由艳阳之下的赛虎岭的风光使思想浸沉于那一个少女而悲伤起来了的白朗，摇摆了一下头颅，欲要把挂在眉上的汗珠同烦恼一起甩掉，却也为结拜兄弟的讥笑不以为然了。白朗是和尚出身，这他并不忌讳，且一直光洁着头颅，但要说面如美妇，对女人就下不了手吗？他想起了七岁的孤儿在安福寺里做一个小小的和尚，是经历了十年青灯黄卷的寂静，一心要于佛门修成正果。而在他发现了住持造了佛像前的暗坑翻板跌翻了前来烧香供佛的年轻女子藏于地洞行淫的事后，在一个晚课诵经之后住持将一根恶肉企图放在他的体内，他怎样地吼叫着跑出寺院告发了罪恶，又怎样在怒不可遏的村民捣毁了寺院之时，又是他亲自钻入地洞，扼死了那些匿藏得太久，已不能露面的女子，再将住持活埋于地上只露出个头来，驾了马拉的铁耙耙碎了淫贼的脑袋，而使安福寺从此人称耙头寺的。那时节，他白朗才是十八岁！做和尚他是正经和尚，即使后来县署的知县与住持有私交，为了替住持报复，以他不能扼死那些无辜女子为罪而要捕杀他，他一气上山落草，落了草也正是从此开始了他的一生惊天动地的事业啊！可你刘松林，可你陆星火，却又是干了些什么呢？！白朗一怒气把眼睛闭上了。

正午的太阳现在已是滚到了头顶之上，它似乎缩短了与这支队伍的距离，人的影子、马的影子，由大而小乃至全然没有，鼓乐的吹打也不知在什么时候又一次停息了。马背上的白朗感觉到，不停地有人将包袱什么的钩挂于鞍辔下的镫坠上，企图让马代驮。马却在不停地甩动着长尾，包袱什么的就脱落下去，而立即被只只杂乱的脚踢到了路旁，开始有了低声的叫骂。可怜的押解着白朗的兵卒，原本是各人的背上都带着抢劫来的包袱，或是一件拈绸袍袄，或是一双可以供其在家的老母穿的粽形小鞋，或是项链、巾帻、铜盆、火纸、茶壶，在吵闹叫骂中把被踢掉的东西又捡回来，捡回来了又负担过重，终于力不可支，自骂起自己“好贱”，再骂一声“破玩意儿”，遂又抛去。一时间人人都相互感染，把乱七八糟的东西一件一件都扔去，只将那些银钱袋子系在湿淋淋的裤腰带上，发出叮叮当当的繁响了。一把白铜的尖嘴细腰的酒壶还挂在一个小卒的背带上，有人就不允许他留着，催他扔掉，小卒不忍，但无法抗拒，摔在地上却用脚狠踩，说：“我不能拿，谁也不能拿的！”一脚再踢飞到草丛中去了。白朗在咔唧唧的踢声中把眼睁开，看见了那一只踩扁了的酒壶，认得了这是他在盐池喝酒时用过的那只，见壶思酒，好杯的白朗五脏六腑就翻腾起来了，几乎同时间也闻到了酒香。是酒香，一点儿不错的！白朗巡睨着马之前后的兵卒，兵卒并没有喝酒的，却皆在拿一种渴馋馋的目光望着前边滑竿里的黑老七而腭下陷下坑儿来了。黑老七是在喝酒了，他已脱了上衣，一胸的黑毛，仰头将一只葫芦里的酒往口里倒。但是，一看见黑老七的嘴的四周的短胡上沾满了酒里的红汁，白朗的脸第一回惨白了！在盐池的池神日神风神的三神殿里，正是他下令众兄弟一醉方休，才使反目为仇了的黑老七偷袭得逞，当他醉得玉山倾倒，一个小兄弟踉踉跄跄跑来报告黑老七的人马围了大殿杀了许多兄弟，他白朗还在说：你也喝醉了吧？！可黑老七就进了屋，几条绳索捆翻了他。待他清醒过来，黑老七正拿着一颗艳红红的人心刀划了往酒葫芦中滴，那个小兄弟开了膛倒在地上……

思想到这里的白朗，顿时失却了渴酒的欲望而英雄气短了，强烈的阳光蒸发着万山丛岭，满世界里似乎有丝丝缕缕的白线在晃动，苍苍莽莽的浩叹中，他极力将目光向天边望去。那一片火红的山峦中突兀的峰柱是他的狼牙山吗？是的，隐隐约约的用青石条砌起的寨墙还在，粗木搭成的可以瞭望众山头又可以燃了狼烟召唤众山头的信号架还在，便是那一座天元寺的石塔还巍峨不倒啊！唉唉，怎样的一个英雄的白朗，叱咤风云了十年，官府没有拿下他，十个山头上各有绝技的山主没有伤害他，而是自己最看不起的地坑堡的黑老七在自己保卫了赛虎岭也同时保护了地坑堡的今日反算计了他，这最是白朗不可思量，尤感愤怒随之莫大悲哀的事了！这个时候，白朗真的后悔起不该在攻克了盐池又离开狼牙山寨去盐池的三神殿。他想起了离开耙头寺落草之后，他的声名是多么震响，远近都在播扬着一个叫白朗的和尚。但将白朗转音为白狼，他先是讨厌了，找着一位算命的老妪推算八字，老妪却说叫白狼最好，要成大事就去占据赛虎岭的狼牙山，占狼牙山则吉，离狼牙山则凶。他上了狼牙山安营扎寨，果然事事顺利，且山上的天元寺虽寺毁而有塔存，也合于他这当过和尚的人的心意。此塔为五百年的古物，二百年前地震裂成两半截，就在他去后的又一次地震中塔竟裂而复合，这奇迹的出现也遂使他威名更远，谁一望见那塔也要不寒而栗。他在他的寨上插着大旗，旗面上就用白布绣着一个白色狼头，而他的大小数千名兄弟的衣襟上，也皆缀有狼头标志。但是，他为了把官兵更远地赶出赛虎岭，为了不让盐池被盐监官统治而使所有的贫民都能吃上盐，做盐的生意，他忘记了老妪的叮咛住到了盐池来，才遭到了黑老七的暗袭。黑老七算是什么东西！如果这次没有离开狼牙山寨，即便山寨上再没有别人，单凭他一柄短枪，黑老七的人马能攻上来一个吗？即使他去了三神殿如果不喝得酩酊大醉或是喝醉了不将短枪挂在柱子上，黑老七能近得身吗？在他被擒的昨晚，也就是在黑老七刀刃小兄弟的那一时间，三神殿剧烈地抖动了，门环摇响，窗纸绷裂，他估摸着这又是地震了，遂大笑着这是天意，也大笑着他将和黑老七一块儿在房舍的倒坍中死去，但随之一切又恢复了平稳。这阵做了囚徒的白朗，在马上遥眺着狼牙山上的天元塔，吃惊的竟是一塔为二，早年复合的塔身又几乎是从塔底裂开，犹如两柄刺天的刀剑！好呀，这全是兆应了，他是不该离开狼牙山的。可是，塔裂而根不倒，他白朗的气数并没有尽吧？长了志气的白朗精神为之一振了，在心里骂道："黑老七，狗贼！你能把我怎样呢，狼牙山寨的人死的死，散的散，但只我白朗还在，你就瞧着吧！"

就在白朗耸了耸肩，愈发挺直身子的时候，山梁道的两旁陆续围观来了一些百姓，他们的长舌往日在传播着枭雄的武功，想象着他是一位凶神恶煞，夜半狗咬就以为是他进了村，某人被杀也以为是他所为，以至于相互咒骂了，骂了绝死鬼的传死鬼的龙抓的熊挖的，就也要骂出门碰上白狼的，连孩子们啼哭不止唬一声"白狼来了"，啼哭也顿时噤声。如今听说白狼被擒，骇惊之余就都来围观，全不顾兵卒的呵斥使劲往近挤，要清清楚楚看这位快要横尸的枭雄是怎样的一个狰狞面目，但他们差不多在瞬间里失望了疑惑了甚至多少有了一点儿愤慨。

“杀盐监官的难道就是他吗？白狼哪儿能是戏台上的小生呢？！”

“他还是个和尚呀！”

一个女人就尖声叫起来了：“瞧呀，他那光亮的额头和高耸的鼻梁以及丰润的嘴唇，妇人也没这般俊俏呀！”

“是吗？”旁观的人群中有着闲汉，为着女人的轻狂而嫉妒了，“老板娘，你也是想着能和他睡觉吗？”

“睡觉又怎么着？！”女人低声咕嘟了一句，拨开人群撵着马的步伐看着白朗，便伸手将头上的一枝已经枯干了的野蔷薇拔下来，斜倾了身子企图在马匹稍偏过来时丢在白朗的腿上或马的银鬃里。但兵卒在她的屁股上踢了一脚，把她踢倒了。马背上的白朗似乎听到了围观者的议论，但他并没有注意到这个女人的媚眼和已经探出在口唇处的舌尖，当那朵丢过来的野蔷薇在他的眼前一晃落到地上去后，他听见了黑老七在粗声叫喊：“把他的脸抹脏！用泥抹他个三花脸！”刹那间一片寂静，没人敢挖了泥来涂抹，但随之四面八方飞来了虚土，他眯着眼睛扫见了兵卒和那些围观的闲汉都抓了尘土向他掷来，落沾在他的汗脸上，只有女人在嘤嘤地哭了。

瞬间受到污辱的白朗将双目紧闭了，睁开眼来，一只几乎是涂上了炉火一样的光泽的苍鹰从空中掠过，原本要做一个勇猛的俯冲，却寂然地停伏在一块突兀的岩石上如一疙瘩树根了。这一景恰被白朗看得清楚，心中不免被尖锐之物所刺，以鹰而自比了。就是这鹰曾经驮着朝霞飞渡过万重山吗？曾经呼啸着从高空冲下抓住了草丛中的蟒蛇，又从高空绳一样将蛇摔死在石板上吗？但它热浪下伏于崖头，非凡的勇猛与它不符，而如果它受伤坠入谷洼，兔子又会怎样地撕咬它，蚂蚁又会怎样地爬满全身？而那些参与了抓土弄脏他的脸面的围观的人们继续撵着队伍走动，且开始了大声欢叫着："白狼大王！白狼大王！"白朗在一阵痛楚之后心里又泛上了一层清傲之气。他想，这些人并不是要污辱了我，他们看到的这个汗水搅了尘土形如恶豹之脸的白朗才是心目中真正的白狼枭雄而心理满足了。可不是吗，在他往日威风下山，带领了大小兄弟冲向官兵阵营，刘松林和陆星火也常要他戴上一具凶丑奇异的面具的，白朗就在这此起彼伏的欢叫中把头颅仰得更高了。

黑老七终于喝令着兵卒将围观的人赶散了。没有了围观人的刺激的这支押解的队伍又完全沉于寂静，急促的喘息，叮当的钱袋繁响，同时在没死没活的矮树上长嘶的蝉叫声里，兵卒们感觉到被太阳晒瘪，将要一个趔趄跌倒再也爬不起来了。再看着他们的山主又在喝着葫芦里的血酒，就有人喊了声"杏林"！皆口耳大睁，急应："在哪儿？""在前边。"杏之解渴使他们的脚步加速，但赛虎岭哪儿有杏林呢，就是有一片杏林，在七月的天气里树上哪儿还会有可口的杏果呢？被搞蒙了的兵卒在快速了半里之地后醒悟过来，开始咒骂起多嘴的某一位了，甚至动起手脚，结果就有三个和四个厮打起来，将枯了叶的柳条帽摔掉，将拳头擂到了腮上，血和断折的牙齿吐出来，而裤腰带上的钱袋就从力小的身上系到力大者身上了。他们如驴打滚一样在这样的厮打中恢复着活力，在流血和抢夺的刺激中消除了疲劳，连黑老七也不斥责，反倒愉目而视。山主的放纵使兵卒更加松懈起来，终于在走到一处叫二岔峁的地方。唯一的一处小小的细泉，而趴过去吵吵闹闹渴饮了。泉是在土穴中聚了一个浅潭，沿潭下注一道流渠去了山下，潭的四周连同流渠就苍蝇般地爬满兵卒。得到水的喝了一捧又一捧，有的干脆将头埋进去长饮不起，未喝到的就从身后往前扑，人垒人高，下边的爬不起来，抓泥往上扬，性急的便跳进潭去双脚乱踩，水成泥浆，一时谁也不能再喝了。在白朗的马的前后左右各拉持绳索的小卒腮根不断显出小坑，但重任在身，他们不能前去渴饮，白朗就说话了："放开绳，你们也喝去吧，我不会跑掉的。"

四个小卒疑惑地看着他，不相信这是真实，愈发用劲拉直了绳索。半路上被惩罚了的因挨山主的巴掌肿了腮帮不能吹唢呐的那一位吹手，恰已换作拉绳中的一个，听了他的话，终于说："白狼大王，我们知道你是不会为难我们的，我们把你缚在石头上，你可不能跑呀！"

白朗说："好的，把马的缰绳也缚在树上吧。"

四边的绳索和马的缰绳分别缚系在石和树上，小徒们喝水去了，待捧着滚圆的肚子过来，那年幼的曾是吹手的竟以一页槲叶折成小斗盛了泉水来搭在他的嘴唇前，白朗的眼睛潮湿了，看着一边往下滴着，斗里愈来愈少几乎只剩下一小口的清水，他说不出话来。小徒说："快喝呀，要漏完了！"他把嘴凑上去，但斗中的水确实漏完了，但他对这个小徒无限地敬爱，说声谢谢，还挤了一下右眼。

"我曾经是要去吃你的粮的！"小徒突然低声说，"三年前我就在这儿看见你领着人从那条沟走下去的，我去撵没有撵上，后来黑山主的队伍过来了，我才跟了他……"

三年前？白朗搜索着记忆，觉得这一条小沟他似乎并没有走过。他说："从这里下去的小沟是什么名字呢？"

"是羊肠沟，大王你记不起来了吗？那是一个傍晚，才下过一场雨，西天上烧起一片红云。"小徒认真地说，遗憾地耸了几次肩。

"这条小沟可以通到盐池的西禁门吗？"

哦，白朗终于记起来了，是有一个傍晚，他率领部下企图去山下的盐池攻克西禁门的，但那次他们是失败了，西禁门外的巡马道上的巡夫发现了他们，十里长的护池墙上的烽火台节节引动了一柱狼烟，盐监的兵马严阵以待了。但是，也就在又是三年后的一日，即前七天里，他白朗的人马摸黑赶到了盐池外，偷渡护池河，隐蔽于巡马道，将长长的绳圈儿套住了每一个巡逻而过的兵卒的脖颈拉下马来，直到兵力冲进西禁门和东禁门，刘松林和陆星火于兵营收拢所有的刀枪，一声呐喊将赤条条的官兵从床上拉下逼进一畦盐池水中时，他白朗也冲进了盐监的府中轻而易举地把盐监的头剃了。这一夜是何等的壮观，所有的盐工从睡梦中惊醒，也拿了铁锨、木铲、油水斗子参加到他们的队列，到处是燃烧起来的火光，随处可见官兵滚落的头颅，守驻在北禁门和南禁门的官兵见大势已去纷纷逃散，十多里的盐池内顿时齐声呐喊，有锣鼓的敲锣鼓，有鞭炮的放鞭炮，甚至将所有的盆盆罐罐、簸箕、木板也敲打起来，直至天明。天明，四村八乡的百姓推开了十二处护墙蜂拥而进，他们在那一畦一畦盐水池之间的晒盐场上，扒开了盐堆上的一层泥盖，将盐块用驴子驮，用口袋装，用篮子提，连穿着开裆的小儿与没齿的老妪也怀抱五六块盐来往不绝。白朗那一时是骑了马在人群中巡走，为这种抢盐的场面所万千感慨了。守着这天然的宝池，盐池四周的百姓却终年没有盐吃，成百成千的盐工一旦被抓进这护池墙内就一辈子不能出去在这里造盐，整车整车的白花花的盐运到县城，又运到京城，而百姓吃盐反以高价买购又同时负担着沉重的盐课。现在忙乱抢盐的人们看见了天神一般的白朗骑马走过，他们齐压压跪下来给他磕头，不怕巨匪，枭雄万岁，许多青年壮年就要投他而去，吃粮上山。他记得一个老妪并没有抱盐，而和一个青年拿了小镬在一畦退了水的盐板层上认真挖掘，后来就以头巾包裹了来到他面前。老妪说，她七十了，她的儿子十年前被抓了盐工再没回家，攻克了盐池母子才相见，她万万没有想到在她活着还能再见到她的儿子！“菩萨大王，我寻着了我儿子，儿子要我们也去抢些盐，我没有去，我要他快挖些盐根子，我儿子是懂得盐根子的，这盐根子是药，有什么病病灾灾吃一点儿就会好的！我母子挖寻到这一点儿，菩萨大王你收下吧！”他接受了母子的礼品，纵马在池畔上奔跑起来，得意忘言了的白朗啊啊叫着，他为着天水相接的一畦一畦因盐之浓淡度而池水红黄绿蓝白呈现的奇丽的色泽发狂，也为着自己的惊天动地的英雄业绩而发狂。他仰天大笑。从马背上竟摔到地上，在池水里也想看一看这英雄就是他吗？水面上一张俊俏之脸正对着他，想到了老妪的“菩萨大王”动听的称谓，不禁在心里说：历史上多少名留青史的英雄豪杰也莫过如此吧？而哪一个英雄豪杰又是有着如菩萨一样的花容月貌呢？！

但是，但是，想到了这一幕的白朗心中隐隐地作痛起来了。攻克了盐池，雄心勃勃的他预想着下一步怎样蓄积力量再扩大地域，怎样去联合十一个山头共同发兵攻克县城，要使这皇天后土之下的县境完全是另一个天下，却一切都被女人牺牲去了！女人，女人，白朗在心中叫道，女人真是英雄的罪恶吗？就在他陶醉于盐池风光和自己的英武的时候，刘松林和陆星火策马来说他们在三神殿的盐监家府里将三十二口家眷全尽杀戮，只留下两个如花似玉的女儿，那女儿实在长得美妙无比，他们也要像大哥一样不忍杀掉，但要求大哥允许他们将那雌儿做了他们的夫人。白朗当然是不能答应的，他分析着攻克了盐池，官府肯定要从外地调集兵马来收复，官府丢了盐池如同丢了命根，是不可能这么容忍失去敛财的盐课的，那么，一场恶斗还在后边，若有了家室，迷醉于女色，而上行下效起来狼牙山寨还会像现在这般战无不胜吗？狼牙山寨之所以能战无不胜，凭的并不是兵多将广，而是一人强似十人的剽悍。再说，咱们杀了盐监官满门，只留下他的女儿，这女儿能俯首顺从地做了仇人的夫人而生儿育女吗？刘松林、陆星火却不以为然了，他们浸淫到女色之中，只强调那女儿的美丽人间少有，说他们上山落草难道就是当一辈子光棍不成？今生今世虽是没了好的声名，亦不能当官做宦，但大碗吃酒大块吃肉拥抱美人却也不枉做了一世的山之大王！他们甚至说大哥出家之人，十年的吃斋念佛青灯打坐当然没有了肉色之欲，可他们是能吃生肉能喝生血的混世魔王，怎么忍受另一种的饥渴？上一回杀进姚家要留下那美女子大哥不允，如今若再不允，当和尚的哥哥可以不要儿子孙子，但他们的种族的香火要续，不愿做一个绝户鬼的。两位兄弟的话使白朗异常生气，他白朗，当了和尚真就如阉割了的宦官再没有七情六欲吗？有清眉秀目就必是在那一方面无能无耐是一个伪男人吗？他说之以理而两个兄弟不能听进去，他就发了脾气，命令去将那两个女子提来当众砍了算了。刘松林和陆星火“沓沓”地走了，他们并没有把女子提来，却分别携着远走高飞了。正是于此，狼牙山的实力大减，也正是于此，好强的白朗偏要在狼牙山摆酒宴又在酒宴上戏弄了黑老七，又为着意气再次到盐池去观看盐工们在三神殿新塑的又一尊他的神像，而落到这步田地了。

“刘松林，陆星火，两个没出息的东西啊！”

白朗在心里千百万次地咒骂起他的结拜兄弟了。如果要论仇恨，白朗最感伤心也最不能饶恕的倒不是黑老七，而是刘陆二人！当年他们在狼牙山相见，跪拜于高山之顶，风送松涛，杜鹃啼血，说定了生不同时死则同穴，原来这一切皆小儿的信口雌黄？！从狼牙山起根发苗的三个人，千辛万苦才发展到数千人马，杀出了清平的赛虎岭，攻克了偌大的盐池，闹得石破天惊，到头来为一个女人就什么也不要了？一直不以土匪自视的白朗不禁感叹着狼牙山寨还确确实实是些土匪了！啊啊，世界上原本是更多的人可以干一番大事业的，就这样常常被金钱、地位、女人和狭小的意气所毁于一旦的了！

心绪翻腾不已的玉面英雄，扭动着头颈再一次看了万山涌伏的天边，看了一眼在艳阳辉映下迷迷的狼牙山寨中的天元寺塔，和山下那一带闪亮的盐池水面，欲再吁出一口英雄浩气，却先有一颗大而热的泪珠落了下来。

二

第二天醒来，白朗已是在一间很洁净的房间。四面的一人多高的长形花菱窗上糊上了麻纸，经朝阳的照耀亮而发红，自己则和衣躺倒在一面铺张了虎皮大毡上的一领竹皮凉席上，那有双耳的青花瓷罐歪在床首桌面，桌面上摊流一块并未晾干的酒渍。他约莫记起昨晚的子时被带到了这里，然后就有人抱了这酒罐进来，不说一句话地出去了。白朗猜想这是到了黑老七的巢窝地坑堡，却不知这是一个什么样的地方，又是怎样走进来的。这些，白朗全然不管了，他看见了酒，就只图吃个痛快，竟抱了瓷罐一大口一大口灌下去沉沉大醉了。他爬起身要坐起来，一阵哗啦啦响动，原来手脚上现已锁上了铁链，且链长异常，可以自由活动却不能腾跃飞奔了。酒醉之后给他戴这么长的脚手镣铐，看样子，赤手空拳的一个他被关在了地坑堡的巢窝里，黑老七仍是恐惧着他，白朗不觉地很得意了。

白朗再一次抱了酒罐，饮干了剩余的残酒，脑袋愈发清楚了，抖响着镣铐将花窗一扇扇打开朝外瞧看，才知道他是在一座三层高的诵经楼的顶间。地坑堡确实是在一个地坑里，赛虎岭至此叠出层岗，复坡累累，下垂至山麓忽陡而洼，形成了下陷二三十米齐愣愣的东西长约四百米，南北千米有余的圆形坑状。在四周的土塄上，寸草没有生长，光溜溜连兔子也没法跳下来，且在外塄上修筑了约三米宽的高墙，每隔一米又一土堡，站立了一个持刀的兵卒，而在堡墙外的远远的东西南北四角恰恰自然形成了四个不高亦不算低的土峁，都驻守了瞭哨警卫的喽啰。白朗没有来过这里，却早听说黑老七占据的是一位曾在某朝某代的翰林晚年归隐的宅居，它虽不能像狼牙山那样遗世独立，登山口上一夫把守万夫莫开，但他现在看到的这种以深求高，于坑洼的南边斜着凿出一洞出入，用大青石修建的堡门楼一旦关闭，也可谓是一个固若金汤的好堡寨了。堡内的屋舍分为七进连环大院，有泉亭，有家庙，有祠堂，这一座诵经楼破旧是破旧了，但顶端檐角齐整，风铃依存，那佛龛，那案桌，那香炉蒲团、青灯檠盘、佛珠磬碗还一揽堆集在墙角，白朗不觉想到不识一文的粗莽黑老七住在这里倒比更多的赛虎岭的山主们有几分斯文，也有几分滑稽了。但白朗疑惑的是，黑老七将他押解来，即使不让他很快死去也该下到地牢里，放入冷窟中好好羞辱折磨他的，却使他住在了地坑堡最风光的楼上，睡舒适的床铺且有酒吃，差一点儿是要让他回到往昔的和尚生涯了！他仔细地察看楼下每一进深宅大院，不知道黑老七是居住在哪个院里，而楼下的周围站了三排武装的兵卒，很明显，这是来看守着他的。哼哼，黑老七，白朗在狼牙山是王中之王，今日做了你的囚犯，你还得让老子住在高处，视老子如神哩！

白朗在暂时满足了一颗高傲心性后，到底临窗凄凉了。他白朗毕竟不是来做客的，毕竟已不是佛门的弟子，英雄一世的山大王可可怜怜被戴了铁镣囚在这孤楼上，即使不是囚徒，一个在血与火的搏杀中培养成的他也不能同闺女一样静处幽室啊！窝巢可以是雀燕栖身，而苍鹰在长空才能任性，白朗一时羞愧蒙面，哗啷啷将手脚上的长镣提起来，他要对着那砖砌的墙壁撞去，要结束一颗不屈的头颅。

就在他斜偏了身子一头撞击之时，他停止了，似乎听见了在他脑浆四流地倒在地上时，黑老七进来了，踢着他的尸体狂笑：这就是王中之王？就这么死去了！知道要这么死去，何不让我在盐池用刀成全你的英雄之名呢！这话是那么响亮，声声震击着白朗的大脑和心脏，觉得这样死也真是一种屈辱了。且由此觉悟到，古时多少英雄豪杰在战败后引剑自刎，以为死得壮烈，其实这何尝不是一种自我的逃避呢？而后人的这么论说也是一种可怜的怜悯罢了。他们的自刎，生命在最后的一刻里肯定是有了我白朗的这种思想，只是一切都来不及了吧？何况，如果死在战败之后也还勉强说得过去，而自己败之于酒后，再没有寻死的机会，被解押来让成千上万的人目睹了，最后再自杀掉，那就是更十分的窝囊了，人们会说白朗受不得折磨受不得羞辱而自杀的，那算什么能屈能伸的大丈夫英雄呢？！

白朗重新回到床上，将脑袋勾起坐了，伸手来搬动桌上的酒罐看里边还有酒没有时，门被突然很响地推开。白朗摸酒罐的手收不回来，索性僵直在桌上，而将目光硬盯在一个固定的地方，做出了凛然的傲慢的神情。来人在门口几乎是迟疑了一下，接着有软软的起落声，木板的地面发出吱吱咯咯的节奏，同时有一股浓烈的香气袭来，白朗的鼻子禁不住皱动了，心里叫道：来的是个女的？

如若进来的是黑老七，一身武人装束，挎了大刀，提了曾是他的那柄短枪，或者换了一身绅士的宽敞绸衫，端了青瓷弯嘴茶壶，白朗这一时是要霍然而起臭骂的，说不定要将偌长的铁镣摔打过去，勒了他的粗短肥脖看那眼珠迸出来舌头吐出来的死相。但进来的却是女的，和尚出身的白朗虽然没有垂头念了“阿弥陀佛”，却也一时不大自在，泥塑一般固定了身子，眼睫毛则在微微颤动了。

“大王昨夜睡得可好？”女人走到白朗的面前了，娇滴滴地说着，同时矮了截身子双手按在胯下道了个万福。

白朗没有回应，当然也没有去看这女人的眉眼，而眼前却是一团翡翠的绿影，猜想着这是黑老七的丫鬟。他被带到这楼顶来，黑老七是不敢来面对他的，那么，这房间是丫鬟布置的了，这昨夜的酒也是丫鬟所放了。她竟称我还是大王，还给我道万福？！女人却惊叫了：“哎哟，早听说大王好酒，果然将一罐酒一夜间都喝了！既然大王海量，这一罐要是再喝完了你吆喝一声就是。这一碟牛肉不知够不够大王的早餐？”白朗还是没理睬，目光盯在墙壁的一角看起那一只系着细丝努力下坠的蜘蛛。女人却偏地站在他的眼与墙的中间了，香气更是强烈地刺激他鼻子了，白朗出着粗气，兀自将目光高移屋顶，更听见女人异样的笑，声声颤软如莺。她取了没酒的罐子又换上盛了酒的罐子，宽大的软缎袖口甚至滑腻如脂的玉腕竟在骤然间触贴了他搭在桌沿上的手，说句：“大王真是傲视一切，做了囚徒也不肯看看我们这些人的。”遂向门口走了，咯吱吱的软步一路渐渐消退。女人一走，僵硬了身子的白朗终于揉了揉鼻子。从女人的香气里、脚步里，白朗何尝不想看看这地坑堡里的丫鬟呢！当年在安福寺他是不近女色的，到了狼牙山，寨子里也从不纳一个女流，黑老七这里却有伺候的丫鬟，丑陋的黑老七倒是好色，可凭他的模样，这里的丫鬟又能是些什么形状呢？回头来往门口那么一瞥，不想目光相遇的，竟是那女人并没有离去门口，恰恰正媚眼而视，立即给一个娇艳艳的微笑哩。

白朗一下子感到自己的下作了，目光一滑而过到了别处，心里却震惊起来：这丫鬟头上梳了多高的发髻，插一支银打的凤头花钗将一串碎珠怎样地颤巍巍摇晃，一领墨绿隐花软缎长袍紧而不绷地裹了身子，突出的胸位和臀部之连接处，细软几欲一握，最是那粉脸一团，笑脸活活，酒窝浅浅呀，年轻的白朗虽不迷色却阅过的女人不少，还从未见过如此之美妙的！

“大王，你要给我说话吗？”女人趋势献着殷勤又说了。

白朗下了决心，再次塑造自己的孤傲，完全是一尊侧坐的石像。

“那我走了，大王。”女人终于走了。

这一个上午，白朗吃了一碟牛肉，喝了半罐酒，因为没事又接连吃完了那半罐酒后迷迷糊糊倒了床上睡去。但似睡又未彻底睡沉，想这阵的刘松林、陆星火在干什么呢？他们知道做大哥的现在在这儿，知道威风一世的狼牙山寨覆没了吗？由两个兄弟拜倒在女人石榴裙下想到了清晨送酒的丫鬟，蓦然之间，觉得那丫鬟似乎在什么地方见过。可在哪儿见过？又想不起来。就又责骂自己了：这不是很可耻吗？为什么见了一个美貌女人自己就没有勃然怒起，僵直了身子，反要自慰为孤傲清高！真是像丫鬟讲的“不肯瞧我们这些人”似的，那么，为什么在她走了以后又要看人家一眼呢？且喝了人家带的酒，又现在作想起人家觉得在哪儿见过？！过去在安福寺读禅书，书上讲一个老和尚和一个小和尚过河时看到河边一个女人望着河水发愁，老和尚就主动前去把女子抱过河去。两人重新上路已经走了许多时间了，小和尚却问老和尚："咱们出家人是不该接近女色的，你怎么刚才抱了女子过河呢？"老和尚说："你还想着她呀？我抱她过河，我早已把她忘了，你没有抱她过河，可你心里现在还在抱着呀！"唉唉，这小和尚又怎么不就是自己的现在呢！白朗气恼地拿拳砸自己头颅，觉得这实在有损于他的英雄气的，就什么也不愿再想下去。

下午里，又是那个丫鬟送了肉馅的包子和一盆小葱豆腐汤，且又换了一罐酒，白朗依然目不旁视，也终不回望她走去的后影。第二天，第三天，都是这丫鬟来送酒饭，来了就更一身鲜艳的服饰，梳一番新的花样的头髻，说许多甜润酥人的话语。因为经常是由这一个丫鬟到这里来，白朗慢慢就不将目光高视屋顶，那么冷眼看她一下，仍不肯回应一句话。每一次她放了酒饭坐在他的对面看他狼吞虎咽地吃喝，或是临走时要在他的床铺上用棕刷拂去席上浮尘，他不免也瞧见了她头上的花钗真是纯银铸打，玉腕上戴就的也仍是玛瑙手镯，为着自己的一句话而咯咯发笑时，掏出一块香帕掩口，那香帕竟也是小小的做工十分精致的苏绣品。这种香帕不是本地所产，白朗曾在攻克盐池后在盐监官太太的房里见过，他便疑心这女人不是黑老七的丫鬟了。可不是丫鬟又能是什么人？哪里又会是黑老七的姨太太或女儿什么的能每日两次殷勤送来酒饭吗？精明的白朗实在也有些疑惑了。

又一个晌午，天气闷热异常，白朗洞开四面窗子，外边没一丝凉风进来，浑身烧燥难受。他吃过了酒饭从门里走出来，沿着门外的一段回廊转到楼梯处，那里是数十级台阶，下边有铁栅拦着，且站了三个持刀的面目狰狞的喽啰。他复转回屋，掩了屋门，估摸着还不到吃饭的时候，就脱光衫子，褪掉长裤，只穿件短裤头四仰八叉倒在床的凉席上，但就在这时，门偏被推开，那丫鬟笑吟吟走进来，一脸很狐很狐的媚态了。白朗针刺一般先夹了双腿，遂一个肉团跳坐起来，吼道："出去！出去！"

女人却靠在门上把门扇掩合了，眼里是那样的一层光气，说："大王终于说话了！可我不出去呢？"

白朗说："不出去我就把你从窗子甩出去！"

女人说："那你就抱起我甩吧。"

她竟一步步挪近来，挺了丰腴的胸膛，使两个大奶子在衣衫里活活地跃动。白朗差一点儿扑过去扇她个巴掌，再拦腰提起掼下窗去，但他看到女人微闭了双目等着他的赤身几乎要在那一触间软瘫下去的神色，他在狮子一般地跳下床来时，一个发怔，遂抓了长长的镲铐抛打过去。镲铐没能打着女人，反倒带动了自己往前踉跄了一下，女人到底是一声尖叫，变脸失色地夺门逃了。

但是，白朗在中午没有饭吃，太阳已经落山了酒饭还是没人送来，他骂了一句娘，听着肚子一阵咕咕地饥响，却庆幸自己终是没有赤身时让一个女人坐在房间。酒饭不来，一定是吓坏了那个女人，那么黑老七就该无论如何来见他了。待到晚上，他并不点燃那盏油灯，忍受着饥饿和衣睡去，脚步声却从楼梯口响起，且有光亮愈来愈大，末了，却仍是丫鬟端了一盏擦拭得洁净、灯芯拨得很大的灯檠走了进来。

“大王怎么不点了灯呀，我还以为灯盏里没了油了！”

声音平静柔和，全没有白日受惊的痕迹，白朗倒暗叹女人的非凡，灯檠放在桌上，灯光正映在她的脸上，容颜自比白日多几分艳丽，愈发觉得她的哪儿有些面熟，也愈发觉得她不是地坑堡的丫鬟使女了。女人说：“大王肚子已经很饥了吧？大王是这么一副秀才面孔，凶起来却是恶神一般的了！我是丑陋女子，大王见了就动怒，可晌午你要敲碎了我的脑壳，恐怕今晚你是吃不上酒饭了。”说罢就直勾勾看白朗，将一罐酒和一碟牛肉同三个馒头从篮子里取出来，推近了他的面前，还说：“别那么恶狠狠瞪着我呀，还想打我吗，我想现在的大王怕没有一丝的气力哩！”

白朗确实是没了一丝气力，他第一个念头是不接受女人的酒饭，要硬就硬到底，为了自己的英雄意气，他是永远不吃不喝也能行的。这念头才一闪动，立即又被另一个念头代替，自己说定了不为女人所动，为什么竟和一个女人较劲呢，狼牙山覆没，众兄弟死的死，伤的伤，散的散，他白朗既然不死就要在某一日重整旗鼓，大丈夫有大丈夫的气象，若为一个女人而绝食岂不是小儿举动或是那些读了书的情种的秀才坯吗？他忽地张开双臂把酒罐和饭碟揽了过来，并不抬头地，风扫残云般地吃将起来。女人被他的突变之举镇住，开始放浪地嘲笑，又调谑玉面秀才吃相的难看。而白朗，这一刻里则视面前的女人是木雕是泥塑是一块无觉无知的桌子凳子或别的物件，只是更紧地扒饭，更猛地饮酒，发出很大的嗝儿了。女人说："好呀，这才像个山上的大王的。可我说出一句话来，你就不会这么吃了！"

白朗还是抱起了酒罐往口里倒，发出挺响的咂舌声。

"昨日，也就是你大王攻克盐池的第七天，关在这里的第四天，"女人说，"官府调了五千兵马把盐池收复回去了。"

白朗一下子停止了饮酒，酒罐在半空举不起又未放得下，灌得满满的一口酒不及咽下，他噎着脖子瞪着女人，遂将酒喷吐了，说："这是真的？"

女人说："瞧，我说你不会再吃喝的，怎么样呢？"

白朗还在说："你要是在作弄我，这酒罐就砸在你头上了！"

女人说："你有这般能耐，就在楼上对付一个女人吗？今晌午我原本是要告知你的，可你差点儿毁了我的命；我现在是不走了，你把酒罐砸过来吧！"

白朗突然咆哮起来："黑老七，天杀的贼，你现在知道你的罪恶了吗？你有本事来灭狼牙山寨，你怎不去打杀官兵？你到哪儿去了？你龟儿子躲到哪儿去了？！"酒罐就脱手砸去，但并没有砸在女人的头上，高高掠过头顶直飞出窗口，沉重地在楼下爆碎了。楼下一片惊叫，有杂乱的跑步声和刀械的金属撞磕声，倏忽叭叭枪响，子弹在窗口的上沿将碎砖迸溅到了屋里。

枪声使白朗更加暴怒，在赛虎岭的十二个山头上，十一个寨主都是有一杆铁枪的，而最好的短枪却是白朗的，他用这枪杀掉了多少豪绅巨富，才使赛虎岭一带没了官府的税课粮赋，又是这柄枪在盐池镇住了盐监，使那多少官兵被瓮中捉了鳖去，可如今枪到了黑老七的手里在瞄打着他白朗了！白朗扑到了窗口，对着楼下黑乎乎的屋舍和走动的人影，厉声骂道："黑老七，你狗娘养的打吧！你是还没学会放枪吧，怎么只打在窗沿上？！把盐池丢了，我的打散了的兄弟不会饶了你的，赛虎岭的十个山主也是不会饶掉你的，黑老七！黑王八老七！"

黑暗里，黑老七在回骂了："白狼和尚，这枪我是还打不准的，我黑老七是没有你的本事大，可本事大的狼牙山寨主却是我的囚徒关在楼上了！擒了你，你也该明白众山主会懂得敢不敢再惹新的王中王了！"

白朗听了这话，牙齿咯嘣嘣咬着，却有什么办法呢？短志气了的英雄身子摇晃，从窗口软下来呜呜痛哭了。他为盐池的丢失伤心，也为自己的命运伤心，世界上的事情往往不是毁在明火执仗的对手上，而是毁于并不防备的所谓同盟者手里啊。他再哭出声来的时候，看见了一直看着他咆哮而木呆了的女人，便把气倾泻在她的身上，吼叫着女人为什么还不走？走！将牛肉碟子和馒头一股脑地摔打在门口了。

这一个夜晚风高月黑，白朗在楼屋里咒骂着黑老七，把一生从未骂出的粗野之词都骂了出来，后来就长啸不绝。楼下的黑老七在吆喝着所有兵卒看守好楼的四周，一律则用棉花塞了耳朵，不允许有一个人承接白朗的叫骂：让他在空洞之夜尽情骂吧。没有对应，甚至连一个响动也没有，白朗的叫骂如同笼子里的凶狮，渐渐失却了勇猛和狂躁，骂声嘶哑起来，后变成了呢喃，再后只有拿自己的双手在抽打自己的耳光。黎明时分，白朗倒睡于窗口下的地板上，似死还活地喘着粗气。

白日里当女人又带了丰盛的酒饭进来，他正式和女人说话了：“让黑老七上来！我要见他黑老七！”

女人说：“他是不会来见你的。”

“不见我？”白朗凶道，“他龟儿子，㞞包，他是不敢来见我！”

女人说：“你说得很好，黑老七怕你的，他把楼底用铁丝全网住了，日夜有人在巡看着。”

白朗说：“那他为什么不杀了我，为什么你天天要来送酒饭？！”

女人没有立即回答，脑袋勾下去半晌，方说道：“你是想死吗？要死会有好死的，可你偏这么凶着脸……”

白朗凶过之后却无可奈何地悲哀地叹气了，但女人的话说得含糊不清，且神色鬼诡，没了以往的和颜悦色，白朗觉察出了什么异样。“要死会有好死的”，这是什么意思呢？他看这个女人，认不清楚她的善恶，也不知道她的深浅。当女人再一次来送了酒饭，他依旧只是咒骂黑老七，要黑老七来见他，以此察看女人的反应，了解外面所发生的事情，果然女人说出了黑老七腿上受了伤，正用南瓜瓤敷治的消息。

“是官府的兵马剿过山吗？”白朗立即问。

“那倒还不至于，”女人说，“大王知道一个叫陆星火的贼吗？”

陆星火，结拜的兄弟，为了女人而外逃的家伙！白朗的气冲上来了，说：“不要提他！你是用他来嘲笑我吗？！”

女人说：“我要告知你的是他一个飞镖打伤了我家山主。但他的一条胳膊却也让我家山主一枪打断了！没了胳膊，他还当什么山大王？！听说他为了一个女人外逃的，他既然好色丢下了你这大哥，怎么就对我那么凶狠呢？”

白朗说道：“他被黑老七废了？！”这么叫了一下，再不言语，遂哈哈大笑。这是怎么样的世事呢？正是陆星火和刘松林突然脱离，黑老七才趁机暗算了我，黑老七应该感谢姓陆的才是，却怎么还对他下毒手？也好，也好，一身好本领的陆星火废了，这岂不是一种报应呢！但他白朗不解的是女人说出的最后一句话，他说：“你认识陆星火？他什么时候要杀了你？”

女人显然是被他的提问惊讶了，说：“大王这是一直装糊涂还是真忘了？”

白朗莫名其妙。

“大王真是忘了！”女人叹了一口气，一时喃喃起来，似乎是怨恨了自己数句。“你真是和尚不记女人的事，你不认识我，我可认得你的。那一年在姚家，你总可以记起你的三弟陆星火要刀劈一个花轿里被新纳的小妾吧。”

一时刻里白朗明白眼前的这个女人是谁了。多少天来，他总觉得女人面熟，可谁能想到当年被他从陆星火的刀下救出的姚家小妾竟会与自己相见于楼上囚室？白朗现在细细致致地端详这个艳丽的女人了，她虽没了昔日的羞怯、惊恐和满面的愁容，但那个幼小的可怜的小妾毕竟使他对眼前的地坑堡的女人有一份说不出的好感。

“哦，你这些天来给我送酒饭，是要报答我救你的恩呢，”白朗说，“可你要知道，陆星火虽然不是真英雄，他要砍你却并不是不爱你，也就是为了你，我限制过他的娶妻，他才后来又见到美色而背离了我。”

女人说：“他背离了你，你还替他说好话呀？不管你怎么护着你过去的兄弟，但我是恨他的！黑老七实在玩不了枪，一枪打死了他我才解气！”

白朗虽然为陆星火开脱，但陆星火已经背离了他，他是从心里彻底抛弃了这一个兄弟的，也不再为其再作强辩，他关心的是外边发生了什么。女人告诉说，在盐池丢失之后，陆星火当天听到了消息，也同时得知黑老七囚俘了白朗，连夜带人直奔地坑堡来。那一夜，黑老七挨了白朗骂，也害怕官府的兵马趁势杀上山来，就领人到地坑堡外二十里地的一个镇子布置防卫力量，恰与陆星火相遇，一场恶斗里，陆星火砍倒了地坑堡十二个喽啰，且一镖击伤黑老七的右腿。黑老七从马上掉下来，眼看着便遭擒拿了，倒在地上连连放枪，那枪放了十下，终有一颗子弹使陆星火的一条胳膊断了。听完叙讲，白朗伏在了窗台再没有说话，极目望着堡墙外远处的山岭，将双拳抱定，在对天为救自己而伤了胳膊的陆星火祈祷了。哎呀！结拜的兄弟到底是兄弟呀，他们到底是狼牙山寨的好汉，到底没有忘了做大哥的白朗呀！他们是爱着女人，但他们与官府绝对是不共戴天，想那陆星火因生活所逼，一个无家无产的小镇闲汉，整整十二年里从事着为别人娶亲而从山道上背驮新娘，自己却终是光棍一条，他得了女人而逃也是能理解的了。即使刘松林，出身于戏班的戏子，抽烟土抽得形如饿鬼，在演出时已经戴了行头，站在了二幕后，还要吸一口烟才能在台上判若两人地将那三国时的周瑜演得活灵活现。他是在盐监官强奸了他的妻子，一怒将妻子杀了之后上的山，抢了盐监的女儿能说没有一分为先妻报仇的成分在里边吗？如今，来了一个陆星火救他，虽是断了一条胳膊，必更是不甘心就此罢休，而那个刘松林要是听到了消息岂能不也来救他吗？哈哈，有这两个兄弟重新打出狼牙山旗号，走散的更多的狼牙山兄弟就会不断地寻到地坑堡来的啊！

又高涨了英雄气概的白朗从窗口回过头来，眉宇间神采飞扬，甚至有些戏弄起面前的女人了，说："我现在知道了，黑老七他之所以不杀我，他倒是真害怕着狼牙山寨！瞧着吧，一个陆星火打伤他的腿，把他千刀万剐还在后头哩！"

女人瞧着他的得意，没有恼，反而也笑了一下："大王还明白了什么呢？"

白朗说："还明白黑老七之所以让你一日两次送了酒饭，是要给我施美人计劝我降他，起码可以让我来镇住我的那些兄弟吧！"

女人嘎嘎笑起来，将身子仰在墙上，嘴唇却一撇一撇地，笑声变得很冷了。自白朗囚在这里，他见到这女人从没有过这样的笑法，不禁问道："我说得不对吗？"

女人说："英雄果然是英雄！可你的分析对着别个人物合适，我家山主却万万不是你所估计的了！"

不管女人怎说，此日始后，白朗在楼室里异常地活跃了。他每日早早起床，戴着镣铐扬腿伸臂，锻炼着筋骨；要么趴在窗口往四方眺望，希望有滚滚的尘烟腾起，看见有飘动着绣有白色狼头的旗帜。这样的眺望常使他脖颈发酸，然后就切切地盼待楼梯口响动脚步，盼女人送了饭来。女人一来，立即迎着询问外边的情况。而女人呢，却也是更换了更多更艳的衣饰，说更多更新的消息。殷勤得比以往愈加活泛。她告知了某日有狼牙山寨的一支二十人的兵卒曾攻打过地坑堡，告知了某日地坑堡的下山收粮的喽啰被三个穿白色狼头标志服的人一尽杀戮，告知了断了胳膊的陆星火果然第二次第三次来突袭，害得黑老七放话，谁要能杀掉陆星火的人头可以赏三百两白花花的烂银。白朗在听着这些消息时，眼睛眨也不眨地看着女人，他觉得女人也可亲可爱了，得意之处，竟一伸手抓住她的肩头摇晃了，说："再说呀，再多说些呀！"

女人说："大王，我这是要做了奸细了？！"

白朗一愣，方意识到自己的手还搭在女人的肩上，他慌忙取下，脸色也绯红了。

女人却一派自然，偏乜斜了眼说："人常说树倒猢狲散，我不明白大王是囚徒了，却凭什么还有这么多人要来救你呢？"

白朗说："你说凭什么呢？"

女人说："我看凭的是你的脸蛋儿。"

白朗脸色陡然变了，但随之而笑："这话你可以去问问你家山主。他把我弄来，莫非也是看上我的脸蛋儿了吗？那么，他怎么却迟迟不肯来见我呢？"

女人说："他不来，可我不是来了吗？"

白朗说："一个小丫鬟，你哪里懂得男人家的事。"女人说："男人家的事女人自然不懂，可女人家的事男人就懂吗？尤其你这和尚大王，竟把地坑堡的压寨夫人认作是一个丫鬟了！"

"压寨夫人？！"白朗兀然间惊住了。这女人坐在了他的近旁，动手去他的后脑捏下了从屋顶掉下的小小的灰土。白朗本能地站起来后退了一步，还在说："你是压寨夫人？"

三

白朗获知了送酒饭的女人不是丫鬟而是黑老七的压寨夫人，他惊觉着要与这女人疏远，思想却乱得一团麻，理也理不清了。他真不相信她是压寨夫人，这是雌儿在诓他吗？可女人明明白白告诉了他：那次被姚家纳妾不成，她就嫁给了一个经商的富户，而黑老七却看中了她，硬是绑票了那富户抢她到了地坑堡。看来，她是压寨夫人无疑了，而如此的身世，白朗是同情了，在这个世界上美貌是苦命和祸灾之根源吗，她一个弱女子才遭到像一件猎物一样被臭男人抢来夺去？自己一个男人，有了好的容貌，也被安福寺的住持企图污秽，上得山来还常遭一些江湖上的人嘲讽，而像她，不能安安稳稳做良家的妇女，几次转手竟来到山寨终日生活在刀枪死亡流血之中了！但令白朗奇怪的是从这女人的身上并看不出做了压寨夫人有什么愁苦，穿着华贵的服装，戴着珍奇的首饰，这一切又是为什么呢？是取悦于黑老七呢，还是为了一个孤独女人的苦中作乐的一点儿不满足？白朗只叹自己从小当和尚，于女人的事真是知之太少。嫁鸡随鸡，嫁狗随狗，女人或许当初一派软弱良善，可做了压寨夫人，身上有了黑老七的血气流动，也会变成另一个人吗？那么，黑老七怎能让自己的夫人专来送吃送喝百般伺候一个仇敌呢？是有了另一层的阴谋，这阴谋又不是为了降服他那又是为什么呢？

难解的谜苦了白朗，他要为探出压寨夫人的真正用意和目的而平生第一次来琢磨起关于女人的事情了。在又一个炎热的中午，女人洗罢了澡来到楼室，头发蓬松地披在了后肩，没有穿紧身的长袍而是短袖和裙子，露出了玉白的小腿和胳膊，甚至那没有扣起领而自自然然半遮半显的一截脖根。一朵才摘下的沾满了水珠的玫瑰别插在那丰满异常的胸位了。她坐在白朗的面前摇动着团扇，头发拂动袅袅，玫瑰花瓣也翩翩欲飞，白朗被她的奇艳压迫，平生第一次出现了烦躁，常常目光掠在她的脸上又极快地滑过去，汗就不停涌出来。

“大王是太热了吗？”女人说，“就把那褂子脱掉吧。”

白朗说不热的，脸却涨红了，忙中只问压寨的夫人，黑老七打算怎样处治他呢？

女人说："你除了问这些就没了话吗？你说不热，你那脸红得比女儿家的脸还要嫩红呢！"

说罢把扇子递过来，也把目光递过来。白朗只觉得她的眼里有了别一样的光彩，有了别一样的话语，他想起了在旱塬的井台上所望见井底的那一块发着幽光的神秘亮团；想起了小时候在一泓四围长满毛茸茸水草的清池边，牧羊常要跳进池里痛快地沐浴；想起了在九月天里逛山看见的柿树上的一枚红软了的蛋柿，就爬上树用牙嗑开柿尖吸吮糖汁再送一口气去吹它个鼓圆圆的空壳。女人还在说着什么，他已经不再知道，直到发觉到她递过来的扇子和一只绵软的手放在了他的手里，这一刻里，两人都身子抖颤了，竟谁也不再说话，眼睛很近地看着眼睛，不晓了窗外的阳光依然照耀，楼前的一株弯柳上的知了常常把中午叫得好个空静！女人首先是再也坚持不了了，她的脸出现了潮红，嘴唇隆起了如一枚圆润的红果，那有着酒窝的腮、嫩脖子和酥的凸胸在微微地汩跳轻动了。

白朗终于在怀里接待了女人香软软的身子，盯着她的眼睛也将头俯下去，俯下去，那颤晃的舌头几乎在接触到了那一枚红果时，却从女人的眼里看见一个小小的他的人影儿来。刹那间，血气奔涌的年轻的大王迟钝了，这如同洪水即将崩溃河堤时水潮退了，如同在午夜熬眼，熬过了丑卯之后精神清醒没有了睡意，如同在山穷水尽之地则到了又一村的新的境界,他把女人轻轻放在床沿上了,动作全变了形,笨笨拙拙。

对于女人，在交往了这一个地坑堡的压寨夫人后，白朗于女人有了他的新知，他不像往昔总以一个和尚的身份而视女人为邪恶为淫秽为犯罪，但也不像一个做了落草居山的巨匪大盗将女人看成是一位发泄性欲的工具，寻欢享乐的小猫小狗。他克制着自己是为了自己的一番勃勃大业，而这么克制着但必须承认这女人曾给过他几多的慰藉几多的愉悦和力量。如果他是一位文人，他相信他的文章会汪洋华瞻、色彩烂漫，但他是一介武夫，一个囚徒，他的情绪之所以并没有低落下去，身体并没有衰败下去，觉得精神勃发，这最根本的何尝不是有这女人的一份作用?

白朗在瞬间的清醒中，第一个闪过的念头当然是他的大事大业不能陷进男女的情渊之中，而隐隐地也有了疑问——一个压寨的夫人会委身于他的背景内容。但是，在他放下了她在床上，看着那微闭了双目坠入一种不能言传的微妙的境界中的神态，原本也要客气地说：夫人是该回去午休了吧!他仍也说不出口，因为他搜索不出这女人对他有过的任何恶意和可供怀疑的痕迹，即使一切是一种假象，有着别一种阴谋，而白朗感念着她最起码是今日里有一份情意于他的，就不能粗暴地骂她是淫婆，打她个半死。何况这一时的女人，在自己的双手承接之后放平在床上，如花苞开瓣等待雨露，他这么撒手而去，未免是太无情、太残忍，无情残忍难道就是真丈夫吗?

白朗没有离开床去，他伸开手，轻轻地充满了柔情地抚摸了她的头发，再滑下来，抚到了起伏的胸部、腹部。女人却忽地睁开了眼来，急促地将他的手拉住，翻身而起，说：“别，别，不能的，不能的！”

这却使白朗大大地吃惊了！陡然之间，他脸色通红，羞愧得不敢看起女人了。当女人也垂头悄然离去，他一下子倒在床上，拉了被单蒙了头也蒙了全身，让汗水立时流湿，后来就似睡非睡欲醒又醒地躺了一个正午。

一觉醒来，白朗觉得身下有了凉滑滑的东西，方倏忽记得在梦中有过极幸福的故事发生。急起看视，裤衩上、床单上有了一些异味的斑点。他默默地看着，看了许久，并不后悔也不再追忆，而冷冷静静起来冲了一碗放在屋中的凉水，用手抠除着斑点在其中，一仰脖喝了下去。在安福寺时，住持教训着他们年轻的和尚，其中最重要的一课就是每日早上检查被褥，发现有斑点就让刮下来冲了水喝，这种惩罚可以使有着七情六欲的小和尚牢记着自己的职业和信仰。从那时起，白朗就知道了当和尚的根本是什么，修身就是与性欲做斗争，这种斗争不流血不死人，在青灯下打坐，在木鱼声中沉思，而比流血死人更惊心动魄！做完了这一切，白朗是那样的清心寡欲了，他完全觉得他是一个英雄了，是一个真正的和尚了。真正的英雄和和尚不是说没有性欲而是战胜性欲，不是要让人冷酷如石如木而是要把持自己掌握自己，他白朗正是以他的不屈的和不凡的气度镇服了黑老七，也以一个真正的男人的大情大义的风格赢得了一个女人的爱而又没有在女人面前沉沦啊！

此后的两天，女人再没有来，送酒饭的是一个小卒。但当白朗一个人呆呆地立在窗口为女人的不来遗憾时，他却看到了狼牙山寨的人有三次在堡门外的土场上搏杀。他们虽然人很少，武艺皆平平，而且径直到地坑堡前叫杀是自不量力，却一个个在被杀死的时候大声叫喊："还我寨主！还我寨主！"白朗目睹了这一幕壮烈的场面，热泪纵横，后来就跪在窗前，他叫不上他们的名字，只是拿双拳捶击楼板，发誓定要为这些小兄弟们报仇，祈祷着这些为他而死的人的灵魂在天之一方得到安息。

也就在这一日，他又听见楼下有了鼎沸之声，探窗看时，堡门洞的两边一溜两行的喽啰全副武装了直排到一所高大宅院去。他不知发生了什么事，便见堡门洞开，一个只穿了一件红色的短裤的人走进来，双手在胸前捧着一个木盘，木盘上放着一颗血淋淋的人头。这不看则已，一看使白朗大惊，那人竟是刘松林！这形如饿鬼的狼牙山二大王是来救我的吗？为什么单独一人，且赤身裸体不带了刀棍，为什么不事先吸了烟土而那样神色恍惚？端的又是谁的头呢？便听到那两行喽啰一声迭一声吆喝道："刘松林来献陆星火的头喽——”白朗终于看清那头颅正是陆星火的，立时明白刘松林来的目的了！顿时双睛爆裂，黑血翻滚，巨声骂起来了：“刘松林，好个没廉耻的逆贼，你是杀了陆星火来投降的吗？！”

骂声异常洪大，如雷炸响，楼下所有的人都听到了。端着头颅在喽啰的刀林中向大院走去的刘松林身子摇晃了一下，抬头看见了他，双足便跪下来，说：“大哥，刘松林终算见你一面了！”

白朗道：“我不要你这恶狗给我下跪！我不是你的大哥，你也不是我的兄弟！”

刘松林站了起来，突然哈哈大笑了：“那好吧，和尚白狼，你已经是黑大王的囚徒了，你让我也同你一块送命吗？陆星火他不识时务与黑大王作对，且他的一颗头值三百两白银，我刘松林有了银子能抽烟土呀！”

白朗说：“好吧，你去投靠黑老七吧，可你记着，终有一日我会剁你个肉泥的！”

刘松林说：“这你就差了，黑大王赏了我的银子，说不定还封我个头目当，那我就要来先成全了你！白狼和尚，你好好在那楼上待着，我要去见黑大王了！”

白朗身子一软，差一点儿从窗口栽跌下来，头在窗沿上一磕，再后仰在地板上，已经气怒昏死过去了。

实指望陆星火残废后有刘松林会振臂一呼部下云集来杀败黑老七救出他白朗，但刘松林却又一次地给了他白朗致命的打击：白朗苏醒过来，眼睛还没有睁开就骂出了声，骂刘松林的心是彻底地瞎了，骂他自己也是瞎了眼了，但蓦然听到一种声音在呼唤着他，张开眼皮，发现他已睡在床上，床边坐着那一个压寨夫人。白朗立即又闭了双目，将头扭向墙去。女人说："大王，你能再看看我吗？我们只能再见上这一回了，你也不肯看我一眼吗？"

听了这话，白朗忽地坐起来："是黑老七要杀了我吗？让他来吧，让刘松林也来杀了我吧！"

他冲着女人发凶，发了凶却吃惊了这女人全然不是了以往的艳丽。几日不见，竟鼻子炎红，眼睛枯涩，那乌黑的头发也似乎稀薄干黄了，他咽了一口唾沫，将头垂下了。

"大王看我是丑了吗？"女人说，眼泪却流了下来，"你终是看了我一眼了！我知道我现在来不是时候，你是不愿意与我多说话的，可我不能不来，我先是给你说说你的兄弟刘松林吧。"

白朗说道："我永远也不想听到他的名字！"

"那我就给你说说我的事好吗？"未开口却哽噎起来，"你告诉我，我是不是真的丑了？"

她确实是丑了，一个奇艳无比的人怎么就突然丑起来了呢？他说："你怎么了？"

女人说："我快要死了。"

"要死了？"白朗说，"你是唬我吗？黑老七现在并没有了强大的对手。陆星火死了，刘松林投降了，地坑堡正好红火，你压寨的夫人要死了？”

女人说：“我知道你一直对我有着防心，我也一直没对你说过，现在告诉你吧：一个压寨的夫人为什么专来为你送酒送饭如一个丫鬟，是因为这个夫人害了麻风病的。你不要插话，你让我说吧。害了这种病是不能救的，要救就只能与男人同床把病传给那人才能好的，而病在最严重的时候却能使病者的容颜十分艳丽，也是最容易招惹男人的。黑老七得知我的病后，他当然是不会同我有房事的，却也舍不得我的容貌而让我死去，便要求我传给他的一个喽啰然后把那喽啰杀掉。可我看不上那些喽啰，黑老七抢了我来我已受了屈辱，再若去与那些我不钟爱的人干那种事，我不如死了的好。你被解来，黑老七原本要让赛虎岭的众王瞧瞧他的威风后就立即杀掉你，可在你一到地坑堡我就看中了你。黑老七他是同意了，说：‘只许一次，一次成功了就告知我，我不允许动过我的女人的人多活一个时辰！’这就是我给你送酒送饭的原因，也就是我之所以美衣鲜服地取悦你的原因，你现在该是知道我的狠毒和邪恶吧？但是，在与你的接触中，你是一位真真正正的英雄，你不但有比一般人英俊的容貌和身架，你更有一般人没有的英雄气概，你并不是贪色之人，你不以你的英俊自持，不以你是一个王中之王的人物把送上门的女人收拾了，便宜了。正因了这一点，我更加爱上了你，且后来也认出了你就是当年救我的恩人，我哪里再会去害了你呢？可我毕竟是个女人，心里又是那么爱着你，我真盼望我能得到你的爱，让你抱了我，抚摸我，让我使你在快乐中忘掉囚关的苦楚也让我幸福地死于你的怀中，但一想到如果那样了你就会染病死去，只好在那一时又拒绝了你。你知道吗，每次送酒饭回去，黑老七都要查问，我瞒着说机会不成熟，他不相信你是个不吃腥的猫，又怀疑我是真心好了你。我的心情矛盾极了，彻夜彻夜不能安睡，所以这数天我没有来。谁知越是这样，病情就越加重，鼻子便开始红炎起来。我知道鼻子一烂，接着头发就要脱落殆尽，身上也会烂得一块块掉皮。到了那时我就丑得不堪入目，更不愿意我爱着的人看见我的样子。但我又是快要死去的人了，我怎能不来见见你呢？我无论如何要来最后看看你了！黑老七见我病到这步田地，知道你没有起作用，就叫嚣着要杀掉你。但他现在是病了，病得也不轻，终日惊恐着会有人要杀他，也就另眼待我，已将我扔到一间空房中让自个儿死去。我偷偷地跑来，一是要提醒你，黑老七明日会来杀你，或许就在今日，你万不可睡着，要防着他；二是我要求求你，让我就死在你的手里吧！”

女人不歇气地说着，她不让白朗有一句插话，似乎她要一停止下来就再也说不完了。现在她跪在了白朗的面前，眼巴巴地看着，向他企求了。泪水不知何时起已经满面了的白朗，双耳轰鸣，喉咙哽噎，他为面前的女人战栗了！天呀，原来是这样，事情原来竟是这样！他忘却了刘松林带给他的烦恼，满心地同情着这个可怜的女人了，更感动着这女人对他的一片挚心了！世界上的英烈并不是男人家才有，柔弱的女人竟也有石破天惊之豪举，他白朗一世来并不看重女人，谁能料到拯救他的不是月下结拜的武功超群的狼牙山寨的二大王刘松林，而是这一个不胜风寒的女人啊！他把女人一揽手抱起来，抱得是那样的紧，说："你是不会死的，你是不会死的，等我哪一日出去了，我会请世上最好的郎中治好你的病的！"

女人在双臂之中颤晃着，如风中细柳，几欲要痉挛了，大颗大颗的泪就坠下来，说："啊，有你这样的话我真高兴，可这是不可能的，这是不可能的。"

悲哀到了极点的白朗一下子冰山似的崩溃了，他瘫坐在条凳上，抓过了酒罐来饮，却在酒罐里发现了一柄短刀。他极快地把刀拿在手里，回过头来，女人却已衣着整齐地平平地仰睡在他的床上了，在惨惨地笑："大王，你来杀了我吧！"

白朗握着刀走过来，他的手在抖动着，他杀过了不计其数的人从没有这样抖动过。"我怎么能杀了你呢？我怎么能杀了你呢？"

"你杀了我，我会死得幸福的！我求求你了，我的大王！"

白朗看着女人微笑着闭合了双眼，脑子里浮现出一刀下去切断了她的喉管或是一刀扎在她的左胸，血喷泉一样地溅上屋顶，溅上四壁，一个美丽善良的女人就再不复存了？！他回头看着窗外，今天的太阳没有照耀，不知何时布满了阴云，有雨在下落了。他终于说："好吧，我满足你。"俯下身去，在她的额上、鼻尖上、嘴唇上亲吻了："你把左手搭在床沿吧，我划破血管，血就会流干的。"

女人顺从地伸过右手在床沿了，她并不看，仍那么安详地闭了双目，白朗却拿刀背在她的手腕处划了一下，就坐在一边头软得再也抬不起了。

楼室里是那样安静，窗外的雨在淅淅下着，这雨声在女人的知觉里是血管里的血在往外流淌，她没有痛苦，她觉得生不能与英雄的白朗做妇做妻，也不能与他纵情为乐，但经他手死去才使她这般自在幸福呢！现在，她要死了，血一流完她就死了，但愿在另一世里他们再相会吧。

白朗抬起头来，发现女人的胸部慢慢平息了起伏。他走过去，女人早已经死了！她在一种意识中死得果然安详，脸上还在微笑着，没有血，没有伤，真如睡熟了一般的一尊菩萨。白朗就这么一直看着她，看着她，将她神圣起来而不敢再去碰她、摸她，直到天黑，天黑又到黎明。

黎明里，白朗抱起了酒罐大口大口往嘴里倒酒，已经喝得大醉了还在摇动酒罐。没了酒的空罐里有了一种金属的声音，掉下来的竟是一把钥匙。白朗立即醒悟了，拿钥匙去开镣铐上的锁。锁打开了，他的眼泪唰地又流了下来了。是呀，这女人在死前把什么都预备好了，她为他带来了钥匙，也为他带来了自卫的短刀！白朗跪倒在女人的尸体前，叫着："夫人！夫人！"泪水涌流却嘿嘿地大笑了。

这时候，楼下传来了杂乱的呐喊声，听得见有嘶哑的吼叫："一定要守住，守住！今日谁杀了那头领，我大王就将压寨夫人赏他了！"白朗听出这是黑老七了，黑老七接着又喊着夫人，大骂着："跑到哪儿去了？"一小卒在答："夫人昨日上楼没有下来。"黑老七就又骂道："谁让她到楼上去的？！"白朗隔窗一看，堡门外的土场上果然狼头旗帜数面，无数的狼牙山寨的旧部在那里攻打，他要探身窗外嘲笑那一个黑老七了，楼梯口却传来了急促的脚步声，白朗立即复坐床上，将镣铐缠在手脚，那一柄短刀就顺手压在凉席下。

门被一脚踢开，黑老七和四个提了柳叶刀的喽啰走进来。

"和尚白狼！"黑老七恶狠狠地说，"你不是总要见我吗？我黑老七来见你了，怎么样，地坑堡待你不薄吧，关在这里有吃有喝还有个娘儿们陪你。"突然一变脸吼叫："小的们，把那臭娘儿们一刀砍了！"

白朗说："慢着，她在我这儿睡着了！"

四个喽啰皆一时满脸尴尬，觉得压寨夫人竟是睡在囚徒的床上，便拿眼看起自己的山主了。黑老七哈哈笑道："和尚白狼，你以为你占了我的便宜吗？我告诉我，这臭娘儿们害了麻风病，是我特意让她来找你的，我不用杀你，你也死到临头了！”

白朗傲慢地坐在那里，冷眼看着黑老七，说：“是吗？那你怎么还到楼上来？！是来请我出去吧，外边的我的兄弟越来越多，你是让我去领他们进来吗？”

黑老七说：“是的，和尚，外边是打得厉害，自把你关在这里，我地坑堡再没安宁过。”

白朗说：“这我当然知道，你是瘦多了，气色是坏多了，日日夜夜听风声就是雨，见草木也错认了兵，再要下去你不是吓死也得吓疯吧？”

黑老七说：“说得一点儿不错，我就为此来向你借一件东西的。”

白朗说：“什么东西？”

黑老七说：“要一颗人头！外边的人见了你的头，心就死了，就不会再来寻我的麻烦了！”

白朗笑了：“是吗，你来取吧！”

黑老七叫了一声，四个喽啰还未动手，白朗忽地从床上凌空跃来，那手在起跃时早从席下抽出了短刀，一下子扑到黑老七的身边，一手扼住了他的胳膊，一手将刀贴逼在他的脖子，大声说：“实在对不起了，黑老七！你给你的部下说，让他们乖乖放下刀先行开路吧！”

突如其来的变化惊呆了四个喽啰，黑老七也是面如土色，他只好命令着喽啰放下刀前边走，白朗就将黑老七押着一步一步走下楼来。地坑堡的喽啰小卒见山主被押下来，蠢蠢欲抢，那刀就在黑老七的脖子上划出了血，黑老七叫道："谁也不要动，谁也不要动……"这一幕恰被堡门外搏杀的人瞧见，抵抗的兵卒稍一迟疑，狼牙山寨的旧部早一刀捅死一个，就蜂拥下来使劲砸撞堡门。白朗又逼着黑老七下令把堡门打开了。

地坑堡所有的喽啰兵卒被赤手集中在一块空地上，白朗说："黑老七，你说怎样处治你呢？"黑老七一脸哭相了："以牙还牙，你也押了我一路去狼牙山寨吧！"白朗从他的腰间拔过了曾经是自己的短枪，丢开了黑老七，低头将短枪的机头打开，又对着枪管吹了吹气，却将短枪插在自己腰里，仰天哈哈大笑了："黑老七，你算是什么角色，还用得着我押了一路去狼牙山寨？我杀了你也嫌损我的英名！"遂叫道："谁来砍了他？"人群中走出一个人来，穿着狼头标志的服装，提着一面偌大的镲刀。白朗似乎不认识他。

"你是谁？"白朗说。

"大王不认识我，我是新入伙的。"那人说。

"你能砍了他吗？"白朗问道。

"我是盐池北边的人，黑老七暗袭了大王，官府就把盐池又夺走了，还杀了许多抢过盐的百姓，我爹我娘都被杀了，我岂能不砍了这条祸根？！"

阳光下，他一镲刀砍去，竟将黑老七一分两截。那上截的黑老七倒地还活着，说了句“我不该做那王中之王啊”！睁目气绝。

四

白朗收拾着残部回到了狼牙山寨，白朗又是一代枭雄，赛虎岭的王中之王了。到处在扬颂着一个英雄难而不死灭而不亡的传奇，已经演绎得神乎其神，说白朗在醉酒中被黑老七囚押在地坑堡的诵经楼上，如何是白日里的英俊潇洒的玉面和尚，夜里就显身一只白狼，望月嗥叫，引动着满山遍野的狼群了。诵经楼是那个翰林的老母居住过的，久年未修破败不堪了，但白朗去后，每个黎明里楼檐风铃叮响，悠悠似有诵经之声，只有在盐池上空才能见到的白鹤天鹅，却见天要飞来七只凑在楼顶引颈长鸣。这样的传奇先是在山民百姓中，之后赛虎岭的众山的喽啰小匪、县城的工商作坊里的掌柜相公，连官府军营中的兵勇士卒全都如此谈说。就有人刻印了他两种画像，一是狼头人身作护身镇邪的法品在市面出售，一是美如妇人的脸谱，称作是和尚菩萨的，高价买来不叫买叫请的，请供于高墙神龛上日夜焚香磕拜乞福求贵。

赛虎岭上没有了黑老七，十二个山头便剩下了十一个，那十个山主在白朗遭擒之时着实是晴天里听到了一个霹雳而震撼了，他们遗憾着白朗雄鹰折翅、骏马失蹄，受到了平生的奇耻大辱。但每一个山主之心中却也包藏了一份幸灾乐祸的暗喜：有白朗在，赛虎岭当然是安全的，官府收的税自己收，官府纳的粮自己纳，有大碗的酒大块的肉大福大乐享受。但有白朗在，赛虎岭的头把交椅永远也就是白朗的，所以，黑老七灭了狼牙寨，他们异口皆曰黑老七心毒胆大，却没有一个提出来剿灭地坑堡，黑老七在他们眼里原不算什么角色，只要提高警惕防备着些，愈加经营自己山头，谋图着某一日这赛虎岭真要成了自己的天下。但是，现在的白朗奇迹般地又回坐了狼牙山寨，自不量力的黑老七落了个寨毁人亡，便都一齐称颂起白朗的英雄盖世了。

狼牙山寨的印着白色狼头的旗帜又在已经开裂如刀剑的天元寺塔上飘扬，它就象征着这数百里方圆的赛虎岭上，依旧是大王们的天下，远在县城的千总老爷果然重新调整了各地的巡检司，城之东西南北四门的吊桥严加把守，天一黄昏便高高吊起，而正欲清剿赛虎岭的计划悄悄撤销，集中起来的小校兵卒以及成批的乡勇民团终于只固守在了盐池。赛虎岭，十一个山头若十一个部落，各自在其势力范围内经营各自的营生，山头上、路口上，喽啰巡哨，见巨贾豪富的钱车粮担就扣，遇官府的游兵暗探便杀，山与山狼烟联络，寨与寨号角呼应。但是，谁也不能侵犯了谁的势力，唯狼牙山寨的人，只要是衣上有狼头标志的或是持一块刻有狼头的木牌的，却可以自由往来于各个山头的区域。这当然没有明文协定，但一时间却成了例行的规矩，于是，常常三更半夜有人影绰绰，询问什么人，回答狼牙山的，查也不是不查也不是，更有这个山头与那个山头为一个动心的女人或一担财物发生了冲突，几乎开始都在吆喝：要眼睛出气吗，老子是狼牙山的！结果是假狼牙山的占了便宜去，真狼牙山的又被错为冒充，出现了不少的流血事件。白朗就要传话给十个山头，邀请十个山主前去聚一聚，亲议一些事宜了。

众山主得到邀请，莫不筹备了丰盛的礼品，他们知道如今的白朗自比往昔更一层威风，所谓邀请去狼牙山寨也就是让他们前去恭贺他的复出，也就是要暗暗警告狼牙山寨的名号是谁也不允许冒充的，皆在这一日纷沓来到天元寺塔下。

众山主的猜想一点儿不错，年轻的大王白朗虽然腰斩了黑老七，一把火灰飞烟灭地烧毁了地坑堡，但被一个最不起眼的山主护颈铁枷锁了，四条绳索绑了，行走数十日地解押到一座楼室里，这羞辱是太大了。他成心借此机会让众山之主们瞧瞧，他一个王中之王是可以被人欺负的和欺负得了的吗？为了办好这次集会，他重新修整了寨堡的颓墙败栅，粉刷了所有楼亭舍院，到处收拢散落的旧部，招募新兵。但是，令白朗多少有些失望的是数天的时间里虽然张贴了布告喧腾了锣鼓传播了口信，上山来的人马仍是寥寥无几，更多的则是那些在地坑堡投降的喽啰，是山上百姓和从盐池偷跑来的盐工。这些新入伙的穿上了印有狼头标志的服装，包裹了黄的巾帻，操练刀棒，一见他就全伏地呼大王不已，他不认得这些陌生面孔，总觉得与他们没有以往旧部兄弟们的那份熟腻和亲切了。他派了一个当初功在陆星火之下的山寨头目，也就是在他杀死黑老七的那天攻打地坑堡的领头人，交代了再次下山，无论如何要寻到所有的旧部兵卒重新归来，甚至动了情道：狼牙山寨遭难，我白朗没能保护好大伙儿，今日天不灭我，狼牙山寨的兄弟就要有福共享啊！

当众山主到齐了狼牙山寨的山门，那马就不能再骑，因为一面突出山嘴随势砌筑了二千级石阶，他们气喘吁吁往上爬，且道道围墙，层层栅栏，头扎草黄包巾腰佩雪光铁刀的迎兵吆喝打开，又吆喝关闭，甚是一派森严。上得山嘴，并未到得正寨，又是一峰崖，开元寺塔就在上头，而崖的两侧有飞瀑直下望之若练，路曲之绕过瀑后，走过了珠玉喷跳之处石皆成穴之处，仰视着崖上苍苔匝生如羊胛状，酷夏之中人也莫不心身寒气所逼了。白朗自然立于崖头路口拱拳喝迎了，自然又是往昔的一身素白一颗光洁头颅的和尚了，他声声呐喊，立即应者雷轰，早有数十个将鬓发绾紧成一个角儿的小徒们安顿了八八六十四张生漆染就的八仙大桌，众山主和所有山寨的大小新旧兄弟一齐入座了。众山主们走到了桌前，却没有落身下坐，而是环目望见了那旧制的三楹大门楼三楹仪门五楹正堂东西各三楹厢房，那后堂的侧门，那兵库房、三楹花厅、大门外东西分别的大厅，那十二间的榜廊全都焕然一新，张灯结彩，而新造的二十个窝铺、四个角楼、六个敌楼，连同了那木架哨台、天元寺塔，全插上了新崭崭的狼头旗帜。这阵势便使众山主们少了志气，自惭形秽起来了，他们整衣理帽，尽量使脸上长久笑容，就在山鸣海啸般的乐鼓声中让随从抬上虎皮、熊肉、熏鸡、油鸭和一坛坛美酒、成匹的丝布，以及火纸、食盐、豆油、木耳、香菇，言称薄礼小品不成敬意，然后弯腰向白朗恭贺，逐一地挑选着天下最美丽的词句，以悦耳高亢的声调称赞白朗的英勇。一时间里，狼牙山寨就是赛虎岭的一面旗帜，白朗就是众山之主心悦诚服的领袖，从此赛虎岭将固若金汤，那盐池的恢复指日可待，县城的官兵是一群草芥，这方圆数百里地将永远是一个独立的王国，别一种清平的世界了！听着这么多的赞誉，早晨起来又兀自喝过了过多的烈酒，白朗满面红光，神采奕奕。想起了过去的一切，他也为自己的今日而惊讶了！是呀，天下哪有被囚押欲死之人又突然间报得深仇，重整了旗鼓，而又为此地振臂一呼就能应者云集呢？做了阶下之囚，黑老七仍是见他战战兢兢，这已经是别人不能做到的奇迹，何况在囚室之中又有一个艳丽若仙的女人钟爱于他，岂不又是奇迹中的奇迹吗？！这全是自己的英雄气概所征服的呀，赛虎岭上有第二个人吗？或许，众山主和众喽啰的称颂未免过分了点儿，但除了他白朗哪一个人又能如此敢有一点儿承当啊！

白朗毕竟是英雄的白朗，在这样的场合中他不会忘记了为他牺牲的人，他要在万众欢呼里追念那些亡灵，他首先想起的是他的结拜过的三兄弟陆星火。他给大家讲述着陆星火的英勇，从一方精致的木匣里取出颗血肉已化的骷髅头，安放在高台桌上，为其奠酒，三跪六拜，声明他要修坟造碑，年年月月为他的可敬可亲的三兄弟荐祀。再下来，他就说出了一个女人来。当众说出一个女人，且这女人又是黑老七的压寨夫人，这于当过和尚的白朗是不宜的，于如今被传颂得神乎其神的白朗是不宜的，但他白朗还是要提到她。他讲述了这女人在楼室里怎样地照顾他，又是怎样地暗送了他钥匙和短刀。此话一出，众山主和喽啰兵卒都议论哗然了。这一切的一切，是谁也不知道的。他们在白朗说一个女人的时候甚至觉得有些好笑，怨怪白朗怎么启这种口呢？可听罢了她的事迹，他们全都被这前所未见前所未听过的奇艳无比的人儿所感动，心想这女人一定是与白朗有缘的，是不是白朗已经和这女人有了那一层的关系了？这种想法当然一闪即过，遂感叹一个娇弱的女人能身为黑老七的压寨夫人而倾心白朗，这女人定受了英雄白朗的感染，更可以说身上流动了白朗的血气，越发证明白朗是一位大英雄了！

当白朗将一壶酒洒向地面，大家把酒全洒在地面，他们同时在心中祈祷着在自己的一生中也能遇上这么个女人，做一个有着生生死死的奇艳风流的英雄多好！白朗接下来在追悼为救他而攻杀黑老七的兵卒，追悼完了，他站起来喝令着兵卒点燃了炮铳连放三十六个爆响，令四十八位喽啰抬出鸡鸭猪牛肉一盘盘端上，将一瓮瓮烧酒在大碗中筛满，宣布能吃的吃饱能喝的喝足，没了黑老七，不怕有偷袭，醉得昏天黑地三天不醒的是白朗的朋友。但是，人群中有人叫道："大王，你并没有追奠到一个更救过你而死去的人啊！"这一声很是响亮，似乎还带有童腔，已经坐下的白朗站起来问："哪一位说话，是我遗忘了谁吗？"

人群中站出一个小小年纪的小卒，一件有着狼头标志的服装宽大过膝，显得两腿短矮失例，但眉目清秀可爱，白朗认出他是那个曾经吹过唢呐，后来又守卫诵经楼的黑老七的旧部下。他站到了人群前的空地上，面对着白朗做了一个半跪的姿势，然后又眏了一下左眼，白朗被他的旧日动作所逗，不自觉地也冲他眏了一下左眼。小卒说："大王刚才说到的黑老七的压寨夫人，她正是我的表姐。表姐的事大王已经当众讲了，其实这一切表姐都给我讲过，因为这是一个女人的事，大王刚才不说我现在也不会说的。但大王一定只知道我的表姐一个人，殊不知为了大王死的竟还有她的一位丫鬟！当陆星火死了以后，可以说来地坑堡救大王的并没有几个武艺强过黑老七的，但来救大王的人实在很多，这已经使黑老七紧张起来。为了使黑老七精神崩溃，不得很快杀了大王，表姐就同丫鬟偷偷书写了许多字条，上面都是一句话：‘取黑老七的头！’三更半夜让丫鬟贴得墙上有、树上有、茅房中有。这便是黑老七以为狼牙山寨的人混进了地坑堡，或是地坑堡的兵卒中有了狼牙山寨的奸细。他查了又查，搜了又搜，杀死了许多他的部下，但是，每日还是有字条发现，黑老七夜里再也不敢睡了，担心一睡下有人取了他的头去，白日再也不敢先吃饭，担心饭里放了毒，先要让别人吃第一口。人这么活着怎能不病呢，黑老七就病了，一听见风吹树叶就惊，一看见日影灯影也惊，常常惊起来就怀疑他身边的人，要不严刑拷打，要不就杀了。大王你想想，他得了你的短枪，原本可以在地坑堡的堡门楼上瞄准前来攻打的人放枪吧？虽不能一枪打中一个，也可以三枪打中一个的，他却从不到堡门楼去，怕啥呢，就怕那里一乱，有人暗中害了他呀！这不就是字条的作用吗？可以说，他完全是一个精神病人了，身子虚弱不堪了，他最后去楼上杀大王，大王一定能瞧出他和从前判若两人，被大王用短刀逼了再没做反抗，他以前也曾是凶猛如恶豹的人呀！我表姐的病到了快死的时候，是反复叮咛过丫鬟不能对人说这事，丫鬟给表姐点头，却在背地里哭了，她以为表姐放心不下她。这也难怪，她原是七星镇杨掌柜的女儿，杨掌柜曾经藏过黑老七，黑老七后来常去杨掌柜家，看中了她，虽不能明着抢来，却使了鬼点子勾引。黑老七早年是个串巢窝闯勾栏的能手。那杨掌柜的女儿就这样被他迷惑了成的奸，却后来又玩腻了，才让她做了我表姐的丫鬟。这丫鬟有这段往事，就以为表姐怀疑她为人有不争气之处，也就在那个晚上，她吊死在一所空院子的门框上了。她吊死了还贴了最后一张字条，那字条贴在她的身上。黑老七当然没有想丫鬟做了什么，还以为丫鬟也被杀了，更是要杀了他的前兆。大王，她虽然是自杀的，但她是为了谁而自杀的？她的功绩并不低于地坑堡门外叫杀的兵卒，甚至她抵得住十个兵卒、二十个兵卒，但大王却只字未提到她！”

年幼的小卒说完，退回到他的位置去，白朗端起了酒，他深深地被那位并不知晓的丫鬟的作为所激动，他的嘴在颤抖着，一串一串掉下来的热泪滴溅在酒碗里，正要双膝跪下去对着那上苍对着那冥冥之间游荡不知着落的一个亡灵呼叫，便有人在号啕大哭了。这哭声是那样的悲痛和凄厉，在炎日当顶如油锅开炸的正午，使每一个人五脏六腑都在震撼了、抽搐痉挛了，他们以为这哭声来自云空，是那一个几乎永远无人知道的丫鬟的阴魂在这昭彰的一刻恸哭了，以为是英雄的白朗率先在为自己的内疚而悲泣了。但是，当众山之主和兵卒们看见白朗也抬起了惊愕不已的眼时，才听清了哭声发自土石场的北角，那一堆拥拥挤挤来瞧热闹的山民群中，而且已有人踉踉跄跄走过来了！也就在这时候白朗却兀自大叫了：“刘松林？！”

听到“刘松林”三字，站在白朗身后的一队贴身喽啰忽地扑过来，如挟风的虎群，将还没有走到场中来的人掀翻在地了。血涌得一脸通红的白朗把手中的酒碗哗啦摔了，大声怒叫：“刘松林，好个贼逆，你今日还有胆量来呀！来了正好，你那一颗贼头正用得上奠我狼牙山寨的英魂！”

那人突然脖子挺硬了：“大王，你再看看是不是刘松林？！”

暴怒了的白朗一个愣怔，待看了一眼时，那人长得和刘松林十分相似，但毕竟比刘松林矮了些，也胖了些，脸上没有那抽烟土人的一层土灰色，不禁也疑惑了：“你不是刘松林？”

那人说：“我不是刘松林，刘松林却是我的一奶同胞。大王今日重整旗鼓东山再起，刘松林是你第一个要杀要剐的叛逆，可你大王哪里知道，这奠祀的第一人却应该是他！”

众山之主和芦席上的残部兵卒几乎是愤怒了：“这厮胡说八道了，刘松林叛主投贼，残杀陆星火，难道还成了功臣不成？！”

白朗却挥手让喽啰们放开了那人，冷峻地问道：“刘松林他是死了？”

“是死了，大王，他死无尸首葬无坟茔。”那人说。

“他死了？”白朗重复了一句，却突然走近了一步说，“你说奠祀的第一人应该是他，他能比陆星火吗？他能比地坑堡的那位妇人和丫鬟女子吗？”

那人站了起来，又几乎是伤心了，但却在红日当空之下擦干了眼泪，说：“陆星火是忠烈之汉，那妇人和丫鬟有节烈之举，刘松林在狼牙山寨时的功绩不用我说，大王心中清楚，在场众位心中也清楚，他的最大的过错不就是曾为了一个女人私自逃离过大王吗？但是，当他得知大王被囚，盐池丢失，陆星火去救大王又断了胳膊，他大哭一场，血刃了他的那个女人就奔到地坑堡去了。他没有带多少人，他脱离了大王后只想和那女人寻一处僻静地过安静生活，他还忘不了唱戏，怀恋着舞台上的周瑜，所以，带在身边的只有二人，武艺又平平，但他还是去了。去了地坑堡，才知道那里防备森严，他无从下手，又退回来寻找陆星火。陆星火已经残废，还领人去攻杀过地坑堡，但也差不多把人伤亡完了。他二人那一夜就住在我家，从一更商议到二更，二更又到三更，想不出个好办法来，把一坛酒都吃完了，就又趴在桌上哭。到了五更，陆星火终于想出让刘松林砍了他的头去假降黑老七，然后进入地坑堡杀掉黑贼为大王报仇，学一场古书上讲的荆轲刺秦。这办法是好，刘松林却不忍心陆星火这么死去，陆星火说：你不要和我争了，你就是献了头让我去，黑老七一是信不过我，二是我一条胳膊也无力杀了黑老七。就借说他去上茅房解手，在那里用刀自割了头。刘松林那时没有哭，他把陆星火的头血滴在酒里面喝，他说：兄弟，刘松林现在不是刘松林一个了，刘松林是陆星火和刘松林两个人了。就带了头赶到地坑堡。黑老七果然相信了他，让他端了陆星火的头进了他住的庭院里，他首先要黑老七先拿出三百两银子放在一边，再要黑老七把烟土准备好，说他烟瘾犯了需要抽烟。黑老七照办了，要他端上陆星火的头来，却不让他近身。不让近身怎么能行呢，陆星火的头颅下是藏好一把短刀的，他便说：‘我还有个请求，黑山主一定答应我！’黑老七说：‘什么请求？’他说是陆星火的嘴里有一颗金牙的，请求能让他敲了那一颗金牙！黑老七嘿嘿笑了，让人把头递给了他，他一边往黑老七跟前走，一边掰弄头颅的嘴，忽地从头颅下抽出短刀，却一脚踩在了一块瓜皮上滑倒了。他再要爬起来，一切都来不及了。大王，你是知道的，刘松林抽烟土抽上了瘾，没烟是没劲儿的，他从我家走时是抽过三个顿时的烟的，但到了地坑堡，烟劲儿还是过去了。他没能爬起来，黑老七的左右兵卒就乱刀将他砍了，砍成一堆肉泥了。刘松林死后，黑老七是胆战心惊了，刚才那位小兄弟谈到丫鬟的字条使黑老七几乎要疯了，这根源也一定是有了刘松林的谋杀才产生了效果的。像这么英勇之人，大王不但不追奠他，反倒还骂他贼逆，我那兄弟在九泉之下也不安宁啊！”

那人说到这里又哭起来，白朗已经支持不了了，瘫坐在了条凳上，反复地说："是这样吗？是这样吗？"

"是这样的，大王！"刘松林的哥哥说，"我要是有一句假话，大王现在就刀劈了我，他们是可以做证的啊！"

拥集在观看热闹的山民中就有两人走来跪下了，自报他们曾是黑老七的左右随从，他们是亲眼看见了这壮烈的场面。黑老七杀了刘松林后，即关了厅院大门，封锁了消息，所以地坑堡的别的兵卒是不知道的。待到黑老七最后死了，他们不愿再上山吃粮才回家务了农的，今日原也不来瞧这种热闹，是刘松林的哥哥特意要他们来做证的。

白朗的脸色黑沉起来，他没有再将酒端起来奠祀，也没有落下一滴泪，而是离开了那个他一直站着的高台阶，向着众山之王和他的部下喽啰走来，喃喃地说："还有我白朗不知道的人吗？还有替我白朗死去的我不该忘了的人吗？"他的样子非常虔诚又非常令人恐怖，当目光落在十个山主身上时，有两个山主突然脸色煞白，扑通扑通差不多一起跌倒在地昏迷不醒了。

酷热的夏天使所有的人都在这沉重而窒息的气氛中支持不了了，两个大王的昏厥使人群骚乱，立即有喽啰去舀了绿豆汤来灌，想这汤水灌下必会败了火气，但两个山主紧闭了双目却在高声说话了，一个说："你说呀，你快说呀！今日不说哪儿还有说的地方呢？"一个说："我怕哩。"一个就说："大王是白朗大王。不是真个白狼吃了你吗？"一个还说："我还是不说。”一个就生气了说：“跟你这不出息的男人我算倒八辈子霉了！你不说我说了吧！”两人这么你一句我一句，互相不看，接应自然，又全然是夫妇口吻，有人就骇声叫道：“这是鬼附身了,这是通说了！快拿簸箕桃条来盖住抽打！”那一个说着妇人腔的大王就闭目发怒了：“谁要打我，我是来向大王诉冤的！”有人就问：“你是谁，你要向大王诉什么冤？有冤你到县衙公堂去！”那妇人腔就说：“我是七星镇兴茂客店的娘子，他是我的丈夫，我们在客店是接待过你们狼牙山寨的人，是二十个人，他们说是要去打黑老七要去救白朗大王，我们夫妻白给他们酒喝白给他们肉吃，可他们天明一出店碰上地坑堡的人就打起来，他们是全被杀了，那地坑堡的人就又来到店里找我们。院子里一刀戮了我丈夫，进厨房又找我。我跳进水瓮里，头上顶着葫芦水瓢，但还是让找到了。他们说我是狼牙山寨人，我说老娘不是，但老娘看不起黑老七,他不去杀官兵却关了白朗大王,他是小牛牛！他们就一刀砍了我的右胳膊。我知道我不得活了，就骂黑老七，他们说你再骂就砍了左胳膊！我还是骂，左胳膊就砍了。我倒地上还在骂，他们就割我的舌头，最后连奶也割了……”说到这里，另一个就说：“你不要说了，我来给大王说，大王，我夫妻不是狼牙山寨的人，我夫妻是为狼牙山寨死的，为狼牙山寨死的能不能说给你大王呢？若大王不肯理我们，我们这不是死得太冤吗？如果大王能理我们，就把我们也当了狼牙山寨的人，大王那奠酒我们夫妻也能去享受一口了！”脸色更加难看了的白朗不知该怎么处置眼前的事故，他为着两个山主的突然昏厥而担心，也为着昏厥的山主怎么说出这一段全然是别人口吻的话而疑惊，他说：“为我狼牙山寨死的人，当然是有一份美酒。”此话一落，倒在地上的那一个山主便说了：“娘子，你听见了吗，你听见了吗？”遂夫妻两种声调同时说道：“谢谢大王！”而后两个大王在这一时睁眼坐起来，浑身冷汗淋漓，虚弱无力，犹如干罢了一场最苦最累的活计。众人忙问是怎么啦，他们只说刚才脑子嗡的一下就什么也不知道了。

众人面面相觑而毛骨一齐悚然了，这是一场鬼魂附身的通说无疑，那么，在得胜相庆的今日，在白朗大王酒奠亡灵的狼牙山寨上，召唤来的是多少的鬼魂！兴茂店的夫妻来了，而并不是狼牙山寨的人却为狼牙山寨死去的又何止这一对夫妻，会不会也要通通到来附体通说呢？众山之主和每一个兵卒喽啰都脸色蜡黄惊恐不已，便有年纪稍大的老兵急去将接收的火纸以铜钱拍打了当场焚烧，企图让到来的鬼魂得到一份阴钱而安息。偌大的纸火蓬蓬燃烧，纸灰如万千黑色的飞鸟在漫空飘浮，并不阻止的白朗也抬起头来，久久地盯着一叶纸灰在那里方向不定地游动，最后就静落在他的头上，他没有拂去。

这时候，从寨子下上来了一队人，形容憔悴衣衫破烂，领头的正是领了白朗的命令下山招收旧部的那个头目。他上得寨来被这纷乱而恐怖的场面所惊，也被白朗大王苦楚得僵硬了脸面的神色所惊，就跪下了，同来的旧部也跪下了，所有的狼牙山寨的兵卒喽啰全都跪下了，齐声叫：“大王……”

大王白朗木木地看着他们，终于趋前扶起了那个头目，问道：“就召回这么些人吗，旧日的兄弟都不愿再来了吗？”

头目说：“回禀大王，只要是旧日的兄弟，全都回来了！”

白朗说：“那是三千人呀，三千呀？！”

头目说：“是的，别的全都死了。”

白朗说：“死了？”

头目说：“我走遍了他们所有的家乡，他们是死了。有的是黑老七偷袭盐池时死的，死了三百七十人；有的是盐池战败后逃散出去，先后被官府捉住杀掉的，死了七百二十一人；有的是为了救出大王，前前后后在地坑堡周围战死的，是六百三十九人。只有三十八人没有来，他们是在救你时没有救了却伤了双腿或瞎了双目或伤势过重被人背回去实在不能行走了。”

白朗没有言语，回转过头来说道：“是我的旧部兄弟，都站过来吧。”

跪伏在地上的兵卒喽啰有一半站起来，集中到一起了。这是有千人之众，却三分之一的人不是残了手就是跛了腿，更多的则是在头上、肩上、腿上包扎了厚厚的血布。

白朗突然间头后仰向天，哈哈哈哈地狂笑了：“我胜利了吗？我是王中之王的英雄了吗？”

这笑声和叫喊异常怪异，使所有的人听见了都打了一个寒噤，一身的鸡皮疙瘩暴起了。赛虎岭的十个山头的大王和黑压压一片的兵卒皆惊骇得看见在火红的如毒刺猬一样滚动的太阳下，白朗的脸色再也不是那么神采奕奕，再也不是那么唇红齿白双目若星，他一下子衰老了，面皮松弛，脸色丑陋，骤然间一动不动，遂身子慢慢摇晃着，摇晃着，最后倒在了地上，远远的那座天元寺的分裂成两柄剑状的石塔同时在一声沉闷的轰隆中崩坍了。

第三日的一个早上，一群妇女在赛虎岭最高的山梁官道上，那一眼唯一的泉水边，看见了一个人挎了短枪过来，全吓了一跳，以为是遇上了一个行歹的土匪或是一个官兵，急忙匿蔓于草丛里。等那人走近了，却有一个胆大的又能认识此人的女人尖声锐叫：“这不是白朗大王吗？”

女人的眼睛是好，他正是白朗。但已经苍老得如一个朽翁的白朗大王，再没有穿着那一件白色的团龙长衣，也没有那一双白色的深面起跟鞋，而是一身肮脏短服，一柄短枪并没有将皮带儿斜挎了肩头，也不别插在腰间，泥土把枪身糊了，也堵塞了枪管，在他上土坎时完全是用着一个短拐杖了。他听见呼他的名字，站住了，却疑惑地看着面前的女人。

“大王认不得我了吗？”那个女人说，“可我认识你的！

你想想，当日你被黑老七铁枷绳索地押了路过前面那个山头时，有个说过你长得好，又为你献了一朵野蔷薇，遭到黑老七的喽啰踢过一脚的人吗？那人就是我！”

白朗想了想，想不起来，他摇开头了。

“你当然认不得我了，你是多么有名的王中之王，你又长得那么英俊，多少女子会围着你的，你是不会注意到我一个开店的半老徐娘的。”

女人说罢，放荡地笑起来。旁边的就有人说：“你这是做女人的嘴吗？”女人说：“我说的不是实话吗？你们谁不想着白朗大王？听说许多人家买了大王的像在家供奉，家里的女人夜里老想着，都想疯了的！”

又转向白朗说道：“可是大王，我要说一句冒犯你的话，你不会拿枪打了我吧？你现在可老多了，要不是我见过你，谁还相信你就是英雄大王白朗呢？一定是大王将那么多的女人都收纳了做压寨夫人了吧？大王，你是英雄，又是英俊的男人，你真不该为了那几个狐狸精的娘儿们而将自己弄成这样，使我们从此见了你失望哩！”

白朗还是痴痴地看着这利嘴放荡的女人，却说：“你提水罐吗，能给我喝一口吗？”

女人说：“大王你是怎么啦，你已经走到这泉水边了，你还向我讨水喝吗？”

白朗终于看见了那眼山泉，他走近去，放下了短枪，俯身趴就喝起来。他喝得很急，连一颗有着戒印的头也塞进了水里。喝毕了，站起身来，嘟嘟囔囔说着什么，又一步步兀自走远了。女人们都惊讶地看着白朗，发现白朗喝了水并没有再挎了那柄短枪，就叫道："大王，大王，你忘记你的枪了！"

白朗似乎没有听见，渐渐走远了，女人们回到泉边拾起了短枪，枪被太阳晒得焦热，烫得手没抓住溜进泉中了，但入水哧的一声冲出了一团白气，枪没有见了，水底里静伏着一条黑脊梁的银鱼。原来这些女人见到了白朗，虽然白朗是老了，虽然白朗并不理睬她们，但她们想他毕竟是盖世的英雄，是英俊的男人，今生不能与他长生相伴，喝喝他喝过的泉水，就如同是和他嘴与嘴地接吻了，水喝下去也就化作他的血气了。可水里现在有了一条鱼，一摇尾将水搅浑了，且那柄短枪倏忽间又不见了。她们就疑惑了，觉得刚才是一场梦吗？那利嘴放荡的女人就说："这不是梦也是那个人作了祟的，他哪儿会是白朗呢！白朗做了囚徒时我是见过的，那一阵他还是多么英雄多么英俊，现在狼牙山寨得胜了，狼牙山寨的大王怎么会是他那个样呢？！"

好事的女人受到侮辱，又觉得那人窝囊可欺，就顺着白朗走去的路寻找那人出气，她们走过了很长一段山道，终在一个不起眼的崖根下的石洞，看见了那人盘脚闭目坐在里边。她们先是觉得奇怪，后明白了他果然不是白朗，是一个居止无定、炼精服气、欲得道引吐纳之法的隐人。洞斜而下注，她们不能去拉出他教训，就于洞口再一次问："你还敢说你是白朗吗？"那人看着她们，说："是白朗呀。"女人们的愤怒再也不能遏制了，一边将土块掷进洞去，一边大喊："你怎么是白朗？不准你是白朗！你不是白朗，不是白朗！！"

小 说 二 题

主 任

经朋友介绍，我借居到了一个叫青龙苑的居民大院。这个院面积很小，没有花园，也没有草坪，一共八栋楼不规则又局狭。院门口原来设计有门卫房，但似乎从来就未建置过门卫，两间小屋做了小商店，卖烟酒糖果，而屋檐外又搭了油毛毡棚，摆着大件用品，如扫帚、拖把、煤炉子和塑料的盆桶壶罐，杂乱无章。我搬迁过去的时候，并未注意到小卖店门口有人在剃头，我家的猫先喵喵地叫，我扭头一看，一个瘦老头儿坐在翻扣在地上的塑料桶上，脖子上围了件门帘儿，一张嘴被一个胖子拉着正刮胡须。瘦子实在是太瘦了，两片嘴唇被拉得老长，几乎整个脸上的皮都拉过来了。我忍不住就笑了，胖子说："笑啥的？"我说："笑嘴不像个嘴了！"胖子说："不是嘴是啥哩？"继续拉着嘴唇，刀片在太阳下闪着白光。瘦老头儿哼哼着表示抗议，胖子说：“再动，想这两片肉割下来喂猫吗？”回头看了一下我们，说：“猫好，抱猫的更好。”抱猫的是我妻子，妻子说：“你真有趣！”胖子眯了眼睛，说：“新搬来的？听说要来个姓苟的新户，开店的，卖纸的？”我拉着一三轮车的笔墨纸砚和一张画案，我说：“我是书画家。”胖子把手中的刀片停住了，疑惑地看着我，说了一句：“书画家。”又说了一句：“书画家？”

搬进了一号楼一单元一层西门的新屋，安放了家具，我要办的第一件事就是在门上贴对联。我是以卖字画为生的人，虽然自命不凡，但名头不大，字画卖得极便宜，日子就过得清苦，所以对联写的是“具大胸襟，爱小零钱”，为的是换了居处能喜庆，也为了告示我的身份。对联刚刚贴上，胖子就跑来，站着看了半天，说：“你这是给我写的嘛！”我说：“现在美容美发店多，剃头的已经很难见了。”他说：“我卖杂货，剃头是业余的。”我说：“贵姓？”他说：“不好意思，不好说。”我说：“有什么不好说的？”他说：“说出来怕你吃。”我说：“姓米了？”他说：“不是。”我说：“姓唐？”他说：“更不是。”我说：“那姓什么呀？”他说：“姓史。”我妻子先嘎嘎地笑了起来，说：“你真逗人！我们家的字值不了几个钱，瞧着好，你揭去吧。”他果真就把对联揭下来，喜得一颠一颠地走了。

在大院里住了下来，史胖子就到处嚷嚷我是个文化人，满屋子都是纸，四堵墙上都挂满了字画。那时候社会上兴气功，他又说我是带功写字，字挂在家里就有了气功，能逢凶化吉，能养神益气，以致一些人来求字治病。一些人来说他家墙裂了缝，能给写一张拿回贴上，一来挡住裂缝，二来也能给我扬名。甚至有妇女牵着小儿来我家，指着墙上的字教训小儿："你瞧，你这叔叔虽然也把有的字写成了墨疙瘩，可你叔叔敢写啊，你呢，你呢？"我哭笑不得，在家对妻子说："这都是史胖子给咱惹的事！"

一天傍晚，我妻子抱了猫从宠物医院回来，大院里围追着一个小偷，小偷往大院门口跑，史胖子站在院门口挖耳屎，围追的喊：抓住他！抓住他！史胖子还在挖耳屎，挖一下，咳嗽一声。待到小偷前脚已经跨出院了，史胖子腿刚一伸，小偷就倒了，倒了地也不再跑，拿手就在光头上抹，立即几道伤口往外淌血。史胖子说："嗬，你会自残的，你吓我呀？"拿起小偷手里的刀片，便在小偷的头上又抹了一下，血像蚯蚓一样就爬在脸上。他说："血不够多，我帮你一下。"围追的人扑上来扭住了小偷，要往派出所送，叫史胖子也去。史胖子却不去，在衣襟上擦了擦手，逗我妻子怀里的猫，说："乖，我那店里有老鼠哩！"我妻被刚才的场面惊得心魂未安，赶忙说："现在的猫哪儿会逮老鼠？！"转身要走，史胖子说："不给我逮老鼠了，我还求你个事哩！"妻说：

"你史胖子——叫你胖子你不生气吧——你还有什么事求人的？"史胖子说："我爹要过寿了，能不能叫苟先生写个'寿'字？"妻应允了他，我只好写了个"寿"字，叮咛着以后再不要应允别人了，妻说："要是别的人，我才不应允哩，这史胖子厉害着呢，我明明看见他伸腿离小偷一尺远，但小偷竟然就扑倒了！老鼠见了蛇，老鼠会往蛇跟前走的，莫非史胖子身上有什么功能？"我说："他那样子，能是小偷的杀手？"妻说："或许还是少妇的杀手！"我说："你说什么？"妻就不言传了。

过了两天，有人敲门，门一拉开，史胖子嬉皮笑脸地站在门口，又扭了头说："往里搬！往里搬！"就有人将两箱苹果搬进了屋，我还没回过神来，他挥手又让那人走了，对我说："你字写得好，客人都说好，我爹长了脸，我也长脸了！"他在我家坐了三分钟，尽说我的好话。世上有两类人说话最让人为难，一是醉汉，一是奉承的，你接受着不行，拒绝着也不行，你只能应付着笑。我说："这你也看到了，我是个穷汉，只是有写字的手艺，以后需要写什么，你只管来说好了。"他高兴地握我的手，使劲用力，握得我头上都冒汗了他还握着不撒手，说："苟先生是高人，老哥没多少文化，老哥只给你说一句话，你要看得起我哩。"

在城里居住，原本人和人少来往的，加上才搬迁到这里，我是不大和大院里的人拉扯，碰着了，知道是大院里的人，却一概不知名姓，点个头或皮肉笑一下就罢了。最多的是去小卖店里买油盐酱醋，史胖子很和气，先不肯收钱，不肯收钱我就不买他的货了，史胖子就每次打了折卖给我，然后趴在柜台上跟我聊一阵话。他说：“我胖，没想你也胖，胖子和胖子是不是有缘？”我说：“我脸上有个疤，你倒英俊呢。”他说：“外国的男人一英俊是帅，中国的男人一英俊就女气了，我要有你这个疤就好了。”两个男人聊上一会儿，他就替别人剃剃头，或者谁家的门钥匙忘在家里了，他像蜘蛛一样从砖墙上爬上去翻窗子。我家隔壁的那一户锁子打不开是他用身份证三捅两捅地弄开了，但我的隔壁当天就重新换了锁，又安装了一副防盗铁门。一次，我在大院外的街市上买了一袋饸饹，刚走回十多米，史胖子就喊我了，他正对一伙人吹嘘他的能耐，说大院里八栋楼他都爬上过，他能开锁，开门锁也开汽车锁，世上什么锁都可以开，只是人心上有锁了开不开。我有心要劝他别再替人干这种营生了，想了想，又没有说。他就说了：“买饸饹啦？”我说：“懒得做午饭，随便吃些罢了。”我们是站在一家副食铺前的，他就从货摊上拿了一袋变蛋，说：“要吃有营养的哩。”往我怀里塞。我不要，他不行，我在口袋掏钱，他说：“走吧，走吧！”先把我推走了。又有一次我在大院门口紧北边的一家店里买胡椒粉，又碰上史胖子，店主人端了一碗饺子，说刚盛上让史胖子吃，史胖子拿过筷子夹一颗吃了，没想饺子里就咬出一枚硬币，店主人惊呼，一锅饺子就包了一枚硬币，偏偏就让史胖子吃了，史胖子得意地说他命壮，今年有好运气了。他见我买了胡椒粉要走，便又拿了花椒、百合、面酱、涮锅料，一袋一袋往我货篮里装，对店主说："这是我的朋友！"打发着我走了。这样的事，遇过了几次，我就不好意思了，再出去买东西，如果发现他在旁边，我便不去再买。我还是去了史胖子要我拿东西的两个店，店主一看见就笑了一下，起身闪进店后的房间，我觉得蹊跷，进去说："老板，上次我拿的东西，史先生是给你付了钱吧？"店主说："钱哪……噢，噢，你不管啦，不管啦！"我知道史胖子是没有付人家钱，便掏钱补还，店主却死活都不肯收。回家后，我觉得纳闷，史胖子既然没给人家钱，他那么拿东西给我，店主怎么就肯呢？妻说："老板是女的吧，为看上史胖子英俊了？"我说："你这是啥意思，你也看上史胖子了？"妻说："你瞧你这男人！"她正在化妆，一丢眉笔，到厨房择菜去了。

到了冬天，大院里的老人和孩子们都喜欢在院中的假山前晒太阳，我家的猫开始发情，每天趴在窗前望着院中的别家的猫叫春。爱情的呼唤应该是悦耳的，猫的叫春却凄厉如哭，气得我踢它，把它关在厕所里。妻觉得猫可怜，就抱了猫也到院中去，人和人说话，猫和猫玩耍。没想我家的猫便和另一家的猫很快钻到院角废弃的一个土锅炉灶里去，进去时都是白猫，爬出来皆成了黑猫。那家猫的女主人就大喊大叫起来，说她家的猫是正经波斯猫，是我家的猫坏了她家的猫的纯正，话说得非常难听。史胖子在一旁就发话了，说："喊叫啥的，人都有外遇的，猫又咋啦？"那女的就不再言语，抱着猫回家了。妻悄悄问旁边人："那泼妇谁都不怕的，史胖子一句话她怎的就乖啦？"旁边人说："谁不怕史胖子？"妻说："史胖子是黑社会？"妻原本是说一句反话的，没想旁边人说："这话倒不敢说，但听说他被公安局抓过，还吸大烟哩。"妻吓了一跳，说："吸大烟都瘦，他那么胖呀？"旁边人说："一戒烟就发胖的，他原先是精瘦精瘦的。"妻变脸失色地就回来告诉了我，吩咐以后得远离史胖子，却遗憾多么豪爽有趣的人怎么就被公安局抓过，并说："他先前没吸大烟的时候，一定是俊酷了！"

从此，我就有意地避着史胖子，但一旦碰上了，他就热火地喊我，问这问那。我将我娘从乡下接来住了一段日子，我娘几次犯头晕病，我和妻都正巧不在家，偏偏每次史胖子来家找我，知道了情况就给我打传呼留言，我十分钟后回来，史胖子都在大院门口等着，过后对人说我是大孝子。过了冬天，我要送娘回乡下去，做好了饭才摆上桌，楼顶上的人家拖过了地板将拖把搭在窗外，脏水滴下来落在我家的窗台，又溅到饭桌上。妻就生气了，出去朝楼上的人家喊，让把拖把移开，以后不要搭在窗外。可楼上的女主人却恼了，说她的房子她愿意把拖把放在哪儿就放在哪儿。两个女人就吵，吵得凶了，便对骂开来。我买车票回来，看见拥了好多人在看热闹，我也火了，说："脏水溅到我家饭碗了，这还不能说吗？说了你凶着干什么？"人群里一人应了声："你是谁？"我说："你是谁？"那人说："女人家吵嘴，你掺和什么，就你那样子，是能打还是能换？"旁边人就来拉我，说："那是楼上的男人，一米八二的身派子。"我说："她男人怎么啦，一米八二的身派子又怎么啦，我是不能打不能换，你来呀，来呀！"那人就往我这边扑，我也往他那儿扑，一场斗殴眼看着发生了，院子里的人全过来将我们分开。我回坐在家里，气得饭也没吃好，但因为要陪娘去赶车，离开时对妻说："我不在，他们再要欺负，该忍的就忍点儿。"又说："楼上那男人是个八成货，你得防备着。"妻就将擀面杖放在了门后，又问了报警的电话号码。我在出大院门时碰上了史胖子，我还没说话，他就问："听说你和楼上的吵架了？"我说："嗯。"将事情的来龙去脉说了一遍，让他注意着，如果楼上再寻事，能关照点儿。史胖子说："我知道了。"

三天后，我从乡下返回来，问妻在这三天里发生了什么事，妻说前天下午楼上的女人跑来要给咱擦窗台，还赔情道歉了一番。我问这是咋啦，凶神恶煞一下子成佛了？妻说是史胖子去楼上那家打了个招呼。

过后，我问了史胖子是怎么去楼上招呼的。史胖子说他只说了两句话。他是进了门，往沙发上一坐，一边低头看着自己的手指甲，一边说："你们和楼下的吵架了？"那男人说，"就是溅了些水嘛，那婆娘闹了不算，男的也闹！"史胖子说："我不管你是啥事，我给你说，这大院里你和谁家吵闹我不管，你要和你家楼下的人吵闹，我不愿意。"

"我就说我不愿意，说完我就起身走了。"史胖子说完哈哈大笑问那家还寻过事没有。我说再没有了，人家已经道过歉了，我得请你喝酒！我们就坐在史胖子的小店里喝啤酒，喝了一瓶又一瓶，直喝到二十六瓶，我还没有掏酒钱就溜在地上醉成泥了，是史胖子把我背回家的。

原本请史胖子喝酒的，却让史胖子请了我，我心里总觉得过意不去，从乡下返回时带回来了一些软柿子，我就让妻做了柿子油饼给史胖子送些。妻子端了油饼刚走到大院假山边，暗叫一声"史胖子"，一声"史胖子"就叫响了，立时发了个愣：我还想着，声就出来？一抬头，院门口一个极漂亮的女人往小卖店去，原来叫"史胖子"的不是自己。我妻见史胖子手脚忙乱地从店里出来迎接那女人，她就收住脚，端着油饼回来了。我问怎么没送到。她说："是不是很横的男人身边总有些漂亮女人？"我说："有女的找史胖子啦？漂亮女人？"妻说："漂亮是漂亮，但脸上有颗白麻子！"我看着妻，说："你老实讲，是不是嫉妒了？"妻说："我嫉妒什么，我告诉你，那女人是他的前妻。"我说："前妻？"妻说："我听见那女的向史胖子讨孩子的生活费。那女的怎么就能离了婚？”我说：“看来他真是吸过烟了。”但是，妻子却反驳了我，说：“就是吸过，现在还不是戒了？我说过史胖子的女人是不会差的，她离了，史胖子还会找更好的！”我说：“我可警告你，咱还得离史胖子远些为好，他是这里的霸王，得罪的人一定多，即便现在都敢怒不敢言，可看到咱们与他亲近，就会迁怒给咱们的。”妻没有再说，独自把油饼一口气全吃了。

以后的日子里，我们家的生活过得极其沉闷，我没事从不出门，在家写写画画，妻就终日看电视。我说：“你怎么看个没完没了？”妻说：“你不是不让我出去吗？”我说：“啥时我说过不让你出去？”妻说：“我一出去能不碰上史胖子？”我就笑了，说：“咱在这儿居住着并不是在这儿关禁闭，走，我陪你到院里散散步去！”在院里转了一会儿，史胖子看见了就跑过来，说：“好多天了不见你们的面了，我还寻思是不是去乡下了。”我说：“我准备一次展览，在家赶一批字画哩。”他说：“办展览的时候给我说一声，我送个花篮！”我说：“这倒不用了。生意还好吧？”他却说：“西七路开了一家豪华浴场，妹子，那里浴场可是干净地方，你们去不去，我请客！”我们赶紧婉言谢绝，他说：“绝对没乱七八糟的事……你们不去？那你帮我招呼一下店，两个小时后我就回来，行不？”我说：“行倒行，只是你让我看管店，你得把钱柜锁了，货点一下。”他说：“你这不是攮我吗，我信不过你，我就不给你说了！”

史胖子一走，妻就嘲笑我，说：“你让我远离哩，你倒替他看管店了！”我独自在小店坐了一会儿，大院门一阵喇叭声，一辆警车就停下来，喊：“史旦！史旦！”我还未回过神，一个黑脸警察就下了车径直到店里来，硬着声说：“史旦呢？”我说：“谁？史旦？是不是找史胖子？他不在。”警察说：“狗东西！”自己拿了纸杯在热水器上接水喝。我心里发毛，以为史胖子又犯什么事了，说：“同志，你找史胖子有事吗？”警察一口气将水喝干了，说：“我们是朋友。”我心放了下来，就热情地开始给他递烟，又问喝啤酒不。一瓶啤酒打开了，他喝着又说：“史旦这狗东西事弄大了，雇了店员啦！”我赶忙解释我不是雇员，我在大院里住着，临时帮他看管一下。我们就闲聊起来。我突然想起史胖子是被公安局抓过，这位朋友是不是那一回认识的，就说：“史胖子怎么能有你这个朋友？”警察说：“是我不配吗？”我说：“是他不配，不是说他被公安局抓过吗？”警察说：“公安局抓他干啥？”我说：“他吸过大烟吧。”警察说：“这谁说的？”我知道话说错了，赶忙说：“我只是开个玩笑，你可千万别对史胖子说呀！”说过了，想起一件事，又说：“你到这儿来过？”警察说：“几年前来过一次。”我再问：“是开警车来的？”警察说：“他两口子闹矛盾，朋友们要给和好，他不去，是我来硬把他拉走的。你问这啥意思？”我说：“这我就明白了。”警察问：“啥明白了？”我没有告诉警察。

等我将警察的话如实说给了妻子，妻“耶”地叫了一声，说：“我就感觉史胖子不是坏人，怎么样，你相信女人的感觉好吧？”我说：“请你看着我的眼睛！”妻看着我，说：“怎么啦？”我说：“你对史胖子好？”妻说：“好呀！”我说：“你可别给我弄出个什么事儿来！”妻说：“你这小心眼儿，能弄出个什么事儿来？”我说：“不要再说他好的话。”妻说：“不说啦。史胖子是坏人，坏人！行了吧？”我说：“心里也不能说好。”妻说：“不做不说心还不能想呀？”我说：“不怕贼偷，怕贼惦记。”

我严格地要求着妻子，却为史胖子开始了正名活动：凡是在大院见到什么人，我都主动去搭讪，想方设法说到史胖子，说史胖子并没有被公安局抓过，又压根儿也没吸过大烟。可我这样说的时候，谁都不信，他们差不多都要愣一下，然后看着我，就嘿嘿地笑了。我说：“史胖子是被大家误传成那样的，真的是误传了。”他们说：“啊……啊……这样的话，我是从没说过呀，这你要信我。如果你发现我说过老史的什么不是，后果我负责。”这事弄得我很尴尬，而且在后来再见着他们，他们就问我：“老史呢，老史今日干啥去了，怎么没在店里？”“老史是不是又找上新的女人啦？”“昨晚五号楼陆大娘犯病，是老史送的医院？”天神，他们完全把我当作史胖子的一个朋友、一只狗、一条肚里的蛔虫了！

到了夏天，大院里要成立居民委员会，需要个主任和副主任，全大院的人进行了民主推选。结果，大家一致推选史胖子当主任，史胖子就成了青龙苑居民大院的主任。推选的那天，我是回了一趟乡下，回来时在大院门口碰上了史胖子，史胖子说："总算把你等回来啦，今日中午咱俩合伙请各家各户的主人喝一回酒怎么样？"我说："平白无故请他们喝什么酒？"史胖子说："大家推选我是居民委员会主任啦！"我说："你肯定会选上主任的，你主任请客，我合伙什么？"史胖子说："你也被选上副主任了呀！你瞧瞧你这人缘，人不在还能被选上！"我脑子里立即浮出一个念头：看来，我又得从这个大院搬迁了。

真 品

世上再没有比西安更古意的城市了。那里遗迹多、文物多、老街坊多，连寺庙也多呀。熙熙攘攘的街市上，你常会看到那些穿了黄袍的或木棍儿束了头发的和尚道士，就感觉他们是远昔的人，历史一下子与你拉近。可是，在很窄很窄的小巷里你往一家饭馆里走，粗糙的木桌边就坐着个老头儿寂然地喝酒，吃一碗羊肉泡馍，你可能轻视他，却保不准儿这正是某个大学的教授，或者是饱知天文地理的易学大师。西安这地方，实在是难于理喻，如同进了佛殿，你可以张望，但不容嚣张。我和我的老板为着淘寻古字画来到西安的那天，从河西走廊沙漠上刮起的沙尘正弥罩了古城，虽然太阳还悬挂在空中，已失去了颜色，在城楼的沉沉钟声里渐渐惨淡如纸。我们去的是碑林博物馆。碑林博物馆在海内外闻名，竟原来是一片灰砖灰瓦的老建筑，朴素着，也萧然着。而围绕着博物馆四周的一棵一棵合抱粗的古树古松间，则搭就了一排排店铺，色彩斑斓。这些店铺都清一色地经营着字画。据说这里在以前买卖非常好，曾经有那么多日本的、新加坡的游客如蜂如蚁，每一天里销量超过了二百幅，但现在却冷清了，因为大量的赝品败坏了声誉。我们在店铺巷里走过的时候，巷外的马路上正停着一辆旅游车，举着三角小旗子的旅行社导游员每每往外跑，他可能再难以让游客在这里购物，没有得到店铺的提成，也懒得停下脚来与女店主打情骂俏了。那些鲜艳的女人叫不住导游员，便都笑脸向我们招呼：哈啰，哈啰！

我的老板鼻子大，又是自来卷头发，鬼晓得怎么就认他是外国人？我的老板说：“请说中国话。”

“你不是外国的？”她们说，“自己人好说呀，进来看呀，看上什么都给你便宜啦！”

我们当然不敢再理，身后飘来的就是一句：傻 × ！

“西安人怎么这样？”我的老板气愤了。

“打着亲骂着爱嘛，”我嘿嘿笑起来，“你听，你听……”

我让我的老板听的是歌声：

走头头的那个骡子哟
三盏盏的那个灯
白脖子的那个哈巴哟
朝南得的那个咬
哎呀赶牲灵的那个人儿哟
过呀来了
你若是我的哥哥哟
招一招你的那个手
你不是我的哥哥哟
你走你的那个路

这是陕西有名的民歌，在西安，尤其在沙尘笼罩的天气里，听起来是别有一番滋味。

“你听得懂歌词吗？”我说，“这是给你唱情歌了。”

我的老板驻脚细听的时候，歌声戛然而止了，回头四顾，店铺里的条凳上三个女人凑了一堆说趣话，一个人笑得从条凳上跌下来，而拴在门槛上的一只狗，埋头啃一根骨头，吞进去吐出来，再吞进去再吐出来。歌声是从哪儿传来的呢？

不远处的槐树下，那个老头儿已经蹴了许久，现在用手在剔牙缝。可能是风沙钻进了口里，一只手在牙缝里剔，一只手却在怀里掏东西，一时掏不出来，站起身了，穿着的是一件袍子，长过了膝盖。

“哎，”我的老板给我说，“那是个道士。”

“哪儿是道士？”我说，“那蓝衫是菜场的工作服。”

蓝衫人终于掏出来了，是个破旧的小录放机。录放机可能卡了盒带，他摇着，又啪啪拍打了几下。

“原来是录放的，”我有点儿丧气，“亏了这么好的情歌！”

“情歌？”蓝衫人并不看我们，只是继续摆弄他的录放机，“这是窑姐儿拉客哩。”

我愣住了。多少年来，北京的舞台上总保留着这首民歌，所有的人都以为是爱的缠绵而感动着，原来竟是路边野店的妓女们拉客情景的小曲！想了想，蓝衫人说得有道理，我们噢噢着，虽有一种被戏谑的难堪，却对这个枯瘦而邋遢的蓝衫人感兴趣了。

我们向他走近，并掏出了一支纸烟递他，他的录放机突然又出声了，几乎是撕帛碎瓶般地一阵激越的鼓点，夹杂着声嘶力竭的呐喊。“这是‘安塞腰鼓舞曲’嘛，”我挥了一下拳头，“多激越的旋律！”

“是吗，你们喜欢穷人的艺术？”

“穷人的艺术？”

“听口音是打北边的首都来的？”

“是从北京来的。”

“噢。”

蓝衫人将我递过去的纸烟接住了，没有吸，却夹在树的枝丫上，目光仰视了树梢。树梢上正栖了一只鸟，鸟叫了一声：呀。

“老先生是……”

“鄙吝一销，白云亦可赠客；渣滓尽化，明月自来照人。”

我和我的老板面面相觑，我们知道我们又遇上了一位高深莫测的人，谁知道他是个什么角色呢？但蓝衫人似乎并没有要与我们交谈的意思，他重新蹴下去，靠住了树，眼睛已经微微闭上了。录放机里开始飘出另一种乐曲，似乎是《春江花月夜》，但又不似，蓝衫人摇头晃脑了起来。我们不敢造次，迟疑了一会儿，便往店铺门口的摊子上翻动那些各种各样的碑拓。

店铺里的女人立即迎上来，叫我们是老总。

“我们不是老总。这都是在哪儿拓的？”

“靠山吃山，靠水吃水，守着个碑林，你想想老总！”

“不是说那些碑子都罩了玻璃不准拓了吗？”

“正是不准再拓了以前拓的才珍贵啊！”

“这一幅欧阳询《皇甫诞碑》多少钱？”

“今日天气不好，图个吉祥便宜给你了，一万二。”

“给个实价吧，我们要买就买得多哩。”

店铺外一声冷笑。这冷笑我和我的老板听见了，店铺的女主人也听见了，她脸上有了明显的愠怒，顺手将柜台上的一杯残茶泼出去。我的老板悄悄扯了一下我的衣襟，我扭过头看见了冷笑正是槐树下蓝衫人的鼻子里哼出来的。蓝衫人似乎压根儿就没有看着我们在挑选碑拓，也没有看着我们扭头正在看他，残茶的水点儿溅到了他的蓝衫上，他动也不动，又连续地哼着鼻子。我知道，他并不是患有鼻炎，连续地哼鼻子是为了掩饰那一声冷笑。

“这该不是假的吧？”

“你说对了，别的店铺是翻刻木板拓下的，只有我们店卖的是真拓。”

女店主越是这般说，我们越不敢买她的货了。离开摊子，一辆卖돈甑糕的三轮车就咿呀咿呀推过来，小贩脸上没表情，只盯着我们，吆喝：“甑——儿——糕！”西安的小吃品类繁多，但甑糕第一回见，瞧了瞧，觉得不卫生，却对挂在三轮车扶手上的小木牌上的字感兴趣了。

“认识吗，这是于右任题的字哩！”

确实是于氏书体。多么大的一个书法家曾经给这么个小吃题过字？我们潜意识地扭过头，要看看槐树下的蓝衫人，但蓝衫人却不见了。天更加昏黄，而且开始起风，不远处的马路上行人都裹了纱巾，或竖了衣领侧着身子跑，博物馆高大的制着泡钉的大门敞开，守门人猫了腰大声地吐唾沫，几只麻雀才乱了羽毛站在门墩上，却又在风里线球一般地滚下来。我们购了票步入博物馆，大院里空旷静寂，间或有人从一处八角亭后走出来，又踅进另一处有檐角的屋后，传出空洞的脚步。任何旅游参观点都是人满为患，如此的清静太合我们的心意了，便先一步一停地欣赏了长廊两边摆列的石羊、石狮、石麒麟和刻着山水人物的石礅石条，以及造型千奇百怪的拴马桩，最后在庞大的展室里脖子扭酸地观看那些石碑。西安的碑林博物馆确实是中国汉文字书法艺术的宝库，你简直无法想象会有这么多的石碑，往日里看到的那么多书法精粹册上的作品原来实物竟都在这里！站在唐代怀素的那块《圣母帖》字碑前，我们的脚步是钉住了，张开嘴，却呆得说不出话来。这位出家为僧的狂人，我们已经无法得知他生前嗜酒成病、不拘细行的行色，而他的草书熔汉代的张芝、晋代的二王和唐代的张旭于一炉，用笔瘦、肥、圆、方，得意肆恣，挥洒天成。字碑果然是玻璃罩封的，且碑下有铁制的护栏，不允靠近，亦不可拍照，我便一边伸长了脖子死盯着每一行每一字，一边下意识地用手在腹衣上临摹。我的老板说：“真是‘颠张狂素’！”我却疑惑：癫狂之人方能写草书呢还是写草书容易使人癫狂？

　　我的疑问，我不能回答，我的老板也无法回答，寂静的大殿中嗡嗡空响，却一个低沉的声音在说："这是赝品。"

"赝品？这怎么可能？！"我脱口就问，问过了却不知那声音来自何方，我们进来时并没有别的游客，也没有解说员跟随呀！殿的飞檐翘角上，风铃在响着。难道是误听了风声吗？弯下腰从那一面面字碑排列的甬道望去，看风刮得是否又厉害了，那殿外的竹丛在忽聚忽散，台阶上坐着的竟是那个蓝衫人！

我顿时有些悚然了。

在西安，我已经遇到了好几宗离奇的事情，以致看到城门楼下那尊石狮子是成了精的，巷道里偶尔看到的歪脖子老树是成了精的，街市上忙忙的人群里也怀疑是混迹了神祇和妖怪，试想想，这个蓝衫人是做什么的，他怎么再二再三地突然就出现在我们身边？

"博物馆里也有赝品？！"我怯怯地看着他。

蓝衫人又没话了，他始终要和我们陌生着，如撵一只兔子，撵着撵着它跑远了，待你不追了，它又停下来回头看你，你要再撵它又跑得没踪没影。蓝衫人呆若木石，竹在他的面前变幻着风的形态，当枝叶铺伏在地上的时候，我看到的是无数颠三倒四的"个"字。

我的老板似乎已经消失了对他的敬畏，凑近我耳语道："瞧见了吗，他一脸麻子。"

"这和麻子有什么关系？"

“俗语说十个麻子九个害。”

“他怎么老注意着咱们？不怕贼偷，就怕贼惦记！”

“国家级的博物馆里怎么能有赝品，他或许是高人，也或许压根儿就是个疯子！”

我们窃窃偷笑。正笑着，一只苍蝇就落在我的老板的额头，老板挥了一下手，苍蝇起飞了，再落在头发上，头发是梳得油光的那种，苍蝇一时站不稳往下滑，滑溜到大鼻梁上又站住了。“讨厌！”老板叫起来，“这么高级的博物馆有苍蝇？西安什么都好，就是环境卫生差！”

“那是活文物。”蓝衫人又在冷冷地说了。

我们没有理他。

“它是从唐朝飞来的。”蓝衫人还自言自语。

我们差不多认定这是个疯子了，起码是西安城里的一个尖酸的闲人。参观完了所有字碑，出展厅的大殿时偏不从后门走，又绕着到前门离开。

晚上，我们是住宿在大雁塔旁的唐华宾馆里。这是一座堂皇富丽的仿唐建筑，又具备了全西安市最豪华的现代设备，沙尘使我们满头满脖都肮脏了，就冲了个热水澡。可刚刚从浴室出来，突然有人咚咚敲房间门，进来一个光头矮子，问我们要不要购买名贵字画。不速之客当然引起我们的警惕，比如，他怎么知道我们要买字画，又怎么就寻到了唐华宾馆？

矮子说："我给老郗跑腿的。"我们问老郗是谁。矮子说："在碑林博物馆你们不是已经熟悉了吗？"我说是那个瘦瘦的、麻脸、穿了件蓝布长衫？矮子说就是的。我和我的老板都惊讶起来，他是个什么角儿竟把我们一切都把握了！便一把抓住矮子，要问个明白。矮子说："老郗说你们会扣下我的，果然你们就扣我了！"从怀里掏出个字条要我看。字条上写着："置珠于粪土，此妄人举，不足较。若本是瓦砾，谁肯珍藏？"口气蛮自信，我们就让矮子坐下，询问郗蓝衫的情况，矮子便张狂起来，要讨水喝，又吸上烟，说老郗是满人的皇族哩，如果现在还是清朝，要见老郗就难啦。现在是混背了，落架的凤凰不如鸡嘛，身上穿的那件长衫还是他送给的。"可是，"矮子揩了一下鼻涕，顺手抹在椅子腿上，"谁要把老郗当作个穷人那谁就错了！"我说："谁也没把老郗当穷人，老郗家里有一疙瘩金子哩。"矮子说："一疙瘩金子值几个钱？老郗家传的有一幅《圣母帖》真迹！你们知道不知道怀素，是怀素写的《圣母帖》？"我说："老郗把碑林博物馆里的石碑撤回他家了？"矮子说："那是宋代刻的，刻石和真迹差别就大啦！"

我的老板哈哈地大笑起来，说："你的意思是要出手那件真迹了？"

矮子说："老郗让我来问问你们。"

西安之行，我们原只指望能够买一批有价值的书画，没料到竟碰上了稀世之宝！我有些不敢相信，反复问这是真的吗，矮子指天发咒说有一句谎言他便是猪，是狗，是猪狗屙下的臭屎。我便让矮子先到走廊去，问我的老板："怎么样？"我的老板说："你想这有可能吗？"我说："那就让他走吧。"我的老板却说："有好戏为啥不看，反正是没事，瞧瞧西安的风土人情呀！"我的老板说得是，人都有当看客的秉性，如果街头上有行刑的场面，肯定要去看那人头被砍下来的情景的，郗蓝衫给我们行骗，我们就给他恶作剧，他就是再上个美人计，我们也将计就计。我们把矮子叫进房间，要他立即给郗蓝衫打电话，说当晚看货。

两个小时后，矮子带我们坐出租车在城中绕来绕去，我们差不多都转糊涂了，最后在一座公园的湖边，见到了郗蓝衫。他似乎在那里等了很久，身边的石头上还放着那个录放机，站起来和我们握手，人显得比白天更瘦，好像你不敢再靠近，否则会被那骨头撞疼。他的脸上是有麻子，在路灯的俯射下愈发坑凹明显，如暴雨后的沙滩。他说他姓郗，不肯说出名字，却一一要我们道出姓名和地址，并且看了名片，又要看身份证。我们有些不悦，他说："实在对不起，我还没问问你们公司规模如何，实力如何？"就盯着我们，目光锐得像锥子。

我的老板在这时候也开始拿起他的架子了，他把眼镜卸下来，擦了擦，又戴上，只低声说："你是助理，你给郗先生介绍吧。”就掏出一包软装的中华牌香烟撕开，自个儿吸着烟卷。我才说了两句，突然有了哗哗哗哗的响声，郗蓝衫立即示意我停下，扭头向周围巡视，湖边草坪中的一丛树下，有男女在相拥着。郗蓝衫说：“咱们到前边那块石头上谈吧。”

重新换了地点，我悄声对我的老板说：“看样子不像骗子。”我的老板说：“现在的妓女没有不像清纯的。”我详细地介绍了我们公司的情况，郗蓝衫很认真地听着，就问起我们画廊有没有“扬州八怪”的作品，郑板桥的四尺长条墨竹能卖多少钱，金农的四尺整幅书法又卖多少钱，还有张大千的、石鲁的，甚至还问到了牛兆濂。

“牛兆濂？”我回答不上来。

“你不知道牛兆濂？”他说。

“你说的是你们西安的那个牛才子呀？”我的老板一直闷着头听我们对话，见我回答不上来，就插嘴了，“牛才子学问好，但他的书法一般，前年我们收购过一张，那不值钱，二千六百元。”

郗蓝衫慢慢地笑了，伸出手来，说：“你给我一根烟吧。”

我的老板把一根纸烟递给他，他在鼻子前闻了闻，却别在了矮子的耳根上，说：“同志，咱们有缘分了呢。”

“是有缘分，”我的老板也来了热情，“搞收藏我是信缘分的，珍贵的藏品都是有命运的，《圣母帖》或许是我在等它，或许是它在等我。”

“不，”郗蓝衫说，“任何藏品不是我们在收藏它，而是它在收藏我们。”

这话说得真好，凭这一句话，我断定了郗蓝衫不是一个骗子，他没有诓我们，他手中的《圣母帖》八成是真品。我赶紧就去湖里洗手，湖边的一块石头踩翻了，差点儿让我掉到水里，洗了手过来说要看真迹。但是，郗蓝衫从怀里掏出来的却是个硬纸夹，夹子里是三张剪贴得已经焦黄的报纸。三张报纸的内容一样，不长不短的一篇报道，标题：西安惊现《圣母帖》真迹。

“这可是官方的报纸，你们得信着！”郗蓝衫说。

“就这报纸？”

“你们得先信我呀！”

“我们已经信你了呀！”

“你们读读报道吧。”

我和我的老板凑近路灯分别读了一遍，报道中详尽地介绍了《圣母帖》真迹的尺寸和碑林博物馆宋刻字碑的同异处，但报道中没有写真迹保存人的姓名。

“郗先生，”我的老板说，“怎么证明真迹在你手里呢？”

“问得好，”郗蓝衫说，“我怎么能在这地方拿出真迹呢？若你们真心要买，咱们重约时间地点吧，真迹在市银行保险柜存放着。”

这一次见面就这么遗憾地结束了，但我们留下了手机号码，约定三天后郗蓝衫安排好地点了随时通知。我们请郗蓝衫去宾馆喝茶，他推辞了，矮子要跟他一块走，他偏让留下，矮子有点儿不愿意，他示了个眼神，自个儿就先走了，一边走一边扭头四顾着，然后便消失在夜幕中。我笑着说："郗先生怕我们跟踪他呀。"矮子怔了一下，慌忙说："这，这……不是的，他急着回去是他弟弟今日得了孙孙，他得过去看看。你猜，是男娃还是女娃？"我说："男娃？"矮子说："不对！"我说："女娃。"矮子说："呀，你真行，只猜了两下就猜准了！"

沙尘暴终于是停止了，第三天的早晨下了一场小雨，雨都是黄的，街上的行人全穿了雨衣或撑着伞，而所有的车辆被黄泥雨涂成了迷彩。雨一停，每家洗车房门前排着等待清洗的车辆，司机们三三两两站在那里骂天，抱怨着西安之所以做过十三朝国都而后来衰败至今，都是这风沙所害，要不，秦腔就该是普通话了。又恨着往往把车清洗了，隔二日三日又得下雨，雨是黄汤，又得来洗。西安做什么生意都难，唯独羊肉泡馍和洗车房把钱赚海啦。我们耐心地等待着郗蓝衫的通知，但哭笑不得的是，约定的地点竟是城东南角一条巷头的公共厕所门口。我和我的老板在那里等了许久，未见到郗蓝衫出现，连矮子也没个踪影。我安排了我的老板先到附近的夜市上吃饭，西安的小吃在国内有名，小吃又都集中在夜市上，我们吃过一碗鸡蛋醪糟，觉得肚子难受，就进了厕所蹲坑。厕所里光线幽暗，臭气烘烘，我听见紧挨的隔挡里有人在大声努劲，似乎不是在出恭，而有物堵于肛门，憋得命悬一线。如此哼哼哈哈了半天，安静下来，却见一只手伸出隔挡，企图去捡坑台前一张什么人已经用过的脏纸，而有趣的是恰恰一股阴风从厕所门口刮进来，竟将那张脏纸卷起，飘然落入另一个坑去，隔挡里沉沉地发了一声恨。这实在是一场巧得不能再巧的风的恶作剧，偏偏让我瞧着，差点儿笑出来，便将一张手纸递过隔挡，说："用这个吧。"那边的人说声"谢谢"，站起来了，我看见他竟是郗蓝衫！郗蓝衫也同时看见了是我，很窘地，立即缩回身子咳嗽，然后提了裤子出了隔挡，将那张手纸又回给了我，说："是你呀！是你给我的纸吗？我不用纸的，我用钱揩了！"他走出厕所，一边走一边说："你瞧这墙上，这便是屋漏痕，黄宾虹的线条就这般画。"我没有去端详厕所墙上的脏迹，只疑惑：他真的是用钱揩过了吗？或许碍于面子压根儿就没有揩！在厕所门口，他又恢复了他的怪异，大声放着录放机中的歌曲，在音乐声中，告诉我巷子尽头的三十五号是他朋友的家，他已经把真迹从银行保险柜取来放在那儿，让我和我的老板过会儿来，说完扭头便走，那录放机中开始唱"你要拉我的手，我就要亲你的口，拉手手，亲口口，咱们黑圪塄里走"。声越来越小。

我和我的老板拐弯抹角地在巷子里寻到了三十五号，门是破旧的木门，上面用墨写了：院中有狗，小心咬你。我忙捡了一块石头在手，可一进院就爬梯子，并不见狗，刚刚扔了石头，还说：是空城计嘛！一只狗呼地向楼梯冲来，吓得我的老板险些跌倒。我急喊："郗先生！郗先生！"狗却停在楼梯上的平台边，原来一条铁绳拴着它，再扑不过来，就汪汪锐叫。是矮子先跑出来，唬住了狗，招呼我们进屋，我们还是不敢动步，一定要矮子将狗用双腿夹了，才迅速地跑进平台上的一间屋去。屋小得可怜，除了一张桌子上乱七八糟堆满了杂物外，几乎就是那张床了。我的老板不知道该往哪儿坐，我把床上的没有叠起的脏被子往床根推了推，要让我的老板坐在床头，没想褥子下压着一张百元的钞票，矮子赶忙拿了，塞给了郗蓝衫。

"我那里宽敞，"郗蓝衫说，"可这里安全啊！我这兄弟光棍一条，以替人讨债为业的，别瞧他个头儿小，好勇斗狠，比这狗要凶的！"

"能看出来。"我说，"你需要一个保镖！"

郗蓝衫干笑了一下，就对矮子说："一回生二回熟，都是朋友了，你给我和两个朋友留影做个纪念吧。"

我明白郗蓝衫的意思，就说："好嘛，好嘛。"让矮子拿了相机给我们拍照，我的老板偏又将汗手在墙上按了一下，又在一块破了半边的镜子上按了一下，说："我再给你留个手印！”

郗蓝衫有些不好意思了，说：“你这同志有趣，我就爱和有趣的人交朋友。看货，看货！”

郗蓝衫就拍打了几下床铺，将一个报纸卷儿展开，里边是一个塑料卷儿，又展开，是一个布卷儿。布卷儿虽旧，却是湘绣，一下一下再展开了，露出画轴，郗蓝衫才从怀里取出一副白线手套戴上了，说：“你把纸烟掐了。”我把纸烟丢在地上，用脚踩灭。他说：“把放大镜拿来。”矮子说：“放在哪儿？”他说：“枕头底下。”矮子翻开枕头，果然下边一个硬盒，盒中取出一面放大镜，但枕头上的尘土扬起来，一股呛味直钻鼻子，我就咳嗽，走到平台上要吐痰。我的老板也咳嗽，跟出来擤鼻涕，悄声说：“这里就是姓郗的家。”还要再说，矮子就出来了，我们遂返回屋，矮子也跟进来。郗蓝衫说：“你们可以俯着身看，但不得用手摸，汗手。”慢慢将画轴展开。

这确实让我们大开眼界，整幅作品是横的，几乎和床一样长短。在展开的过程中你们似乎能感觉到祥云缭绕，有一股神气扑面而来，再仔细看去，婉丽处如飞鸟出林，惊蛇入草，劲健处奔马走虺，骤雨旋风。我周身颤抖，且有热流迅速从丹田涌起，通向脑顶和四肢，回头看我的老板，他只是瞪着眼，呆若木鸡，我说：“好啊！宝气逼人！”我的老板怔了一下，俯身再看，手却在我腿上掐了一下。我晓得我的老板城府深，不再叫好，拿放大镜又细照了一遍。

“怎么样？”郗蓝衫说，“要看货，这就是一眼货，比碑林博物馆的字碑气韵强了数倍吧？”

“这……怎么这般干净的？”我说，看着郗蓝衫的脸。郗蓝衫脸上的麻子是黑麻子，好像没有洗过。

“算你看出门道了。”郗蓝衫说，“你瞧我像个乡下来城里打工的吧，可我世世代代都是城里人！真的往往看上去像假的，假的倒像真的。西装革履的显得气派，可一身行头能值几个钱呢，一万元穿得什么都有了！”

郗蓝衫缓缓地将《圣母帖》卷起来，一层一层包裹，矮子帮着往盒子里装，一失手，掉在地上，他哎哟叫，忙捡起来，轻轻地拍着说“摔疼你了，摔病你了”。然后说他得和矮子连夜将《圣母帖》送回银行保险柜去，如果愿意购买，改日再选个时间面议。

《圣母帖》肯定是真品，这已毋庸置疑，我的老板极尽和蔼，一定要请郗蓝衫和矮子去夜市上吃饭，郗蓝衫却表现得很不情愿，我的老板就说在吃饭时可以先议一议价钱，如果双方觉得合适，我们就要筹款了，至于安全嘛，四个人一块走，会万无一失的。郗蓝衫沉吟了一下，就从桌上取了一把菜刀让矮子揣在怀里，自个儿又将一个小瓶装在口袋。我说：“不用带酒，夜市上都能买到。”郗蓝衫说：“这是硫酸，谁要敢抢《圣母帖》，我就喷他的眼睛！”他说得狠，大家都没有言传，他又将裹着真品的纸卷儿装进一个帆布口袋，口袋里又放着了六七根竹笛，然后斜挂在肩上，四人方下得楼来。

“郗先生是个卖笛子的人了，”为了缓和气氛，我笑着说，“你这口袋，扔在街上也没人捡的。”

“狐狸有好皮毛才遭猎杀哩。”郗蓝衫也笑了，却对矮子说，“你急什么呀，让客人先下楼嘛。”

他让矮子断后，防备的还是我们，我们就知趣地先下楼，我的老板说：“郗先生这么大年纪了住得这么高，越往后就越不方便啊！”

“是吗？”郗蓝衫说，“能走动的时候住高住低都能走，等走不动了，住在一楼你还是走不动。你说什么？这房子可不是我的。”他转过头向矮子：“你在这儿住几年了？”

矮子怔了怔，赶忙说：“五年吧。”

郗蓝衫说：“你想不想换个地方？”

矮子说：“谁不想？”

郗蓝衫说：“那就包在我身上啦！”

到了夜市，拣墙角的一张桌子，我故意让郗蓝衫坐在里边，并让矮子挨着他，我和我的老板坐在对面。夜市上十分热闹，那些卖饸饹的、煎饼的、粉蒸肉的、凉皮的、萁面的，灯火通明，热气腾腾，人声吵嘈。我们先是感叹着西安的小吃这么丰富又疑惑西安竟没有自己的大菜系，郗蓝衫就开口了，说："你知道西安是几代首都？"我说："十三。"郗蓝衫说："你想想，十三朝的皇帝在这儿，各省市为了争宠，都要把他们的饭食贡献来，久而久之就形成菜系了，西安是一张大餐桌，它只摆贡献来的美味佳肴，知道了吧？"我说："知道了。"郗蓝衫更得意了，说："那我再告诉你，西安将来还是要做首都的，历史上有王气的地方只有三处，南京、北京和西安，在南京建都是短命王朝，在北京则容易腐败，只有在西安建都的都会强盛啊！"我说："这可能。"郗蓝衫说："你笑什么？"我说："我想，西安建都了，我们公司就可以搬过来了，一想到这儿，我就笑了。"郗蓝衫看着我，半天不言语，突然说："我对你这个人有个评价，一个字，只一个字……"我说："是骂我了吧？"郗蓝衫还举着一个指头："一个字：不错！"我的老板就大笑起来，一边让端饭的往上摆八宝稀饭，一边说再谈正经事吧，让郗蓝衫报个《圣母帖》的价格。郗蓝衫就一脸严肃了，只咬定一个底价，不再松口，几乎将八宝稀饭吃完，又吃了几十串烤羊肉串，讨价还价总算有了个结果。郗蓝衫就环顾四周，低声说："你们是识货人，我也就委屈了。就你给的这个价，有人也出过，还外加一套红木家具，我是没松口的。项羽在乌江岸上，和刘邦的两个将军碰上了，原本是能搏杀一场的，但他说：我成全二位将军立功了，把这颗头献给你吧，就拔剑自刎……"郗蓝衫竟说起汉楚之争的故事来，我还未醒过神来，听他再说下去，他却垂了头，一颗眼泪吧嗒溅在桌面上。他的突然落泪，遂使我感动起来，却不知说什么话好，他终于一抹眼睛，说："活该《圣母帖》与我的缘分尽了……不说了，喝茶，再来一壶龙井吧！"

我赶忙让饭摊上的人上茶，一边起来用指头将郗蓝衫面前桌面上的泪水擦去，一边说："这么大的数目，我们得让公司电汇，三天后怎么样？"

"不急，十天八天也不急的，你们再考虑考虑，即便不愿意了，那也没什么。"郗蓝衫说，让矮子寻张纸，"你把电话留给他们，他们考虑妥了来个电话就是。"

矮子一直伸着脑袋看对面街上的一座高楼，有无数的亮的方块，郗蓝衫的话他没有听见，郗蓝衫又说了一句。

"你卖啥眼哩？"

"我数楼层的。"

"你想住几层，将来给你弄上。"

"我可不要三室两厅的，我一个人，我才懒得打扫卫生哩！"

"老婆难道不是你找的，没出息！像这个模样的怎么样？"

一个穿旗袍的高挑个头儿的女人从桌前走过，矮子低声说："我有个瘸子烂眼的就行啦。"

"要娶就娶个时髦的！"

郗蓝衫一脸的麻子都涨红了，我看着他的脸，想到了猴的屁股，也笑起来。

“这有啥笑的，是瞧着我的麻子吧。”

“郗先生小时候出过麻疹？”

“不是，西安的风沙大呀。”

这一回，四个人全都笑了，惹得周围饭桌上的人都朝我们看，而路边柳树下的两男一女指指点点了一番，竟落座在我们旁边的桌上。郗蓝衫突然不笑了，紧了紧身上的口袋，悄声说：“这些人是冲我来的！”

我抬头看看来人，说：“哪里会，就算他们不怀好意，咱这么多人的……”

郗蓝衫镇静下来了，却说：“谁来我都不怕的，公安局里有我的熟人。”掏出一张名片让我看：“我一打电话他立马就来的。”我没有看那名片。

但是，郗蓝衫却并没有再坐下去，匆匆离开了夜市，而且他让矮子跟着，拒不让我们送他。

在自后的三天里，我和我的老板带着郗蓝衫给我们的那些报纸，专门去找了西安字画界鉴定的权威，权威也已知道《圣母帖》真迹问世的事，并应允在购买时可当场鉴定，以免发生调包。就这样，我们筹齐了款额便给矮子拨电话，但矮子的电话却怎么也拨不通，便再一次去了那条有着公共厕所的小巷去找。

我的老板是个有心的人，他要给郗蓝衫带一份礼品，以示我们的诚意，因为他怀疑郗蓝衫是不是反悔了。在买礼品时我们费了思忖，先是要给他买些腊汁羊肉，后又准备买一件西服，结果还是买了个收录机觉得得体。我们穿过了纬十街，才到了城墙外丁字路口，听见有很大的吵骂声，接着就一阵哐里哗啦锐响，扭头看时，路斜对面的一家饭馆里，三四个穿着保安服的人在殴打一个人，被殴打者还在强辩，便被提了胳膊腿一下子扔了出来，骂道："没有钱你吃球饭？你吃了饭不给钱？！"

"我有钱的！你以为我没钱吗？"被殴打者往起爬，没爬起来，头就努力地往上撅，像是个出头龟，口里的血沫使牙齿也看不见，"我有钱的，我的钱能砸死你！"

保安又跑出来，用脚踩下了他的头，说："你有钱？你掏呀，一碗面三块钱你掏出来呀？掏呀！"

"我有……"

"你有个屁！"

头被保安再一次踩下去，踩下去头又往起撅。保安就在他怀里掏，他捂着怀，蓝衫就刺啦撕开，掏出来的是一个破旧的录放机，保安将录放机摔在了地上。

我突然看见这是郗蓝衫啊，忙呼啸着跑过去，将保安推开。扶郗蓝衫时，他的手里握着那个公安局熟人的名片，要我打电话："我明白他们为什么打我了，他们要谋财害命……"

我说："你是欠人家一碗面钱吗？"

他说："他们是冲着《圣母帖》的！"

我说："他们认识你？"

他说："不认识，可保准儿是他们认识我了，我知道谋算我的人多，贼可以防，防不住的是贼惦记呀！"

我的老板也从马路那边过来，我们把他扶起来，他的口鼻血沫模糊，而且额角也有个口子，用手捂了，血水从指缝往出流。我问他家住在哪儿，可以送他回去，或者直接去医院。郗蓝衫已经站起来了，梗着脖子骂已退去的保安："你瞧着吧，我会收购你们店的，收购了还让你们当保安，你们给我当狗！"骂着骂着，却突然甩开了我，盯着我不言传。

我说："你怎么啦，感觉头晕吗？"

"你们为什么这么关心我？"

我说："你是被打晕了吗，认不得我们了吗？"

他说："我怎的认不得？把你们烧成灰我也能认得的！可……这么大个西安城，为什么巧不巧就遇上你们在这儿？"

郗蓝衫极快地往后一跳，指着我说："你们和这些保安在演双簧！你们是来救我吗，不，不是的，是要寻着我家，或者要把我绑架到别的地方！"

我和我的老板哭笑不得。我还要去扶他，他双手沾着血挥舞着，我的老板让我不要扶了，别让他的血沾在身上，别人还以为是我们殴打了他。我的老板说："你不就是有《圣母帖》吗，我们正是筹齐了款要寻你交易的，偏巧在这儿遇上，如果有不良企图，那次看到真迹时就下手了，是我们打不过你和你的那朋友呢，还是怕你小瓶里装的自来水？”

“你知道那是水？你知道了当时为啥不挑明，你这么鬼的，你越发有大企图的，你只是瞅机会，是不是？”

气得我的老板再不理他。

我瞧见郗蓝衫往前走了几步就摔倒在地上，便又去扶他去医院，他趴在地上，怎么也不肯起来了。“我朋友不在场，我是不会跟你们走的。”

我和我的老板只好离开。当天晚上，第二天和第三天，我们一直给矮子拨电话，仍是拨不通，第四天终于拨通了，让他赶快找到郗蓝衫，还未告诉说郗蓝衫被人殴打了，矮子却开口便说：“生意做不成了，他死了！”

他死了？郗蓝衫死了！问郗蓝衫怎么就死了，矮子说是被一家饭店的保安打伤后，就趴在饭店外的马路边，保安以为仅仅是打了一顿不会出事的，可两个小时后，他还趴在马路边，保安觉得不对劲，出来看时，他因失血过多已昏了过去，急忙往医院送，还未到医院就断气了。

“那，《圣母帖》呢？”

“谁知道藏在哪儿。”

“真可怜，他把《圣母帖》丢了。”

“是《圣母帖》把他丢了，先生。”

猎　人

戚子绍在礼拜五的下午去秦岭打猎时要带上一个叫夏清的女子。王老板问是不是情人，戚子绍说才认识的，应该是熟人，女熟人。王老板就认为打猎带女人不好，又累又不安全，而且三天里住宿也不方便。戚子绍噎了一句："你舍不得花钱了？！"王老板便不再嘟囔，将车开到A路B楼外的花坛边按喇叭，一长一短地按得生响。楼道里跑出来的却是两个女人，打头儿的是个胖子，四肢短短的，跑起来像是鸭子。戚子绍迎着阳光，把眉头皱成一疙瘩，等胖子跑过来了，一边替后边的夏清拿了大包小包，一边却对着胖子笑。

"怎么给你拨个电话也联系不上！我还担心你不能去呢？"戚子绍说。

"怕不是吧？"胖子做着鬼脸。胖子做鬼脸的时候很性感，"认识了夏清就不想见我了？这我知道。可我和夏清是笼沿连着笼襻儿，不拆伴儿的！"

夏清站在车尾，抿着嘴笑，戚子绍又一次笑了。

“我怀疑你俩是同性恋！”

“或许是吧！”

王老板已经把车门打开，胖子的一只腿伸进去，又取出来，哇地叫了一下，瞧见了装在里边的长舌帽、爬山鞋、军用水壶、雨伞、毛毯、一袋子矿泉水和三支长长短短的猎枪，说：“戚处长，你还真的是个猎人了！”

“干啥就要像啥嘛！”戚子绍在后车厢帮夏清将一个大旅行袋放好，这是一顶军用的野营帐篷。戚子绍低声说：“是你通知了她？”夏清说：“你打电话过来时她就在旁边，我不能瞒了她。”戚子绍说：“傻女子！”夏清说：“我是傻。”蓝底碎白花的裙子在阳光下一抖，戚子绍觉得满地都是坠落的花瓣了。胖子在问王老板：“这是你的三菱吉普？多有个性的车，我就喜欢红颜色的！”王老板说：“是小了点儿，但爬山功能好。”戚子绍关了后车厢盖，悄悄说：“他是我的客户。”揩了夏清手背上的一点儿土，夏清忙把手塞进了口袋里，戚子绍却冲胖子说：“车不错吧，老王可是个大老板喽！”胖子说：“你净结识大老板！”戚子绍说：“也结识美女哇！”走到前面，为胖子拉开车门，很绅士地说：“请！”胖子却说：“是要我坐在前边，你们坐后边呀？我也偏坐在后边！”把吃的喝的用的东西，往前边座位上堆，堆成一个小山。

“不愿意我坐后边？”胖子让戚子绍坐在后座位的中间了，自己挤进来。戚子绍说：“这盼不得呢，东宫西宫，我过的是皇帝生活嘛！”故意摇晃着身子，将手在胖子的膝盖上拍了一下，便问：“最近做啥哩？”胖子说：“啥也没做，只做爱。”四个人都噗地笑了。戚子绍说：“这话说得好！王老板，你瞧我这女熟人有意思吧？”胖子说：“我可告诉你，下次再出来玩不首先通知我，我会生气的。你要待我好些，我可以继续给你批发美人。我是胖了点儿，我的女朋友却没有不漂亮的！”

戚子绍确实是先认识了胖子，然后通过胖子认识了夏清的。那日他在一个朋友家搓麻将，麻将桌上有胖子，她是一家公司的职员，询问他们银行能不能采用她经销的 UPS 不间断电源器，这是微机上使用的配件，一旦使用上了就能长期使用。“这有什么问题呀，”戚子绍是当场拍了腔子，“用谁的配件都是用，辞掉别的供货用你们的就是了！”但过后他却没有动静。有一天胖子又来了，领着的是夏清，夏清是一个瘦高瘦高的女子，戚子绍就有些拘谨。戚子绍是见着了漂亮的女人就拘谨的。“你是上海来的？”他舌头硬硬地说了普通话。女人说：“鄂不是。”一听把我念成“鄂”，戚子绍才知道夏清是本城人，他就说西安还能有这么漂亮的女人呀，而且气质好。那天戚子绍说了许多话，都很幽默，简直是妙语连珠，胖子说你爱上她了？他说：“哪里！”胖子说："这你瞒不了我的感觉，瞧你想象力多好！"第二天戚子绍就约了夏清去茶楼吃茶，夏清应约而来，来的还有胖子。戚子绍是有了许多话想要给夏清说，但胖子老在旁边，她们总是一块儿来一块儿去。戚子绍没有了机会，但戚子绍还是帮忙推销了。

秦岭在城南五十里外，车行驶了半小时，进了沣峪口，路就在峡谷的半崖上蜿蜒盘旋，每每车在拐弯处就倾斜，坐在座位中间的戚子绍就一会儿靠在胖子的身上，一会儿挤着了夏清，夏清被挤得嗷嗷地叫。戚子绍说："这是身子要倒的，与道德品质无关啊！"头与头要挨上的时候，戚子绍瞧着夏清的眼睛说贴这么长的睫毛，夏清说不是贴的。戚子绍用手去拔了一下，果然不是贴的，就感叹什么叫天生丽质。王老板故意把车开得很猛，三个人就颠得像在舞蹈。戚子绍就势用双臂搂住夏清和胖子，却叮咛王老板把反光镜拧上去，专心开车。王老板真的把反光镜拧了上去，声明他不会看的，他什么都没看见。就听着他们在后边说女人的高跟鞋和香水。戚子绍的观点是高跟鞋是世界上最伟大的一项发明，但香水却破坏了女人特有的体味。这话惹得胖子坚决反对，因为她今天没有穿高跟鞋而喷洒了浓烈的香水。夏清立即将双腿收缩在身下。戚子绍也就说了一句胖子的丝袜好，丝袜是女人的第二层皮肤。胖子说："只许看不许摸！你们常进山打猎吗？"戚子绍说："当然喽，差不多每个礼拜都来！"胖子说："有钱有权的人真会生活！政府不是禁止民间有枪吗，你长长短短三支枪？"戚子绍说："这办了许可证呀！你需要办不？我可以帮你办一张。"王老板说："这可是真的，在西安市里戚处长没有什么事情他搞不定的！"夏清说："这我信的，你就是要颗原子弹，戚处长就说你要圆头的还是方头的。"车突然一个急刹，胖子和夏清从座位上滚下去，而戚子绍一个前倾头撞在了前边的椅背上，哎哟叫了一声。一辆车从拐弯的对面擦身而过，在后面发出了剧烈的机器响。戚子绍脸色愠怒，遂之解嘲说："王老板你是牺牲我呀？！瞧见了吗，刚才那辆车上坐着一位少妇！"

"你眼睛那么尖的？"胖子重新坐好，但她的丝袜被座位上的硬垫角剐破了。

"这就是猎人的眼睛！"戚子绍说，"看女人瞥一眼就知道什么模样了！那少妇倒有些姿色。"

三个人扭过头来，看见那辆车在后边二十米远停住，先是司机下来查看轮胎，接着是一个女人也下来，腰身很好，但脸是刀把脸。两个女人同时地噢了一声，汽车也已转过了弯道。

"戚处长是这样个欣赏水平呀？！"

戚子绍似乎也不好意思了，从前边的座位上拿起了一支枪，向窗外做着瞄准的姿势。

"我是侧面看她的，"戚子绍说，"侧面看了想犯罪，正面看了想自卫。”

“我现在也不能不怀疑你的枪法了。”胖子说。

“可以说，来秦岭打猎的没有谁能和我比枪法的！”戚子绍说，“我曾经一枪打下两只鸟的！”

“是两只鸟，”王老板做证，“鸟落了一树，一枪放上去，掉下来了一只，过一会儿，又掉下来了一只。”

“第二只是吓昏了的吧。”夏清说。

“不打鸟而让鸟掉下来才是高手！”戚子绍说。

两个女人却听不懂这样的话，相视着咯咯地笑。

“你瞧着吧，这次打猎我不往崖鸡子身上打一枪，却要猎到十只八条的！”

两个女人还是在笑。

戚子绍就给女人讲他和王老板上次猎崖鸡子的经历。如何潜伏在一个土沟里，看着对面崖畔上落着一群崖鸡子，咚地朝天放一枪，崖鸡子就扑棱棱地起飞了，飞过沟就落在这边崖畔上，咚地朝天又是一枪，崖鸡子又飞落到那边崖畔上。“崖鸡子是没脑子的，就像是夏清。”戚子绍趁机敲了一下夏清的鼻子。夏清回击了，捏了戚子绍的鼻子。戚子绍的鼻子被捏得发红，他继续说，他和王老板不停地朝天放枪，崖鸡子就不停地飞过来又飞过去，崖鸡子就累死了，接二连三地从空中像石头一样掉下来。

“哦。”

两个女人终于相信戚子绍是个猎人，一个真正的猎人了。

车愈往秦岭的深处去，景色愈好。山有开有阖，云忽聚忽散。两个女人兴奋不已，后悔着从来没有进过深山，这般好的去处，住十天八天也不想回城了。戚子绍说："那就不回去了，咱们就住在山里，到时候咱们六个人……"胖子说："四个人怎么成了六个人？"戚子绍说："那还有孩子呀！"胖子说："想了个美！"车从一个隧道里穿过去，一阵黑暗，隧洞外是一个小的山村。

山村河的这边有几户人家，河的那边有几户人家。河这边的人家除了路边高高地架着皮管子接引了山泉里的水，为过往车辆冲洗外，又都开着饭馆。洞开的土窗外挂着酱黑色的腊肉、干蕨菜和酱条穿成的卤汁豆腐干，卖饭的男人或女人圪蹴在门口的石头上。刚才车到的时候一个肥胖的女人从厕所里出来，站在公路中间，一边系裤带一边奓了一下腿，车就地停了。肥胖女人扒住车窗往里一看，就乐了。

"是戚处长呀，不挡车你还不停哩！又来打崖鸡子啊？"

"打崖鸡子！"

"守着凤凰还要崖鸡子呀？"

"凤凰只能看不能吃嘛！是漂亮吧？"

"漂亮得像是狐狸变的。"

夏清低声说了句："你是猪托生的！"下了车和胖子看这看那，看啥都稀奇。戚子绍觉得很得意，提醒着山里路不平，走路脚要抬高点儿，继续和肥胖女人搭讪："近来打猎的多不多？"

"来得少了，你不知道吧，山顶上有了狗熊啦！都怕啦！"

"狗熊有啥怕的，以前又不是没出现过狗熊？！"

"这狗熊可是成了精了！上一个月来了个打猎的，也是开着辆小车来的，遇着了狗熊。狗熊一巴掌把半个屁股挖去了，人昏迷不醒地抬了下来，醒来说狗熊会说人话哩！"

"人会学着野物的声叫，哪里会有野物学人的话？"

"人都能学着野物的声叫，野物又怎么不能说人的话？"

"他一定是没打败狗熊，脸面上不能下来，胡诓哩。"

"反正是风声传得紧，来打猎的人少了。"

"那你就看着我怎么收拾这狗熊吧！"

夏清和胖子听到他们说狗熊，已围过来听，听得面色都苍白了。待到戚子绍说他能收拾狗熊，就问："你打过狗熊？"戚子绍说："当然打过狗熊的，不管是什么厉害的野物，你只要摸清它的习性，没有猎不了的。狗熊嘛，也是个笨，它只会直线扑，你就只拐着弯儿和它斗。如果你碰到了一群狗熊，那你就更好打了。你只需藏在一个地方向它们开枪，一枪或许撂倒一只，另一只便顺着子弹也冲过来，你姿势不动地一个一个打。再如果你能引诱着一只向你扑来，一闪身让它扑下崖畔，后边的也就一条线地扑下崖畔。你可以直接到崖畔下收获了！”两个女人眼里闪动了惊异的光，说道：“这太精彩、太刺激了！咱们不打那些崖鸡子了，一定要到山顶去猎狗熊！”

王老板用油布一直在擦拭着车身，他不愿意把车继续往山顶上开。

“怎么能不去呢？”戚子绍说，“咱们不是打过熊吗？”

王老板含糊地点着头，说要去的话只能是他和戚子绍去，两个女人就留在这儿。这儿有吃有住的，又好玩，若去山顶遇见狗熊了，是该打狗熊呀还是顾及她们呀？

“咱是老猎手，还保护不了两个女人吗？”

两个女人欢喜跳跃，说：“要去嘛，我们一定要去嘛！”

车重新发动起来，向深山钻去。两个小时后，路拐着“之”字形向秦岭的主峰爬去。两边都是大的松树，路面上不时地出现了松鼠，但都是影子般地穿过公路。两个女人又是大呼小叫，要汽车停下来，王老板没有听使唤，用力扳动着方向盘，因为弯道很大而路面又窄。突然间汽车油门加大，人似乎都飘起来，车的前面一只野兔在拼命地跑，不一会儿，车嘎的一声刹住了。戚子绍首先下去，从路上捡起了一条兔子的尾巴，兔子则泥浆般贴在地上。

到了道班，天就黄昏了。山顶道班是全程公路上最小的一个道班，只是一幢三间木屋，两个上了岁数的养路工。两个女人麻雀一般地喳喳乱叫，说这里是童话的世界，就在松树林子里捡蘑菇，采繁星般的小花。夏清说：“我相信这里有各种各样动物的，动物都会说着人的话！”胖子噎道：“你相信你也会长翅膀的！”两个女人闹起了小小的别扭。

可能是养路工寂寞得太久了，他们应允了客人歇在这里，又提供吃的和喝的，但言语不多。尤其两个城市的女人向他们问这问那的时候，显得手脚无措。木屋分两个小房间，原本两个养路工分住着，现在腾出一间来睡胖子和夏清，而在路的北边撑了军用帐篷，只有戚子绍和王老板去睡了。夏清对睡帐篷感兴趣，但帐篷里毕竟潮湿，保不住夜里又有什么野物闯进来。胖子便把木房里的旧的被褥抱出来，替换了带来的毛毯。“如果被褥上有虱子，”她说，“让吸有钱有权人的血去！”

戚子绍换上了一身的猎装，在林子里踱过来踱过去，感觉非常的好。后来采着了一朵红色的七瓣花回到木屋，夏清已烧了一盆水洗脸洗手。戚子绍将花插在她头上了，说：“让我也洗洗。”手伸进盆了，在水里抓住了一双嫩手。夏清往出抽，抽不动，拿眼睛看了一下帐篷边的胖子，不动了，手觉得越来越小。

“要是只来你一个人多好。”

“这不可能。”

“为什么？”

“第一次见你的时候，她并不想让我见你的，后来想了想，才领我上去……”

“你要是没上来，我也不用她的配件了。”

“……”

“她真会利用你！”

“她也保护我。”

“傻姑娘！”

“……她也漂亮哩。”

“是吗？我没感觉。”

帐篷边胖子在嘎嘎地笑，王老板在系帐篷门口的绳子时说了什么趣话，胖子拿拳头捶王老板的背，嚷叫：“你坏，你坏！”夏清再次要把手抽出来，戚子绍低下头去，迅速地吻了一下那根中指，夏清就鹿一样地跑去了，叫喊着：“打牌，打牌呀！”

帐篷里的光线已经幽暗，四个人并没有玩“升级”，戚子绍要教给大家一种扑克算命法。他光是默想了一个念头算了一次，情绪颇高。胖子问你算的是什么，他笑而不答。胖子说你不说我也知道，是谋算着夏清吧。戚子绍说：“即便爱夏清，那也是我的权利，这没什么错呀！”夏清已经脖脸通红，把扑克拨乱，说：“都胡说，胡说！”戚子绍趁机张狂了，当场挑明他就爱上了夏清，爱上了夏清但能不能离掉现在的老婆，会不会最后娶了夏清，这得看天意了。就以某种牌代表能结婚，以某种牌代表不能结婚，重新洗牌起牌。

大家都屏了气息看翻牌的结果，竟然是代表能结婚的牌首先翻了出来。戚子绍就说：“夏清，你也是亲眼看了，你要等着我！”夏清一时无语，眼睛扑忽扑忽地闪。胖子说：“夏清真老实，你以为他说的真话？”戚子绍说：“信不了我也该信牌呀！”王老板就让给他的房地产生意算一下，算出来的结果也是好的。王老板就说：“既然做房地产能成功，你得支持我了。”戚子绍没有回应，却问：“你觉得夏清怎么样？”王老板说：“好呀。”戚子绍问：“怎么个好？”王老板说：“五官好，身架子也好。”戚子绍说：“夏清有综合之美！”胖子说：“呀呀，世上还有什么好词？可别忘了，这么好的人是谁给你介绍的？”戚子绍说：“这一句话你说得好，得感谢你，晚饭咱要喝酒，炒熊掌吃！”

当戚子绍从帐篷里出来，似乎觉得夏清差不多已经是他的人，哼着小调往木屋去，一进门就喊：“晚饭吃什么呀？”

木屋里烟雾腾腾，锅灶边只看到养路工汗油闪亮的脑袋，他在把面条往开水锅里煮。

“没有炒熊掌吗？”戚子绍说。

“哪儿会有熊掌。”养路工说。

“别的野味呢，譬如黄羊、果子狸、崖鸡子？”

“用菌子做了汤。”

“只有菌子？”

这使戚子绍很丧气。

胖子说："瞧，他的话落实不了吧？"拉了夏清到房间里去了。戚子绍听见夏清在房间里还说了一句："我就要吃熊掌嘛！"于是，故意提高了声音和养路工说话："听说山上又有了狗熊呀？"

"是有吧。"养路工说。

"怎么不打了狗熊吃呢？"

"我们都在这山上。"

"你们？是指你的狗熊吗？"

"是吧。"

戚子绍进了房间，说两个养路工是素食主义者，他们常年待在山上认那些野物都是同类了。"我现在明白了，"他说，"山下边嚷道狗熊成精了，会说人话，一定是他们传出来的，为的是不让别人捕猎。你们没注意他们的模样也差不多快要像狗熊了，腰粗屁股圆的，行动迟缓，还不停地吭哧吭哧着。"

戚子绍说没有道理，夏清却仍在说："我偏要你给我熊掌吃！"

"我会的，小姐！"

"戚处长，这可是你说的，"胖子说，"吃不到熊掌我们就不走啦！"

吃过面条，两个女人就在房间的炕上歇下了，她们光着脚，披散了头发，脱去了外套和紧窄的内衣使身体该瘦的地方都瘦下去，该胖的地方都胖起来。戚子绍和王老板在房里赞美了一通女人形体的艺术，对面房间里的养路工就起了鼾声。屋外十分安静，偶尔有车辆呼啸地从公路上驶下山去，听到的就是松塔落地的声音。说好的今晚上都不要睡，直聊到天亮。两个女人却很快就显出倦容，慵懒的姿态是特别惹人爱怜的，戚子绍满嘴的口水，言语开始放荡，王老板就说他困了，打了哈欠去了帐篷。王老板一走，两个女人就并排靠在炕头上和戚子绍说话，越说身子越往下溜，后来就躺下去，而且胖子的眼睛也合上了。戚子绍真想胖子是睡着了，他就敢去和夏清接近一番。但胖子偏是躺在炕的边上，让夏清躺在靠墙的里边，又不知道胖子是真的睡着了还是假睡，他不敢造次。

“养路工在山上待久了，真的能和野物和平共处吗？”夏清说，“那么，山上所有的野物都能认识他们了？”

“动物都是有灵性的。”

屋外有什么鸟在叫，一声长一声短，长长短短的。

“听见了吗，鸟在说话了！”

“你能听懂它们的话？”

“我是猎人呀！”

“这鸟在说什么？”

“一个说：你在哪儿？一个说：在你心里。一个说：干啥哩？一个说：想你哩！”

夏清挤了一下眉眼，她知道戚子绍在给她骚情。戚子绍却走过来，一下子捏住了她伸在炕边的脚。她吓了一跳，用手指指胖子。胖子睁开眼来，说："你去睡吧，我可困得不行了！"

"那你怎么就不睡着呢？！"

戚子绍说了一句，离开了房间，胖子猴一样跳下炕就把房间门关了。戚子绍听见了快速的关门声，心里有些不悦，站在门口发现山顶上的夜黑，黑得伸手不见五指。这时候，公路上有一辆车驶过，他往路边闪了闪，但车依然挂了他的衣服就跌倒了。车剧烈地刹住，司机从车窗探出头来，看见他已经爬了起来，问："没事吧？"戚子绍勃然大怒："你是怎么开车的？你要把我轧死了，我再和你小子说！"但车却呼的一声开走了。

王老板闻声从帐篷里出来，瞧着真的没事，就说："真把你轧死了你怎么和人家说？！"戚子绍气咻咻又骂了一句，自己也笑了。

第二天早上，四个人又坐在车里往山上行驶了一段路，戚子绍和王老板就拿了枪往树林子深处走。胖子和夏清不愿意留在车里，也要跟着，和王老板吵了一架。戚子绍没了办法，就叮咛王老板要寸步不离她们。他们走过了一面斜坡，草丛里就发现了熊粪。胖子不相信是熊的粪，戚子绍便用树棍拨着粪讲解。扭头见王老板和夏清还在后边，就趁势抱了一下胖子的腰，胖子说："你不爱我，你爱夏清的。"戚子绍说：

“也爱的。”胖子说：“我这腰粗，你抱不住的。”戚子绍用力抱了一下，放下了，说：“你要不是我乡党的老婆我肯定就把你……”戚子绍知道自己在应付，但胖子也是女人，需要安慰的，果然瞧见胖子高兴了，在说：“我其实不是胖，是丰满哩。”

夏清去了坡下的崖坎后小解。三个人坐在坡上等了一会儿，夏清还是没有上来，却有了一声尖叫。戚子绍立即让王老板拉了胖子往坡上去，自个儿就跑下崖坎。原来是夏清也发现了一堆熊粪，而且熊粪是湿的。戚子绍就又喊王老板快把两个女人送回到车上，不管发生了什么事情都不要开车门下来。夏清才一走，他就提枪继续往坡上走，走了一里，果然就看见了一只狗熊，狗熊正蜷成一团在蒿草丛里睡觉哩。

“叭！”戚子绍瞄准着放了一枪。

狗熊翻了一个滚儿，滚出了草丛，窝在一块长满了苔藓的石头后。

戚子绍兴奋地跑过去，他没有想到今天打猎是这么顺当和容易，在他动手去提狗熊的后腿要把它翻过来的时候，他想到这只狗熊的掌真大，是让养路工来烹饪呢还是拿到山下那个小饭馆去爆炒？“不，养路工是反对吃荤的，”他自言自语道，“让肥胖女人做，要做得没一点儿腥味。”但是，戚子绍刚刚提住狗熊的后腿，狗熊却忽地站了起来，黑乎乎的一座小山一样，他被压住了，那只熊掌就踩在他的胸口，他有些喘不过气来。

“你想死还是想活？”

戚子绍听见了一句人声，扭头看看周围，周围并没有人，声音是从狗熊的口里发出的。狗熊真的会说人话呀，戚子绍眼前一阵漆黑，他知道他是遇见了那只传说中的成了精的狗熊。

“想活。”他说，他还能说什么呢？

“想活？那让我把你干一下。”

戚子绍脑子里还没有转过弯来，他已经被狗熊提起来翻了个身，而且裤子就被抓了下来。他感到了屁眼非常的痛。然后，眼看着狗熊顺着一行白桦树一步步走远了。

戚子绍狼狈地返回来，他的衣衫肮脏不堪，屁股撅着，一跛一跛的。大家忙问怎么着，是碰着狗熊了吗？戚子绍说他和狗熊突然遭遇了，他打了一枪，把狗熊的前腿打折了。他去追时狗熊却一抱头从荆棘丛里往沟下滚，他也滚，滚在半坡被树杈挡住了，只好回来。

他们回到道班的木屋里吃饭。王老板和两个女人为戚子绍敬酒，虽然没有猎到狗熊，但他们已为他的不凡的身手而佩服了。戚子绍是喝了很多酒，心里郁闷，脑袋就晕晕乎乎，说要睡觉就睡下了。一觉醒来，又是个黄昏，但这个黄昏比不得昨天的黄昏，月亮早早地就挂在西边山峰上。戚子绍听见王老板和两个女人在房间的土炕上打扑克，他就提了枪往山上去了。

越往山上走越是风清月明，露水已经潮上来，渐渐湿了裤腿。戚子绍在林子里的一块草坪上长长嘘了一口闷气，看见了狗熊在一口山泉边喝水。忙呸了一口，呸出了半截咬断的牙齿，同时开了一枪。狗熊在枪响中一只脚栽倒在了泉里，接着脑袋也栽倒在了泉里，不一会儿整个熊都栽倒在了泉里，水哗啦地扑溅出泉沿。戚子绍跑近去，才要想着怎样才能把死了的狗熊从泉里弄出来，狗熊忽地又从泉里腾跃而起将他压在熊掌下了。

“你是想死还是想活？”狗熊又在说人话。

“想活。”他说。

“那让我再把你干一次。”

戚子绍自个儿翻了个身，把裤子拉下来，他听见了水声，屁眼更是钻心地痛。

戚子绍是踉踉跄跄地赶回来，王老板和两个女人还在木屋土炕上打扑克。他们不知道戚子绍又出去打猎了，也没有听到枪声，当戚子绍进了木屋，他们嘲笑着戚子绍一醉竟能醉大半天，睡起来还是形容憔悴，衣衫不整！戚子绍只好笑笑，说他也要打牌的。

“你走路怎么啦！”夏清说，“匡着腿？”

“上了火，痔疮犯了。”

“烂屄子！”

两个女人哈哈笑起来，她们开始用一种暗语对话，音调极轻极快，戚子绍觉得是外语，听起来嗡嗡一团。

“请说汉语！”戚子绍有些难堪，他听不懂她们的对话，但他猜想一定是在说着他的坏话了。

“我们说的是重叠音。”夏清说。

两个女人又对话了一番，戚子绍听出是把每个字音重复一次，但因为说得轻而快，他只能听出前边一句，后边的又不知说什么了，而夏清的脸顿时绯红。

“你们再这样说话，我得抽你们舌头了！”

“他俩合伙欺负我！”夏清说。

“是王老板喜欢上你的搭档了？”

“是喜欢上了，戚处长，”胖子说，“但你一定不会吃醋的，因为我们决定要牺牲夏清了！”

说罢，王老板竟揽了胖子的腰走出了木屋。

“哎哎，”戚子绍故意地叫着，却把木屋的房间门掩了，笑笑说，“再不牺牲，贷款和推销的事恐怕就吹了。”回过头来，夏清却端端直直坐在炕上。戚子绍去摸了一下她的脚，她的脚缩了，又去拉她胳膊，她往炕角退，说：“他们要牺牲我，我却不愿意哩。你坐好，咱们说说话不行吗？”

但戚子绍一时没话可说。

“说狗熊的事吧。”夏清说。

“那就说狗熊吧，”戚子绍说，“狗熊是世上最丑的野物，也是最坏的野物，我和它不共戴天。我一定要把它打死，我一定能把它打死！”

“戚处长，你怎么啦？”

“你应该叫我戚哥！”

“戚哥，你怎么突然恨起狗熊啦？”

戚子绍哦了一声，恢复了平和，说：“我是有过猎狗熊的经历的。那一年我们猎狗熊，我是没经验的，放了一枪，它竟顺着枪子朝我扑来。狗熊的掌只要抓一下你，就会抓下你一个膀子的。旁边人就喊快趴下装死！我告诉你，狗熊是不吃尸体的，但它不知道人会装死。我就趴下装死了。狗熊过来拨我的腿，我不动。狗熊又过来拨我的头，我还是不动。狗熊就把鼻子凑近我的鼻子试，还有没有气儿，我闭住了气，仍是不动。我是猎人，我斗不过狗熊吗？！狗熊真以为我就是尸体了，就坐在那里发呆。我开始摸枪，拉动了枪栓，但拉动枪栓要出响声的，我必须在它扭头过来的瞬间一枪打死它，要不然狗熊即使不抓我，它一屁股坐在我身上我也会被压死的。狗熊果然扭过了头，瞧我还活着，就张开了嘴要来咬我，我的枪响了，这一枪就打进它的嘴里，把它打死了。你不信？你到我家去，我家地上铺着一张熊皮，那就是我打死的狗熊的皮。”

“我信的，戚哥！”夏清说。

“好了，我可以把那张熊皮送你了！”

夏清简直视戚子绍是英雄了，她的身子放松开来，一双脚从屁股下伸开来，直直地在炕上。戚子绍口里又汪出了水，但他的手没有敢过去。“我真的送给你！”他再一次说。

突然有了一声奇怪的嚎叫，寂静的夜里十分响亮，似乎山林里有了回音，加长了音节和嗡声，传递着一种神秘的恐惧。两个人立即停止了说话，戚子绍侧耳又听了一下，叫道：“狗熊来了！”脸色寡白，随之通红，像喝过了酒，一下子跳起来就要往外走。夏清也跳下炕，炕下边却一时寻不着鞋，而在帐篷里的王老板和胖子已经跑了过来，他们拿了枪，惊慌地说狗熊就在附近。

“来了好！”戚子绍极快地把子弹装上膛，说，“我必须报仇不可，这回我再不打死它，我就再不来打猎了！”从屋里跑了出去。

两个女人也要去。王老板这回发怒了，哐当把门拉闭，又在门闩上插上了木棍儿，提枪去撵戚子绍。夏清隔着门缝喊：“我真的要吃上熊掌了！”

戚子绍是听到了夏清的喊声，他朝林子的深处跑，他的屁股还火烧火燎地痛，仍疯了一般地跑。山坡上没有狗熊，草坪上也没有狗熊。戚子绍又跑到山泉边，狗熊还是没有。王老板是一直追着他的，但王老板没能追上，他自叹不如，就坐下来等待枪响而辨别戚子绍的方位。

戚子绍像一只没头的苍蝇，四处乱撞，越是寻不着狗熊越是复仇的火焰熊熊，又翻过一个崖嘴，终于发现了一个黑影在前边移动，他知道那是狗熊了。但这一次的戚子绍发誓要打死狗熊，又汲取了前两次的教训，他爬上了崖嘴。在崖嘴，他瞧见了月光下的一块平台石上，狗熊在那里蹭身子，就静静地瞄准着放了一枪。

“叭！”

这一枪是百分之百地打中了，狗熊是从平台石上跌了下去。戚子绍并没有立即下了崖嘴，他又瞄准了跌下去的狗熊放了一枪，狗熊就动也不动了。

“我要打烂你的屁股！”戚子绍骂着从崖嘴下去，站在了狗熊的面前，狗熊是四脚朝天地躺着，他踢了一下，已经不会动了，他端起了枪瞄准狗熊后腿中间的部位准备打三枪，不，打四枪，打它个稀巴烂！

但是，这一次仍和上两次的情况一样，当戚子绍刚刚把四颗子弹装进了膛，狗熊却一下子扑上来抱了他在地上了。这次狗熊不是一只掌压着他，而是两只掌压着他了。

“你是想死还是想活？”

戚子绍是彻底地绝望了。他想起了夏清，不能给她吃熊掌，也不能送给她一张熊皮了。狗熊张合着满是牙齿的大嘴，锋利的掌爪搭在他的脖颈，月亮下他瞧见爪甲闪闪发着白光。戚子绍没有再说“想活”，其实他哪里不想活下去，也没有主动去拉脱裤子，他知道狗熊即使不侮辱他，也不会再让他活着离开了。

“随便吧，”他说，“要干要吃你随便吧，我只是想问你一句：你到底是狗熊还是魔鬼，这么厉害？！”

“你问我？”狗熊说，“我正想问你呢，你到底是猎人还是卖屁股的？！”

这个时候，趴在木屋窗口上的胖子和夏清听见了连续的两声枪响，欢叫如雀，急切地盼望戚子绍回来，她们可以吃到稀罕的熊掌了。

图书在版编目（CIP）数据

白朗 / 贾平凹著 . -- 石家庄 : 河北教育出版社，2022. 10

（年轮典存丛书 / 邱华栋，杨晓升主编）

ISBN 978-7-5545-7173-6

I. ①白… II. ①贾… III. ①中篇小说 - 小说集 - 中国 - 当代 ②短篇小说 - 小说集 - 中国 - 当代 IV. ① I247.7

中国版本图书馆 CIP 数据核字（2022）第 156175 号

年轮典存丛书

书　　名　白　朗

　　　　　　BAILANG

作　　者　贾平凹

出 版 人　董素山

总 策 划　金丽红　黎　波

责任编辑　汪雅瑛　赵　磊

特约编辑　张　维　张金红

出　　版　河北出版传媒集团

　　　　　河北教育出版社　http://www.hbep.com

　　　　　（石家庄市联盟路 705 号，050061）

印　　制　天津盛辉印刷有限公司

开　　本　787 mm × 1092 mm　1/32

印　　张　10.25

字　　数　196 千字

版　　次　2022 年 10 月第 1 版

印　　次　2022 年 10 月第 1 次印刷

书　　号　ISBN 978-7-5545-7173-6

定　　价　48.00 元
